Jack the Ripper
und der Erbe in Görlitz

Katrin Lachmann

AF166226

Jack the Ripper
und der Erbe in Görlitz

Katrin Lachmann

Thriller

Autor

Katrin Lachmann, 1968 in Görlitz geboren, wuchs in Weißwasser auf, wo sie heute noch mit ihrem Mann lebt.

Seit 2003 schreibt sie vorwiegend Kurzgeschichten, Erzählungen und Romane. Sie liebt es, mit ihrer Fantasie und ihren Protagonisten auf Reisen zu gehen.

Im Jahr 2008 veröffentlichte sie ihre erste Kurzgeschichte mit dem Titel „Hans im Unglück" in der Anthologie „Gefühlte Welt".

Alle Rechte vorbehalten.
© Katrin Lachmann,
überarbeitete Neuauflage 2021
Covergestaltung: Dream Design - Cover and Art
Lektorat, Korrektorat: Yule Forrest
Verlag & Druck: tredition GmbH, Halenreie 40-44,
22359 Hamburg
ISBN Paperback 978-3-347-34844-8
ISBN Hardcover 978-3-347-34845-5
ISBN e-Book 978-3-347-34846-2

Prolog

Seit einer Woche schon kroch der Nebel in grauen Schwaden durch Londons enge Straßen, ein Ungeheuer, das jedes Geräusch verschluckte. Modergeruch von Häusern, die nie ein Sonnenstrahl erreichte, hing schwer in der Luft. Der nächtliche Nebel wich dem Tag nicht mehr. Obwohl es erst vier Uhr am Nachmittag war, schloss das Zwielicht alles in sich ein. Durch die Feuchtigkeit sahen die Häuser wie schwarze glitschige Monster aus. So auch jenes, in dem seit den frühen Morgenstunden ein Feuer im Kamin brannte; aber die Wärme konnte die nasse Kälte nicht vertreiben.

Die Dienstmagd Mary zündete die Kerzen an und warf ihrer Herrin, die im Sessel am Fenster saß und auf die unaufhörlich an die Scheibe trommelnden Regentropfen stierte, einen besorgten Blick zu.

Kräftige Männerschritte übertönten das Knistern des Kaminfeuers.

Mary schaute auf die Tür, hinter der die Schritte verstummten. Mit einem Ruck wurde sie geöffnet. Doktor Acland trat ein. Die kraftvollen jugendlichen Bewegungen standen im Kontrast zu seinem Alter. Einzelne graue Strähnen durchzogen das schwarze Haar, und der Anblick des stattlichen Mannes ließ Mary träumen.

Der Doktor ging an der langen Tafel vorbei, blieb seitlich neben dem Fenster stehen und stellte die Arzttasche auf den Boden. Er widmete nun die ganze Aufmerksamkeit der Frau im Sessel: „Seine Lähmung ist in der letzten halben Stunde

5

schnell vorangeschritten. Der Atem ist flach, und der Herzschlag verlangsamt sich. Aber er wird Sie noch hören und sehen können."

„Wird er den Morgen erleben?"

„Wahrscheinlich nicht. Ich kann nichts mehr für ihn tun. Es tut mir leid."

„Ist Ihnen schon einmal aufgefallen, was für unterschiedliche Wege sich die Regentropfen suchen? Kleinere schließen sich zu einem großen zusammen, und dann gleiten sie schneller als die anderen hinunter. Es gleicht einem Wettlauf ungleicher Gegner, die sich betrügen."

Der Arzt hob die Augenbrauen und betrachtete nachdenklich die Frau im Sessel. Ihr blutrotes Kleid passte weder zum Wetter noch zur Stimmung in diesem Haus.

Er hatte sich schon vor Jahren gefragt, warum eine so schöne junge Frau einen Mann, der sein Leben fast hinter sich hatte, heiratete. Es war nicht unüblich, einen um Jahre älteren Mann zu ehelichen, aber was war ihre Motivation, dies zu tun? Reichtum? Ansehen? Liebe?

Er war oft in diesen Räumen zu Gast gewesen, und nie hatte er diese Frau lachen sehen. Bei Tisch sprach sie kaum. Wenn der Hausherr die männlichen Gäste nach dem Essen zur gepflegten Konversation in die Bibliothek lud, zog sie sich diskret zurück. Auf dem letzten Absatz der Treppe wandte sie sich jedes Mal zu ihrem Mann um. Hasserfüllt verhakten sich für Sekunden die Blicke beider, bevor sie sich wieder umdrehte und weiterging. Was war das für eine seltsame Verbindung?

Die junge Frau erhob sich. Das braune, fast schwarze Haar war mit einem Brenneisen gelockt und kunstvoll hinten aufgesteckt. Ihre braunen Augen, die die Welt warm und freundlich betrachten sollten, schauten ihn mit einer klaren Kälte an. Für einen kurzen Moment stellten sich seine Nackenhaare auf. Das hochgeschlossene Kleid, das faltig in einen Rock überging, verlieh ihr Eleganz. Mit ihrer schmalen Taille wirkte sie zerbrechlich.

„Gefällt Ihnen mein Kleid?"

„Nun ja", sagte er zögernd.

„Ich erlasse Ihnen die Antwort und gebe sie mir selbst. Für diesen Tag gibt es keine andere Farbe als Rot." Ihre kalten Augen beobachteten den Lauf der Regentropfen. „Er wird mich noch hören und sehen?", vergewisserte sie sich.

„Ja."

„Gut!" Mit einer geschmeidigen Bewegung drehte sie sich zur Tür. Die intensive Farbe des Kleides flammte im Schein des Feuers auf. Ihr ebenmäßiger Schritt ließ den Stoff ebenmäßig fließen – wie Blut.

Als sie die Tür erreichte, drehte sie sich wie gewohnt um. Ein süffisantes Lächeln umspielte ihren Mund. „Ich brauche Ihre Dienste nicht mehr."

Der Arzt nahm seine Tasche und verließ eilig das Haus. Er würde noch einmal zurückkehren müssen, um den Totenschein auszustellen.

Der Sterbende lag eingebettet in schneeweiße Kissen und eine leichte Decke. Deutlich zeichneten sich die Konturen seines schmal gewordenen Körpers ab. Einzelne Haare klebten ihm an der Stirn.

Als die junge Frau das Zimmer betrat, zuckten seine buschigen Augenbrauen. Der Zeigefinger der linken Hand hob sich kaum merklich. Sie ging am Bett vorbei zum Fenster und blickte wieder auf den Regen. „Der Doktor sagt, dass du den Morgen nicht mehr erleben wirst. Das weißt du sicher selbst am besten. Bist du darauf vorbereitet, vor den Herrn zu treten?" Sie schaute über die Schulter zu ihm hinüber. „Ach, ich vergaß – du kannst ja nicht mehr reden." Nach wenigen

Schritten stand sie vor seinem Bett. „Dann ist es an der Zeit, dass ich dir ein Versprechen gebe, das jeden Mann glücklich machen würde." Sie machte eine Pause und beobachtete sein Gesicht genau. Die silbrigen Augenbrauen hoben sich, um sich gleich darauf zusammenzuziehen. „Du glaubst mir nicht?" Seine Augen ruhten auf ihrem Mund. „Das solltest du aber. Der Herr ist mein Zeuge. Ich verspreche dir, dass es nach dir keinen Mann wie dich an meiner Seite geben wird", hauchte sie. Der Sterbende schloss die Augen.

Mit jeder Bewegung raschelte ihr Kleid. Sie setzte sich auf das Bett. Ihre Hand strich von seinem Bein hinauf langsam bis zu seinen Genitalien. Dort verharrte sie. Ihre Finger krümmten sich zu Krallen, bis sie eine Faust bildeten. „Ich kenne dein Geheimnis." Seine Augenlider hoben sich mit einem Schlag. „Ja, du hast richtig gehört! Ich kenne es!" Ihre Hand öffnete sich und bewegte sich ganz behutsam von seiner Männlichkeit weg.

„Bevor du diese Welt verlässt, werde ich dir mein Geheimnis verraten." Sie beugte sich vor und ihre Lippen berührten sein Ohr. Wie ein scharfes Messer drangen ihre Worte in sein Bewusstsein …

Mary stand an der Tür. Nicht einmal der Hauch eines Wortes drang zu ihr herüber. Stattdessen sah sie die weit aufgerissenen Augen des Sterbenden. Ein gequälter gurgelnder Laut verließ seine Kehle. Mit letzter Kraft umschloss seine ausgemergelte Hand das Handgelenk der Frau in Rot. Sie riss sich los.

„Ich bin die Antwort auf deine zahllosen Lügen und deinen erbärmlichen Drang. Nun stirb im Wissen um mein Geheimnis."

Das waren die letzten Worte, die er hörte, als er die Augen schloss und in die Ohnmacht glitt. Leise und unwiderruflich griff der Tod nach ihm.

1.

Marco kämpfte mal wieder mit seinem Kurierfahrrad. Entweder blieb er am Treppengeländer hängen oder die schwere Haustür blockierte. Heute war es Letzteres. „Himmelherrgott noch mal! Was haben die früher für Haustüren gebaut? Sicher für die Frauen, die eh schon mit ihren riesigen Kleidern zu tun hatten, und dann noch so eine Tür!"

Die Straße lag in tiefer Stille. Das Zuschlagen der alten Tür klang wie ein Kanonenschuss und hallte vom anderen Ende zurück. „Mann, du weckst ja Tote auf!" Die Stimme gehörte zu seinem Nachbarn Benno.

Auch er bewohnte eine der drei Wohnungen in der untersten Etage des Hauses in der Spremberger Straße in Görlitz. Erst wenige dieser Gebäude aus der Gründerzeit waren von ihren Besitzern restauriert und modernisiert worden.

Fließendes Wasser hatten auch sie – allerdings musste man dazu auf den Flur hinaus. Dort war der Wasserhahn, einer pro Etage. Die Toilette befand sich eine Treppe höher. Es war schon ein Fortschritt, dass man nicht mehr auf dem Hinterhof in die Hütte gehen musste, sondern im Haus bleiben konnte.

„Na, Benno, schon wach?"

„Ich bin noch gar nicht schlafen gegangen. Jungchen, du weißt doch, meine Schlafstörungen."

„Versuch mal, weniger Kaffee zu trinken."

„Kaffee ist mein Lebenselixier."

„Dann zieh dir wenigstens was über. Es sind nicht mal vier Grad."

„Ihr jungen Leute habt aber auch gar keine Hitze mehr. Früher ..."

„Ich kenne die Geschichte." Marco zog sich die Fahrradhandschuhe an und rückte seinen Kurierrucksack zurecht. Er war startklar.

„Wirst du die Blonde mit den kurzen Röcken und den langen Beinen wiedersehen?", fragte Benno erwartungsvoll. Über das Gesicht des jungen Mannes huschte ein Lächeln.

„Mal schauen, welche Tour ich heute habe."

„Du musst mir dann alles erzählen, hörst du?"

„Klaro!" Elegant stieg Marco auf sein Fahrrad und fuhr zum Brautwiesenplatz, von dort aus in Richtung Bahnhof und dann zur Taxizentrale. Er kam am Brunnen auf dem Postplatz vorbei, der kurz davor stand, seine überdimensionale „Käseglocke" wie in jedem Frühjahr mithilfe eines Krans loszuwerden. Marco schaute gern dem Schauspiel zu, wie die imposante „Minna", die eine riesige Muschel über ihren Kopf hält, über deren Rand das Wasser nach unten ins Becken fällt, aus der runden „Käseglocke" befreit und somit für die Görlitzer wieder sichtbar wurde. Marco liebte das Rauschen des Wassers, das sogar den Verkehr rund um den ovalen Platz herum übertönte. Hier hielt er gern einen Moment inne und ließ seinen Blick über den wohlgeformten Nixenkörper gleiten.

2.

Die Aufträge fand Marco in seinem Fach. Sie hatten ihm die Medizintour gegeben, und das bedeutete viel Arbeit. Er musste Krankenhäuser, Arztpraxen, Krankenkassen und medizinische Laboratorien abfahren.

Peter – ein großer schlaksiger Typ, der auf jedem Fahrrad etwas unbeholfen wirkte – und Frank – normalgewichtig, aber etwas steif – waren die beiden anderen Fahrradkuriere. Sie hatten ihre Umschläge schon verstaut. „Na, schlecht aus dem Bett gekommen?", nuschelte Peter Kaugummi kauend.

„Nee, die Haustür war schuld", erwiderte Marco grimmig.

„Zieh in eine ordentliche Wohnung."

„Wenn du mir die Miete bezahlst, dann gerne."

„Spiel Lotto oder beerb 'ne reiche Tante, dann kannst du dir jede Wohnung leisten, die du willst. Oder wandere gleich aus. Australien wäre nicht schlecht, oder die Malediven."

„Wenn's mal so weit ist, dann kriegst du eine extra große Karte von mir."

„Los! Der Boss kommt!", ermahnte Frank die beiden.

Ehe man den Chef mit seinen Einszweiundsechzig sah, hörte man ihn schon: „Ihr faulen Säcke! Seid ihr noch nicht unterwegs? Wenn ich euch das nächste Mal beim Quatschen erwische, wird der Lohn gekürzt."

Leise zischte Peter: „Wenn ich 'ne bessere Arbeit finde, mach ich dem Ausbeuter einen Haufen in die Schublade. Da könnt ihr Gift drauf nehmen."

Alle drei verließen die Taxizentrale und stiegen auf ihre Räder. „Also, dann mal los. Vergesst nicht, eure Stöpsel ins Ohr zu stecken!", sagte Frank. „Ihr wisst doch, wie der Alte tobt, wenn er euch nicht erreichen kann."

Peter winkte ab. Er war als Erster unterwegs.

„Hey, Marco!", rief Frank.

„Mach's kurz." Marco lehnte sich mit den Unterarmen auf den Lenker und schaute Frank an.

„Der Chef hat dich aufm Kieker. Gestern habe ich mitgekriegt, dass er dir hinterhertelefoniert hat. Also, pass ein bisschen auf!"

„Danke für den Tipp!"

„Du würdest dasselbe für mich tun."

Marco entschied sich, entgegen seiner Gewohnheit, heute auf den Hauptstraßen zu fahren. Sonst nahm er die kleinen Nebenstraßen und Gassen. Schneller war er deswegen nicht, aber es war interessanter. Er liebte die alten Häuser. Jede Zeit hatte in den Bauwerken ihre Spuren hinterlassen, von Spätgotik, Renaissance, Barock über die Gründerzeit bis hin zum

11

Jugendstil – so stellte er es sich jedenfalls vor. Er mochte besonders die Häuser, deren Fassaden reich verziert waren und deren Fenster durch unterhalb ins Mauerwerk eingearbeitete kleine Säulen noch größer wirkten, als sie ohnehin schon waren. Meistens besaßen diese Fassaden große Säulen, die von Sagengestalten auf Oberarmen und Kopf getragen wurden. Ja, diese Stadt übte eine gewisse Faszination auf ihn aus.

Im Sommer, wenn die Kellerfenster geöffnet waren und ihm die abgestandene kalte Luft mit dem typischen Staubgeruch entgegenschlug, stellte er sich vor, wie es vor vierhundert Jahren hier ausgesehen haben mochte. Den Kaisertrutz, einen Teil der Befestigungsanlage, der von den Görlitzer Bürgern zum Schutz des westlichen Eingangs gebaut worden war, gab es damals schon lange. Zu dieser Zeit war Görlitz von einer Stadtmauer umgeben. Pferdefuhrwerke holperten über das grob gehauene Pflaster. Oft genug rutschten die Pferde mit ihren beschlagenen Hufen weg. Ihr Klappern schallte durch die Straßen. Wer es eilig hatte, ritt wie der Teufel, und jeder, der sich auf der Straße befand, drückte sich an die Hauswand.

„Pass doch auf!", schrie eine Frau mit Kinderwagen Marco an. Er kam ins Schleudern und konnte sich gerade noch rechtzeitig abfangen. „'tschuldigung", nuschelte er vor sich hin.

3.

Am St.-Carolus-Krankenhaus angekommen, ging Marco zum Sekretariat, klopfte an und öffnete ohne zu warten die Tür. „Hallo, Moni! Die Morgenpost ist da."

Moni, eine Frau Ende fünfzig, immer noch rank und schlank, war für ihn wie eine alte Freundin und Mutter zugleich. Sie lachte ihn an. „Ich hab gehofft, dass du heute unsere Tour hast. Der Kaffee steht schon bereit mit Milch und Zucker."

„Genau das Richtige jetzt. Was würde ich ohne dich tun?"

„Das, was du immer tust: dich von deinem Boss schikanieren und jedes halbwegs vernünftige Mädchen wieder laufen lassen. Wie lange willst du denn noch mit dem Fahrrad über das Holperpflaster fahren? Wie oft bist du schon in den Straßenbahnschienen hängen geblieben?"

„Du hast ja recht!" Dabei zwinkerte er ihr zu. „Aber eine Veränderung gibt es schon."

Moni wurde neugierig. „Welche denn?"

„Ich werde an der Abendschule das Abitur machen." Stolz reckte er seine Brust und schlürfte den Kaffee.

„Dann nimmst du also das Angebot meines Bruders an?"

„Erst einmal das Abitur, und dann werde ich weitersehen. Verlockend klingt es schon." Das Telefon schrillte. „Sekretariat Carolus-Krankenhaus. Sie sprechen mit Frau Wenzel." Während Moni lauschte, legte sie den Finger auf die Lippen und bedeutete ihrem Besucher zu schweigen. „Er ist vor ein paar Minuten raus. Er ist immer so schnell! Ich werde ihn wohl nicht mehr erreichen." Verwundert schaute Moni den Hörer an. „Der Kerl hat einfach aufgelegt. Einen charmanten Chef hast du!"

„Sieht ganz so aus. Da werde ich mal lieber losmachen. Danke für den Kaffee!"

„Kann ich Hubertus sagen, dass du sein Angebot annimmst?"

„Ich werde selbst mit ihm sprechen. Okay?"

„Das wollte ich bloß hören. Pass auf dich auf!"

Marco setzte sich den Rucksack auf und zwinkerte Moni beim Hinausgehen noch einmal zu. Bei ihr ließ er sich immer etwas Zeit. Ohne sie hätte er nicht einmal mehr die Arbeit als Fahrradkurier. Damals, vor fünf Jahren, hatte er eine große Dummheit gemacht. Das war das Ende der Abstink-Phase, wie er diese Zeit nannte.

Mit siebzehn hatte Marco die Schule geschmissen. Er wollte nicht mehr nur in der Klasse hocken und lernen. Wofür? Und vor allem, warum? Er schlief bis Mittag und ging abends mit der Clique auf Tour. Bezahlt hatte er seinen Spaß vom reichlich bemessenen Taschengeld. Bis zu dem Tag, als sein Vater ihm den Geldhahn zudrehte, das Handy einzog und ihm drohte, ihn vor die Tür zu setzen, wenn er nicht seinen Abschluss mache. Was er nicht tat, obwohl er früher Klassenbester gewesen war. Irgendwann ging er gar nicht mehr nach Hause. Wozu auch?

Benno gabelte ihn am Bahnhof auf. Hungrig und durchgefroren ging er einfach mit. Die Wohnung war schön warm. Marco konnte sich noch genau erinnern, wie vorsichtig er sich in den schäbigen Sessel am Ofen gesetzt hatte, wie seine Hand an den heißen Kacheln entlangglitt und wie ihn die alten Brotkrümel auf dem Tisch scheinbar anstarrten. Er hielt Benno für ein heruntergekommenes Subjekt. Aber war er das nicht selbst auch geworden? Benno päppelte ihn innerhalb von drei Wochen auf. An einem Tag im März knallte er die Faust auf den Tisch. „So geht es mit dir nicht weiter! Du schmeißt dein ganzes Leben weg. Ab heute nimmst du es in die eigenen Hände." Benno zog sich an, verordnete Marco eine ordentliche Waschung und legte ihm saubere Sachen hin. Dann schleppte er ihn von einer Behörde zur nächsten. Am Abend sprach er noch beim Vermieter vor. Bevor Marco schlafen ging, war einiges geregelt: Er besaß ein eigenes Konto, auf das von nun an Geld vom Amt überwiesen werden würde. Die Adresse von der Taxizentrale lag auf dem Tisch, und ein Vorstellungstermin für den nächsten Tag war vereinbart. Und er hielt den Schlüssel für die Wohnung neben Bennos in der Hand. Stück für Stück kehrte er ins normale Leben zurück.

Ein paar Monate darauf lernte er Pia kennen. Sie verdrehte ihm den Kopf, und er glaubte an die große Liebe. Vor dem knisternden Kachelofen schworen sie sich ewige Treue.

Eines Tages, es war an einem Montag, kam er nach Hause. Benno stand in der Tür und meinte: „Ich würde da jetzt nicht reingehen."

„Wieso? Das ist meine Wohnung."

„Eben", sagte er bedeutsam. „Komm rein und trink ein Bier mit mir."

Aus Marcos Wohnung drangen Geräusche.

Jauchzen.

Kichern.

Stöhnen.

„Das glaube ich nicht!", war Marcos einziger Kommentar.

Er schloss die Wohnungstür auf, ging hinein und kam kurz darauf mit Kleidungsstücken auf dem Arm wieder zurück. Mit jedem einzelnen Teil dekorierte er Haustüren, Autos und Mülltonnen, deren Gestank in der Luft lag. Einer Passantin drückte er eine Männerhose in die Hand. Dann setzte er Pia und ihren Bettgenossen vor die Tür. Bekleidet waren die beiden nur mit Slip und Unterhose. Lange war diese Aktion Thema in der Stadt.

Marco schwor sich, dass keine Frau mehr einen Schlüssel zu seiner Wohnung und zu seinem Herzen bekam.

Schweigend ging er in die Kneipe um die Ecke. So betrunken wie an jenem Abend war er danach nie wieder. Aber am nächsten Tag ging er trotzdem zur Arbeit. Mühsam bestieg er sein Rad. Kurz vor dem Carolus-Krankenhaus geriet er in eine Straßenbahnschiene. Er stürzte, und wie er es bis zu Moni ins Sekretariat schaffte, wusste er nicht mehr.

Ihr und ihrem Bruder Hubertus, einem Anwalt, war es zu verdanken, dass er den Job nicht verlor, und so fuhr er immer noch als Fahrradkurier durch Görlitz.

Die letzte Adresse seiner Medizintour war abgearbeitet. Einige Umschläge, die morgen zugestellt werden sollten, legte er in die dafür vorgesehene Ablage in der Taxizentrale. Schnell schrieb er den Stundenzettel und heftete die Unterschriftenliste dazu. Feierabend!

4.

Als er in die Spremberger Straße einbog, sah er, dass sie komplett zugeparkt war. Vorsichtig schob er sein Fahrrad zwischen zwei abgestellten Pkw hindurch.

„Na, Benno! Du guckst ja immer noch raus", begrüßte er seinen Nachbarn.

„Nee, schon wieder", kam die prompte Antwort.

„Hast du ein kaltes Bier für mich?"

„Klar!"

Da Marcos Fahrrad eine leichte Sportausführung war, trug er es mühelos die Treppe hinauf. Die Tür zu Bennos Wohnung stand offen. „Ich komme gleich rein. Ich will noch schnell zum Briefkasten."

„Da findest du eh nichts als Rechnungen und Werbung", hörte er Benno von drinnen sagen.

Mit zwei Sätzen nahm er die Treppe. In der langen Reihe der Briefkästen war seiner der letzte. Aus dem Schlitz quoll die Werbung. Er griff danach und zog sie heraus. Durch die Löcher im unteren Teil des Kastens sah er noch etwas leuchten. Nun musste er doch noch aufschließen. Einzelne Werbeblätter flogen ihm entgegen. Er hatte Mühe, alles zusammenzuraffen, und versuchte auf dem Weg in die Wohnung, nichts zu verlieren. Achtlos warf er den Inhalt auf Bennos Tisch. „Was für eine Verschwendung!" Marco griff nach dem Bier und plumpste in den alten Sessel aus den Sechzigern. Der erste Schluck gluckste die Kehle hinunter. Benno setzte sich in den

Sessel ihm gegenüber. Seine braunen Augen betrachteten den jungen Freund aufmerksam. Tiefe Falten im Gesicht zeugten von einem bewegten und harten Leben.

Marco wusste, dass hinter diesem Antlitz ein scharfer Verstand lag. „Ich werde mein Abitur machen", sagte er zusammenhanglos.

Benno stellte das Bier beiseite. Seine Hände legte er auf die Armlehne.

„Du sagst ja gar nichts!" Marco starrte vor sich hin.

„Es wurde ja auch Zeit", erwiderte Benno.

„Wie meinst du das?"

„Endlich hast du begriffen, dass du zu mehr taugst als nur zum Kurier."

Marco schaute auf, zog die Augenbrauen hoch, um gleich darauf seine Augen zu Schlitzen zu formen.

„Weißt du, warum ich dich damals mitgenommen habe?", fragte Benno.

„Aus Nächstenliebe?"

„Nächstenliebe? Der Glaube an Gott? Der Gott, den ich kannte, der hat mich verlassen. Es gibt für mich keine Nächstenliebe mehr", antwortete Benno verbittert. „Ich habe dich aufgelesen, weil du nicht auf die Straße gehörst. Du hattest einem Fixer einen philosophischen Vortrag gehalten – über das Sein, Nichtsein und Dasein. Über die Familie als Rückgrat, über Freundschaft und Vertrauen. Der Kerl war so beeindruckt, dass er glatt vergessen hat, sich den Schuss zu setzen. Du warst verbittert über dich selbst. Ich habe nie zuvor einen jungen Menschen getroffen, der sich selbst so gehasst hat wie du. Du warst erst achtzehn. Aber deine Ausführungen waren so überzeugend, dass ich fast selbst daran geglaubt hätte. In dir steckt so viel Potenzial, das genutzt werden möchte. Du kannst es nur nutzen, wenn du es erkennst." Benno schaute ihn ohne eine Regung lange an.

„Hm, kann schon sein. Der Bruder von der Moni hat mir ein gutes Angebot gemacht. Ich werde es wahrscheinlich annehmen."

„Wie sieht dieses Angebot aus?", wollte Benno wissen.

„Na ja, auf lange Sicht gesehen soll ich mal mit ihm zusammenarbeiten. Vielleicht stolpert ja mal eine junge hübsche Anwältin bei ihm rein, die die Kanzlei übernimmt und mich gleich mit." Marco grinste über beide Ohren. Dann sah er hinab auf den Stapel mit der Werbung. Die kleine Ecke eines Briefumschlages schaute hervor. Mit zwei Fingern zog er ihn heraus. Er drehte den Brief hin und her. Das Papier war rau und besaß einen gelblichen Ton. Eine Rechnung oder ein amtliches Schreiben sah anders aus. Damit hatte er Erfahrung. Der Brief war eindeutig an ihn gerichtet: Marco Petzold, Görlitz, Spremberger Straße. Als Absender stand Robert J. Wilson; Lawyer; London; Harley Street darauf. Auf der Rückseite waren die Initialen RJW zu erkennen.

Mit der Spitze eines Kugelschreibers fuhr Marco unter den Rand und schlitzte das Kuvert auf.

Auch Benno beugte sich vor und blickte gebannt auf den Brief. Zum Vorschein kam ein ebenfalls gelbliches Blatt Papier. Marco faltete es auseinander und las. Seine Lippen formten Worte, die nicht zu hören waren. Leicht schüttelte er den Kopf hin und her. „Und?", fragte Benno gespannt.

Marco legte den Brief auf die Knie. Ungläubig schaute er zu Benno. „Lies selbst!" Mit diesen Worten reichte er seinem Freund den Brief hinüber.

Benno las laut: „An Mister Petzold!

Betreff: Erbangelegenheit von Mrs Abigail Smith

Mrs Smith wählte meine Kanzlei aus, um im Todesfall ihre Erbangelegenheit zu regeln. Am 12. Februar dieses Jahres verschied meine Mandantin. In ihrem Testament verfügte sie, dass Sie, Mr Petzold, ihr Alleinerbe sind. Um die Erbangelegenheit zum Abschluss zu bringen, ist Ihre Anwesenheit in meiner Kanzlei notwendig.

Bitte teilen Sie mir mit, wann ich Sie erwarten darf. Hochachtungsvoll Robert J. Wilson"

Benno legte das Schreiben vorsichtig auf den Tisch. „Kennst du diese Frau? Ich meine, kanntest du sie?", fragte er. Marcos braungrüne Augen leuchteten. Er trommelte mit den Fingern auf der Lehne.

„Ich kenne keine Abigail und ich war auch noch nie in London."

„Aber sie muss dich ja kennen. Sonst wärst du nicht ihr Erbe, oder?"

„Hm."

„Wieso macht diese Frau dich zu ihrem Erben?"

„Frag mich was Leichteres."

„Gut! Dann frage ich was Leichteres. Wirst du dorthin fahren?"

„Ich weiß nicht. Stell dir mal vor, ich borg mir das Geld für den Flug zusammen. Ich fliege nach London, und dann stellt es sich als Scherz heraus oder es gibt nichts zu erben außer ein paar Fotos und alte Klamotten oder anderen sentimentalen Krempel. Möglich ist auch, dass ich gar nicht gemeint bin, sondern ein anderer Petzold."

„Sprich doch mit Hubertus. Vielleicht kann der dir weiterhelfen."

„Gute Idee!"

5.

Im Hintergrund hörte Marco die Rathausuhr dreimal schlagen. Um fünfzehn Uhr sollte er bei Hubertus im Büro sein. Er durchfuhr den Untermarkt, der in den Jahren zwischen 1200 und 1220 angelegt worden war. Die umliegenden Häuser

19

waren architekturhistorisch bedeutende spätgotische Renaissance- und Barockbauten. Dafür hatte Marco jetzt aber kaum einen Sinn, nur einen schnellen Seitenblick auf den Neptunbrunnen gönnte er sich.

Wichtig war einzig und allein, dass er sich nicht verspätete. Hubertus hasste Unpünktlichkeit. Der junge Radfahrer bog in die Kränzelstraße ein. Er hatte nicht einmal Zeit gehabt, sich umzuziehen. Gleich nach seinem Kurierdienst war er aufgebrochen. „Ist ja kein Rendezvous", dachte er bei sich. Er schob sein Fahrrad durch die Toreinfahrt der Nummer 16, schloss es an und rannte, mehrere Stufen überspringend, zur Kanzlei von Hubertus Jakobsen. Ungeduldig klingelte er mehrmals an der Eingangstür. Endlich summte der Türöffner. Marco lief durch den langen schmalen Flur zum Vorraum. Im Augenwinkel stellte er fest, dass die Wände nicht mehr weiß waren, sondern in einem Lindgrün leuchteten. Der Vorraum hatte auch ein völlig anderes Aussehen. Statt der tristen dunklen Möbel empfing ihn ein heller warmer Raum. Links entdeckte er eine gemütliche beigefarbene Sitzgarnitur mit einem kleinen weißen Couchtisch, auf dem einige Zeitschriften lagen. Die beiden großen Doppelfenster waren nicht mehr mit schweren Samtvorhängen verhangen. An ihrer Stelle befanden sich nun strahlend weiße Gardinen mit Stickerei. Rechts von den Fenstern prunkte ein Minisekretariat mit Schreibtisch, Ablagenschrank, Computerarbeitsplatz und Miniküche.

Mit dem Rücken zu ihm stand eine Frau vor einem Aktenschrank und sortierte Unterlagen. Ihr langes braunes Haar hatte sie hochgesteckt. Sie trug einen hellgrauen Zweiteiler. Marco machte zwei Schritte nach rechts. Was er dann sah, gefiel ihm: schwarze High Heels, in denen wohlgeformte lange Beine steckten. Der runde Po zeichnete sich deutlich unterm Rockstoff ab. Was sie wohl darunter trug? Sich das auszumalen, dazu kam er nicht mehr. Sie drehte sich zu ihm um. Ihre großen blauen Puppenaugen schauten ihn abschätzend an. Die Frau hatte es geschafft, mit dezentem Make-up einen Hauch von exotischer Ausstrahlung auf ihr Gesicht zu zaubern.

„Ein Fahrradkurier? Legen Sie die Post auf den Schreibtisch! Ich muss doch sicherlich gegenzeichnen?", fragte sie mit einer warmen Stimme.

Marco schenkte ihr ein breites Grienen. „Nein, Sie müssen nichts gegenzeichnen."

Ihre Augen verengten sich. „Nein?"

„Ich möchte zu Herrn Jakobsen. Jetzt!"

Sie ging die zwei Schritte zum Schreibtisch hinüber und schaute in ihren Kalender. „Wie war Ihr Name?"

„Ich habe ihn noch nicht genannt."

„Wären Sie dann so freundlich …?"

„Bin ich. Mein Name ist Petzold."

„Der Name steht hier nicht in meinem Kalender."

„Das würde mich, ehrlich gesagt, auch wundern. Wir haben uns kurzfristig telefonisch verabredet."

Die Frau stützte beide Hände auf den Schreibtisch. Ihre Wangen röteten sich, und sie atmete tief durch.

Marco überlegte unterdessen, wie alt sie sein mochte. So wie er Mitte zwanzig vermutlich. Auf dem Schreibtisch stand sogar ihr Namensschild: Frau C. Lobner.

Ganz selbstverständlich ging er um den Schreibtisch herum, nahm sich einen Kugelschreiber und sagte: „Darf ich mal an den Kalender?" Irritiert machte sie Platz. „Da ich nicht in Ihrem Kalender stehe, werde ich das ändern. Heute Abend um zwanzig Uhr haben Sie einen Termin mit Herrn Petzold im Nachtschmied. Das Restaurant hat eine ausgezeichnete Küche. Manchmal ist der Sauerbraten etwas zäh. Den müssen wir ja nicht nehmen. Wenn Sie es wünschen, kann ich den Tisch gegenüber vom steinernen Kamin reservieren lassen. Vielleicht haben wir sogar das Glück, dass der Wirt uns als Nachtschmied ein bisschen kulturell unterhält." Er legte den Kugel-schreiber zurück und fragte süffisant: „Würden Sie jetzt so freundlich sein und Herrn Jakobsen sagen, dass ich da bin?"

Verunsichert antwortete die junge Frau: „Das geht nicht."

„Was geht nicht? Meine Einladung zum Essen anzunehmen oder Herrn Jakobsen zu sagen, dass ich da bin?"

Mit fester Stimme sagte sie: „Er hat einen Mandanten bei sich." Ihre großen blauen Augen schienen noch größer zu werden.

„Gut, dann warte ich." Marco nahm seinen Rucksack ab, stellte ihn an den Schreibtisch und machte es sich in der Sitz-gruppe gemütlich. Er griff nach der obersten Zeitschrift und begann darin zu blättern.

Frau Lobner musterte ihn ungeniert. Sie schüttelte kaum sichtbar den Kopf.

„Hat Ihnen gefallen, was Sie gesehen haben?", fragte der vermeintliche Klient spitzbübisch.

Empört ging sie zur Miniküche. Von dort nahm sie ein Tablett mit Tassen, Gebäck und Kaffee.

Marco reckte seinen Kopf und sagte: „Ich möchte auch einen Kaffee – mit Milch und Zucker. Das Ganze bitte umge-rührt. Danke!" Gleich darauf war sein Kopf hinter der Zeit-schrift verschwunden.

Ihm gefiel dieses Spielchen. Er hörte, wie die Tassen klirr-ten, eine Tür geöffnet und wieder geschlossen wurde. Dann umgab ihn eine Stille, in die er hineinlachte, leise, aber aus tiefstem Herzen.

***

„Setz dich!", sagte Hubertus Jakobsen. Marco nahm vor dem großen wuchtigen Schreibtisch Platz, rückte sich auf dem sesselartigen Stuhl zurecht und sortierte seine Gedanken. Er musste Frau Lobner vorerst daraus verbannen.

22

„Hat Carolin dir schon einen Kaffee angeboten?", fragte der Anwalt mit seiner Baritonstimme.

„Nicht direkt. Ich glaube, ich habe sie etwas verärgert."

Hubertus blähte seine pausbäckigen Wangen auf. Der Mund formte sich zu einem „O". Marco hörte die Luft entweichen.

„Manches Mal habe ich das Gefühl, du wirst nie erwachsen. Nun gut. Du kommst wegen des Angebotes?" Jakobsens stahlblaue Augen schienen ihn durchbohren zu wollen. Eine Haarsträhne von seinem tadellos frisierten Kopf löste und kräuselte sich auf der Stirn. Mit der rechten Hand drehte er den Kugelschreiber – eine Angewohnheit, der er nachging, solange Marco ihn kannte.

Umständlich fingerte der Besucher in seiner Allwetterjacke. Schließlich zog er den Brief aus London heraus und legte ihn vor Hubertus auf den Schreibtisch. „Deswegen bin ich hier. Der kam vor ein paar Tagen mit der Post. Ich weiß nicht, was ich davon halten soll."

Hubertus nahm den Umschlag und betrachtete ihn von allen Seiten. Seine schlanken Finger griffen nach dem Inhalt und zogen den Brief ein kleines Stück heraus. „Ich darf doch?" Marco nickte.

Das starke gelbe Papier raschelte dumpf. Hubertus nahm eine gerade sitzende Haltung an. Das Knarren, das er dadurch verursachte, klang hölzern. Er las sehr langsam. Es sah aus, als ob er jedes Wort auf Justitias Waagschale legte. Dann blickte er auf und legte den Brief so vor sich, dass er jederzeit nachlesen konnte, ohne ihn aufnehmen zu müssen. „Eine Erbangelegenheit." Mehr sagte er nicht dazu. Stattdessen faltete er seine Finger. Ein siegelringförmiges Schmuckstück mit einem eckigen Rubin prunkte an der rechten Hand.

Marco wurde ungeduldig. „Und was soll ich tun?" Zur Ungeduld gesellte sich Unsicherheit.

Hubertus räusperte sich. Er beugte den Oberkörper vor. „Zuerst einmal werden wir Informationen über diesen Mr Wilson einholen."

„Und wie?"

Hubertus nahm den Hörer in die Hand. „Carolin, würden Sie bitte kommen!" Mit der eleganten Handbewegung eines Weltmannes legte er den Hörer wieder zurück.

Marco hörte, wie die Tür geöffnet und gleich wieder geschlossen wurde. Frau Lobner ging an ihm vorbei, ihre Aufmerksamkeit ganz auf Hubertus gerichtet.

„Sie sind in London aufgewachsen und haben dort Ihre Ausbildung absolviert. Kennen Sie einen Mr Robert J. Wilson in der Harley Street?", fragte Hubertus. Sie schaute von einem zum anderem, hob die Augenbrauen, und ihr Mund öffnete sich leicht.

„Nun, Mr Robert J. Wilson ist einer der bekanntesten Anwälte von London. Zu seinen Mandanten sollen hochgestellte Persönlichkeiten und viel Prominenz gehören", antwortete sie. Ihre Neugier war deutlich zu spüren.

„Das ist ja interessant", sagte Hubertus. Unruhig trommelte er mit den Fingern auf dem Schreibtisch. „Hochgestellte Persönlichkeiten und Prominenz", murmelte er vor sich hin. „Diese Abigail Smith, wer ist das – beziehungsweise: wer war das?" Carolin zuckte mit den Schultern.

Marco nestelte an seiner Jacke. „Ich weiß es nicht. Wirklich! Mir ist das alles ein Rätsel", erklärte er.

„Du weißt es nicht? Warum sollte sie dich als Erben einsetzen? Überleg mal, vielleicht ist sie eine vergangene Romanze?"

Marco bemerkte, dass zwei Augenpaare ihn intensiv anschauten. Es wurde ihm unbehaglich. Aber noch schlimmer war das Gefühl, das ihn beschlichen hatte, als er den Brief das erste Mal in den Händen gehalten hatte. Das Gefühl, ein Ball in einem Spiel zu sein, das nicht seins war. „Sie ist keine vergangene Romanze. Mein Vater erzählte mal von Verwandten in England. Ich hielt das immer für Spinnerei. Wir hatten nie Kontakt zu irgendjemanden." Er atmete tief durch. „Ich werde den Brief zerreißen, und dann war es das. Ich werde nicht nach London fahren und mich vor einem Prominentenanwalt lächerlich machen. Mein Englisch reicht für eine normale Unterhaltung, aber nicht fürs Anwaltslatein und Fachchinesisch."

Carolin kicherte.

„Wie schön, dass ich Sie aufheitern konnte. Jetzt sehen Sie wenigstens nicht so streng aus." Dabei zwinkerte Marco ihr zu.

Hubertus straffte den Oberkörper. „Carolin, Sie werden bei diesem Anwalt anrufen. Sagen Sie ihm, dass Herr Petzold mein Mandant ist und noch ein paar Auskünfte wünscht, bevor er nach London kommt. Seine Zeit ist kostbar und bedarf einer akribischen Planung. Versuchen Sie, so viel wie möglich herauszubekommen. Geben Sie Ihr Bestes!"

Carolin nickte kurz. Marco sah, wie beim Herausgehen ihre Augen leuchteten und ein amüsiertes Lächeln ihren Mund umspielte.

„Das wird wohl eine Weile dauern. Was ist nun mit meinem Angebot?", fragte Hubertus.

„Ich werde erst einmal mein Abitur machen. Dann sehen wir weiter." Dabei konnte Marco ihn nicht anschauen. Obwohl er Benno gegenüber so sicher war – aber hier und jetzt bekam er leise Zweifel. Er konnte ja nicht einmal mit solch einer Erbangelegenheit umgehen. Sicher würde er es als Anwaltsgehilfe lernen, aber vorstellen konnte er es sich nicht.

„Eine gute Herangehensweise, wenn auch nicht ganz in meinem Sinn. Ich sehe, du setzt dich ernsthaft mit der Sache auseinander, und das lässt mich hoffen." Das runde Gesicht von Hubertus wurde noch kreisförmiger. Um die Augen herum bildeten sich Lachfalten. Er öffnete sein Sakko und nahm eine legere Haltung ein.

Leises Klopfen unterbrach die Unterhaltung. Carolin kam mit einem Block in der Hand zurück. „Mr Wilson lässt Grüße bestellen und entschuldigt sich, Herrn Petzold seine kostbare Zeit zu stehlen. Aber in diesem Fall ist es unabdingbar, dass er persönlich in der Kanzlei erscheint, um die Angelegenheit zum Abschluss zu bringen. Mr Wilson ist von seiner Mandantin beauftragt worden, sich genau an ihre Anweisungen zu halten, die sie vor ihrem Ableben gegeben hat. So sieht er sich nicht in der Lage, Einzelheiten am Telefon zu offenbaren. Er bittet um Verständnis und erwartet einen Rückruf bezüglich des Termins. Herr Petzold kann zu jeder Zeit – die Betonung lag auf ,jeder' – in die Kanzlei kommen.“

„Danke, Carolin! Haben Sie gut gemacht. Mehr kann man wohl nicht erwarten. Er scheint ja zu wissen, was er tut.“

„Wir sind aber nicht wirklich weiter, oder?“, fragte Marco in die Runde.

„Nun ja, wir wissen, dass es diese Frau gab und dass sie dich zum Erben erklärt hat. Als Testamentsvollstrecker hat sie sich einen nicht gerade unbekannten Anwalt genommen. Also scheint es bedeutend zu sein, was sie dir hinterlässt, schlussfolgere ich mal.“

„Na ja, so betrachtet, könntest du recht haben.“

„Hast du Geld für den Flug?“, fragte Hubertus.

Marco druckste herum. In Carolins Gegenwart wollte er auf gar keinen Fall über seine finanzielle Lage reden.

„Ich regle das für dich“, erwiderte Hubertus.

Verstohlen schaute Marco zu Carolin. Sie blickte stur geradeaus.

„Wir werden etwas Zeit vergehen lassen. Mr Wilson hat keinen eindeutigen Zeitrahmen benannt. Heute ist der zwölfte. Ich würde sagen, du fliegst am Mittwoch nach Ostern. Das ist dann der sechsundzwanzigste, und Carolin wird dich begleiten."

„Was?", riefen Marco und Carolin unisono. Ihre Blicke trafen sich. Carolins Gesichtsausdruck spiegelte Entsetzen wider. Ihr Mund war leicht geöffnet und ihre Augen waren riesig.

„Eure Reaktion verstehe ich nicht ganz. Marco, du bist mein Mandant. Denkst du wirklich, ich lasse dich ohne Rückendeckung zu einem anderen Anwalt fahren – und noch dazu bei einer Angelegenheit, die etwas, sagen wir mal, speziell ist? Carolin ist in London aufgewachsen und beherrscht die Sprache. Außerdem hat sie mehr Ahnung in puncto Anwälte als du. Was spricht also dagegen, dass ihr zusammen nach London reist?", fragte Hubertus Marco.

„Nichts", antwortete dieser schnell.

„Und Sie, Carolin? Haben Sie damit ein Problem?"

„Nein." Carolin presste die Lippen aufeinander.

„Na also, dann wäre das geklärt."

Die Angestellte fingerte nervös an ihrem Schreibblock herum. Hubertus nickte mit starrem Blick. „Carolin, Sie buchen für den sechsundzwanzigsten einen Flug und suchen eine Pension für die Übernachtung heraus." Die Hüften schwingend drehte sie sich um und verließ den Raum.

„Solltest du in London im Zusammenhang mit dem Erbe eine Entscheidung treffen müssen, weil es so von dir erwartet wird, dann erbitte dir Zeit zum Nachdenken."

„Klaro! Dann wäre ja alles besprochen", sagte Marco, während er aufstand.

„Carolin wird dich über eure Abflugzeit unterrichten."

„Gut. Aber sag mal, seit wann ist sie bei dir? Hat sie an der Umgestaltung der Räume mitgewirkt?"

„Sie gefällt dir wohl?"

„Sie hat was."

27

„Das stimmt. Ich kenne ihren Vater und der bat mich, Carolin einzustellen. Es passte gut, weil ich im Moment viel zu tun habe, und sie ist mir eine echte Hilfe. Du warst seit fast drei Monaten nicht mehr hier. Du hättest sie eher kennenlernen können." Hubertus beugte sich über den Schreibtisch, grinste übers ganze Gesicht und gab ihm die Hand. Damit war das Gespräch endgültig beendet.

Das Minisekretariat war leer. Marco hatte eigentlich gehofft, Carolin noch zu sehen. Unschlüssig stand er vor dem Schreibtisch. Er griff nach dem Textmarker und rahmte den Termin im Nachtschmied ein. Ihm fiel die pedantische Ordnung auf, und so legte er den Marker einfach auf die Unterlage. Pfeifend verließ er die Kanzlei.

6.

Nach einem arbeitsreichen Tag in der Kanzlei ging Carolin abends gern noch einmal durch die Straßen der Altstadt. Ihr Weg führte sie oft zur Neiße. Das Rauschen des Flusses wirkte beruhigend auf sie. Sie schaute den Enten zu und beobachtete die Liebespaare, die vor lauter Verliebtsein niemanden um sich herum wahrnahmen.

Die Sonne war schon untergegangen, und in der Neiße spiegelten sich die Lichter der Häuser. Die Peterskirche war noch geöffnet. Bedächtig stieg Carolin die ausgetretenen Steinstufen zum Eingang hinauf. Sie zählte sie und kam auf siebzehn Stufen. An einem Aufsteller im Innenraum las sie, dass der Grundstein 1423 gelegt worden war und die Weihe schließlich nach vierundsiebzigjähriger Bauzeit erfolgte.

Sie ging an der im Kerzenschein prunkvoll glänzenden vergoldeten Kanzel vorbei zum rosa marmorierten Altar. Rechts und links des Mittelganges ragten schlanke Pfeiler zur Decke empor und mündeten in ein Netzrippengewölbe. Die Schlusssteine trugen Reliefs mit der Darstellung des Lebens Jesu – von der Geburt bis hin zur Auferstehung, der Himmelfahrt und der Erscheinung des Heiligen Geistes. Ein Organist probte, und als er innehielt und die Orgel verklang, piepste irgendwo eine Meise, die sich offenbar in den Kircheninnenraum verirrt hatte. Ihr Zwitschern hallte genauso nach wie die Orgel selbst. Man hätte meinen können, dass sie miteinander wetteiferten.

Carolin setzte sich auf eine der Kirchenbänke und schaute sich die Darstellungen an. Ein wahres Haus Gottes und der Besinnung, dachte sie. Aber sollte nicht eine zweiundzwanzig- jährige Frau mit Bekannten zusammen sein oder dieses wunderbare Gefühl der Geborgenheit mit einem Freund teilen? Stattdessen hatte sie die verrückte Idee, hier in Deutschland danach zu suchen, was sie überhaupt noch an sich selbst als deutsch bezeichnen würde.

Kurz nach ihrem dritten Geburtstag waren ihre Eltern nach London gezogen. Ihrem Vater wurde ein Lehramt an der London Business School angeboten, und ihre Mutter gab Privatunterricht in Deutsch.

Jetzt saß sie in Görlitz, einer Stadt, die als UNESCO-Welt- kulturerbe galt. Eine Stadt, in der wohl immer Wind im Gesicht zu spüren sein würde. Nach jeder Hausecke hatte sie die Hoffnung, dass der Wind einmal nachließ. Ein Irrtum, wie sie schnell erkannte. Und dann der Rechtsverkehr. Ein Fakt, mit dem sie zuerst schlecht klargekommen war. Als Fußgänger war sie peinlichen Tücken ausgesetzt. Versuchte sie höflich Platz zu machen und wich nach links aus, stand ihr Gegenüber garantiert wieder vor ihr, weil dieses nach rechts auswich, sodass aus der Höflichkeit fast ein Dilemma wurde. Das Über- queren einer Straße war auch nicht ganz ohne. Oft hupten Autos, weil sie in die falsche Richtung geschaut hatte und der Meinung war, dass die Straße passierbar wäre. Mittlerweile hat sie sich an den Rechtsverkehr gewöhnt.

„Das ist doch Frau Lobner! Welch eine Überraschung!",
sagte eine alte Dame leise, doch die Akustik verstärkte ihre
Worte.

„Frau Schütze!"

„Darf ich mich zu Ihnen setzen?" Ohne eine Antwort abzuwarten, quetschte sich die Frau neben Carolin auf die Bank.

„Aber natürlich." Carolin rückte ein bisschen zur Seite,
damit die alte Dame nicht von der Bank fiel.

„So oft ich Zeit habe, komme ich hierher. Es ist eine ganz
besondere Kirche."

„Ja, das ist sie", stimmte die junge Anwaltsgehilfin ihr zu.

„Morgen ist doch Herr Jakobsen in der Kanzlei, oder?",
fragte die alte Dame vorsichtig.

„Ja, für morgen sind keine Termine außer Haus geplant."

Ein sonniges Lächeln huschte über das zerfurchte Gesicht.
Die alte Frau rückte dicht an Carolin heran und der Duft von
Lavendel stieg ihr in die Nase.

„Ich habe nämlich herausbekommen, dass Herr Jakobsen
Schokoladenkuchen mag. Er hat uns doch so gut verteidigt,
und da wollte ich auch was Gutes für ihn tun. Also bekommt
er morgen einen Schokoladenkuchen. Ich habe zwei gebacken,
denn ich erwarte meinen kleinen Bruder. Stellen Sie sich das
mal vor: Nach fünfzehn Jahren kommt er mich besuchen! Vorgestern rief er an, und morgen kommt er. Er will sich hier mit
einem Mann treffen, einem gewissen von Steinburg. Er meinte,
dass Görlitz von seiner Geschichte her gut für eine Freimaurer-
loge geeignet sei. Solch ein Blödsinn. Die Görlitzer sind schon
immer bodenständige Leute gewesen, die etwas für Kunst,
Architektur und Wissenschaft übrig hatten, aber doch nicht für
solch einen Hokuspokus."

„Freimaurer?"

„Na, freilich, Kindchen. Aber hier ticken die Uhren anders.
Ich bin heute wieder eine Quasselstrippe." Die alte Dame hielt

sich an der Rückenlehne der vorderen Kirchenbank fest und zog sich hoch. „Also dann bis morgen, und nichts verraten. Es soll eine Überraschung werden." Sie klopfte der jungen Frau freundlich auf die Schulter, bevor sie ging.

Carolin lächelte in sich hinein. Eine reizende alte Dame.

Freimaurer! Sie hatte immer gedacht, dass die Freimaurer der tiefsten Vergangenheit angehörten. Na ja, so sehr hatte es sie bisher nicht interessiert, als dass sie sich damit genauer beschäftigt hätte, aber ihre Neugier war geweckt.

Carolin verließ die Kirche und stieg die siebzehn Stufen wieder nach unten. Ohne Ziel schlenderte sie die Straßen entlang. Sie schlug den Kragen ihres Mantels hoch. Der Wind war heute wieder kalt.

Von der Peterskirche aus ging sie an der Kanzlei vorbei. Die Fenster waren dunkel, trotzdem schaute sie nach oben – eine Angewohnheit, die sie nicht ablegen konnte. Dann bog sie in den Untermarkt ein. Hier hatte sie den Eindruck, dass die Zeit stehen geblieben war. Wenn – so wie jetzt – keine Menschen zu sehen waren, dann spürte sie die Geschichte. Ihr Körper kribbelte vor Gänsehaut, als sie sich vorstellte, welche Geräusche die langen Kleider der Damen auf den Pflastersteinen hinterließen. Wie wohl die Schritte auf dem Kopfsteinpflaster nachhallten? Bevor ihr richtig bewusst wurde, wo ihre Beine sie hintrugen, stand sie auch schon vor dem Nachtschmied, dem Restaurant, in dem sich dieser Marco heute mit ihr treffen wollte. Um Gottes willen, hier wollte ich doch gar nicht hin, schrie eine Stimme in ihrem Kopf.

Er blätterte gelangweilt in der Speisekarte. In der Mitte seines Tisches stand eine weiße Kerze, die darauf wartete, angezündet zu werden.

Das hellbraune Haar hatte er sorgfältig frisiert. Die Bartstoppeln von heute Nachmittag waren verschwunden, und in dem orangefarbenen Pulli sah er richtig gut aus.

Er legte die Karte beiseite und schaute auf die Armbanduhr. Sein Blick wanderte über den Tisch hinüber zum Fenster. Die braungrünen Augen wirkten eher grün als braun.

Erschrocken wich Carolin zwei Schritte zurück. Und noch einen, um aus dem Lichtkegel herauszukommen.

Sie sah, wie Marco sie durch die Scheibe anstarrte. Er sieht mich, dachte sie erschrocken. Er stand auf und ging zum Ausgang. Schnell lief sie zur nächsten Toreinfahrt und drückte sich in die Ecke von Tor und Bogen. Kleine Atemwölkchen stiegen auf und tanzten verräterisch in der Abendluft. Das Herz pochte gegen ihre Hand, die sie auf die Brust gelegt hatte. Das Gefühl, dass die ganze Welt ihr Herz hören müsste, weil es so aufgeregt schlug, machte sie nicht ruhiger. Nach ein paar Atemzügen schloss sie die Augen. Sie versuchte, sich zu beruhigen, was ihr nicht gelingen wollte.

Vorsichtig lugte sie aus ihrem Versteck. Außer einem älteren Ehepaar befand sich niemand mehr auf der Straße.

Auf dem Weg zu ihrer Wohnung hing sie den Gedanken nach, die sich nicht vertreiben ließen. Immer wieder sah sie Marcos wunderschöne Augen vor sich. Sie besaßen eine Farbe, die sie fesselte, braungrün – was für eine Kombination, wie baltischer Bernstein! –, dann der Mund mit den vollen Lippen und das Lächeln zum Dahinschmelzen. Allerdings zerstörten seine Dreistigkeit und Frechheit das sinnliche Bild. Sie hatte nicht einmal den Mut, seiner Dreistigkeit, die sie anzog, aber auch abstieß, gegenüberzutreten und sich ihr zu stellen. In seiner Nähe fühlte sie sich unsicher, und wenn seine Augen sie durchdrangen, war ihr, als ob er tief in ihr Innerstes schauen würde – dabei hatte sie ihm erst einmal gegenübergestanden. Trotzdem hatte sie diese verwirrenden Gefühle. Sie kann sich nicht erinnern, dass sie je in solch einer Situation war. Es gab schon Vertreter des männlichen Geschlechts, die sie interessant fand.

7

Nach einer Flugzeit von einer Stunde und vierzig Minuten, von Dresden aus, landeten Marco und Carolin auf dem Londoner Flughafen.

Nahe beim Ausgang stand ein junger Mann, der ein Schild hochhielt und sich dabei die Menschen, die an ihm vorübergingen, genau ansah.

Carolin, die bis dahin schweigsam gewesen war, zupfte Marco am Ärmel. „Schau! Wir werden erwartet."

Erstaunt nahm Marco das Schild wahr, auf dem „Mr Petzold, Germany" stand. Noch mehr erstaunte ihn die vertraute Anrede seiner Begleiterin. Er beschloss, es zu übergehen, und lenkte seine Aufmerksamkeit bewusst auf das eigentliche Thema, natürlich ganz förmlich: „Haben Sie dem Anwalt unsere Ankunftszeit mitgeteilt?"

Carolin schüttelte den Kopf. „Nein, habe ich nicht. Ich habe nur den Termin bei ihm im Büro vereinbart." Nach einem kurzen Blick auf die Uhr sagte sie: „Und der ist in genau zwei Stunden."

Marco zuckte mit den Schultern. „Egal. Mal sehen, was unser Empfangskomitee von uns will." Er schritt auf den jungen Mann mit dem Schild zu.

Dieser, gekleidet in schwarzer Lederjacke und dunkelblauer Jeans, fragte: „Mr Petzold?"

„Der bin ich."

„Willkommen in London! Für Ihren Aufenthalt stehe ich Ihnen und Ihrer Begleitung zur Verfügung. Darf ich Ihnen Ihr Gepäck abnehmen?" Ohne eine Antwort abzuwarten, nahm er das Gepäck der Reisenden. „Mein Taxi steht direkt vor dem Ausgang."

„Wer sind Sie? Und wer schickt Sie?", fragte Marco und schaute ihm direkt ins Gesicht.

„Ich bin Henry. Heute Morgen habe ich den Auftrag erhalten, Sie abzuholen. Ist etwas nicht in Ordnung?"

„Nein, nein, alles bestens."

Draußen umwehten die Ankömmlinge Frühlingsluft.

Der Taxifahrer verstaute das Gepäck und öffnete dann die Gastraumtür. Ungeniert schaute Marco sich um, als sie eingestiegen waren. Gepolsterte Sitze, geräumig und ansprechend, beschrieb er in Gedanken das Taxi. Allerdings musste er sich daran gewöhnen, dass auf der gewohnten Fahrerseite niemand saß und jetzt der Beifahrer das Fahrzeug lenkte. Das Taxi fuhr langsam an und fädelte sich in den Verkehr ein.

„Wir würden gern zum Sunshine House", sagte Carolin.

„Ich soll Sie zur Rydges-Kensington-Plaza bringen. Dort sind Zimmer für Sie reserviert."

„Da muss wohl ein Irrtum vorliegen. Ich habe im Sunshine reserviert."

„Mein Auftrag lautet: Rydges-Kensington-Plaza. Aber wenn Sie unbedingt wollen, dann bringe ich Sie zum Sunshine. Ist auch ein nettes Hotel. Klein und im Landhausstil, aber nicht so edel wie die Rydges-Kensington-Plaza."

„Wir wollen zum Sunshine", sagte Carolin noch einmal mit Nachdruck.

Marco schaute aus dem Fenster. Er wusste nicht mehr genau, wie er sich London vorgestellt hatte, jedenfalls nicht so. Die Stadt war mehr als lebendig. Sie war bunt. Alles war in Bewegung. Er sah viele Menschen unterschiedlicher Abstammung. Im Herzen der Stadt drängten sich Touristen aneinander, um jede Sehenswürdigkeit zu sehen und zu fotografieren. Etwas abseits des Zentrums standen in winzigen Vorgärten Bäume wie hineingepresst. Reihenhäuser, die in die Höhe und nicht in die Breite gebaut worden waren, vermittelten den Eindruck, dass sie nur aus drei Räumen übereinander bestanden, und jede erdenkliche Möglichkeit zum Parken wurde genutzt.

Carolin sah, dass Marco von dieser Stadt fasziniert war. „London ist das reine pulsierende Leben – sicher auch den vielen ausgeprägten Szenen geschuldet. Das lockt Persönlichkeiten an und das wiederum garantiert, dass immer irgendwo etwas los ist. Eine Merkwürdigkeit gibt es: London hat seine Sperrstunde von 23 Uhr noch nicht abgeschafft."

Marco löste seinen Blick von den vorbeiziehenden Häusern. „Ehrlich? Und das in einer Weltstadt? Kaum zu glauben. Na ja, die Monarchie gibt es hier ja auch noch. Königin, Prinzen, Thronfolger und all das."

„Das muss ja nicht unbedingt schlecht sein."

„Das klingt so nach Mittelalter und Unterwerfung."

„Es kann auch Menschen ein gewisses Zugehörigkeitsgefühl vermitteln."

„Vielleicht."

Das Taxi wurde langsamer. Es bog auf den Parkplatz eines etwas größeren Hauses, ähnlich einem Landhaus. „So, das ist das Sunshine." Carolin nahm ihre Handtasche und ging zum Eingang.

Marco blieb unterdessen beim Auto, weil er das Gefühl hatte, hier auf dem Parkplatz, der eine Abstellmöglichkeit für zehn Autos bot, warten zu müssen. Begründen konnte er das nicht. Also sah er sich um und betrachtete die Blumenrabatte, die das Terrain umrahmte. Der Taxifahrer lehnte ebenfalls an seinem Wagen und rauchte, aber das Gepäck hatte er noch nicht ausgeladen, so als ob er wusste, was kommen würde.

Carolin kam mit schnellen Schritten auf ihn zu. Ihre Stirn lag in Falten und die Lippen hatte sie fest zusammengepresst. Kurz vor Marco blieb sie stehen. Ihre dunkelblaue Kostümjacke spannte über der Brust. Sie holte tief Luft und Marco hatte Angst, dass ihm ein Knopf entgegenspringen würde. Leider passierte es nicht. Aber dieser Gedanke brachte ihn zum Schmunzeln.

„Es ist mir ein Rätsel. Aber bei der Reservierung ist etwas schiefgegangen. Sie haben keine Reservierung auf meinen Namen, und es gibt auch keine freien Zimmer mehr. Wir müssen jetzt doch zur Rydges-Kensington-Plaza. Wieso grinsen Sie eigentlich so? Finden Sie das lustig?"

Marco zuckte mit den Schultern. Die Vorstellung vom abspringenden Knopf ließ ihn nicht los und amüsierte ihn weiter. Er versuchte, sich nichts anmerken zu lassen. „Dann nehmen wir eben das andere Hotel. Hauptsache, wir haben heute Abend ein Bett zum Schlafen. Also los!"

Carolin schüttelte ungläubig ihren Kopf.

Der Mund des jungen Mannes zuckte nervös. Er rückte seine Lederjacke zurecht und hielt Carolin galant die Tür auf. Er musterte sie ungeniert, was Marco sehr wohl bemerkte. Sie gefiel ihm offensichtlich; seine Blicke blieben an Carolins Po hängen. Marco musste zugeben, dass sie in ihrem dunkelblauen Kostüm und mit der mädchenhaften Figur wirklich gut aussah. Auch sein Blick blieb an ihrem wohlgeformten Po hängen und dieser verlockte ihn zum Hineinkneifen. Wieder entlockte ihm sein Gedanke ein Schmunzeln.

Marco genoss die Fahrt. Carolin spielte nervös mit ihrer Handtasche. Der junge Mann musterte beide im Rückspiegel. „Wie gesagt, stehe ich Ihnen bis morgen zu Ihrem Abflug zur Verfügung." Marco schien es, dass Henry dies nur sagte, um irgendwie ein Gespräch in Gang zu setzen.

„Ich brauche eine Rechnung von Ihnen. Das ist doch kein Problem, oder?", fragte Carolin.

„Rechnung? Wofür?"

„Die benötige ich für die Abrechnung. Mein Chef will doch wissen, wo sein Geld geblieben ist."

„Das Taxi wurde schon bezahlt."

„Ach! Und von wem? Von Mr Wilson?"

Ohne auf die Frage einzugehen, sagte Henry: „Dort vorn ist die Rydges-Kensington-Plaza. Ich werde Sie am Eingang absetzen. Ich parke in der Tiefgarage des Hotels. Sie können mich von der Rezeption aus rufen lassen. Für den Notfall ist hier meine Karte. Ich muss ja auch mal aufs Örtchen oder was essen." Er reichte die Karte nach hinten.

„Wie lange brauchen wir von hier aus bis zur Harley Street?", wollte Carolin wissen. „Um 15 Uhr haben wir dort einen Termin."

„Dreißig Minuten, nicht mehr. Ich stehe um halb drei vor dem Eingang. Okay?"

An der Rezeption herrschte ein reger Betrieb. Carolin trommelte mit ihren Fingern auf dem Tresen der Anmeldung einen undefinierbaren Takt. Es beruhigte sie aber nicht. Die Empfangsdame, nicht älter als sie, quittierte das mit einem gequälten Lächeln, bis sie ihre Aufmerksamkeit schließlich auf die beiden Neuankömmlinge richten konnte. „Was kann ich für Sie tun?"

„Für uns soll hier reserviert sein", sagte Carolin genervt.

„Darf ich um Ihre Namen bitten."

Carolin trommelte immer noch mit den Fingern auf der Platte. Marco legte seine Hand auf Carolins und sagte: „Selbstverständlich! Mrs Lobner und Mr Petzold."

„Danke." Die Empfangsdame schenkte ihm einen zuckersüßen Augenaufschlag, während Carolin ihre Hand Marco entzog.

Die Frau am Tresen schaute in der Reservierungsliste nach. „Sie haben die Zimmer 225 und 226. Der Boy wird Ihr Gepäck hinaufbringen, und das sind die Schlüsselkarten. Das Anmeldeformular liegt auf Ihrem Zimmer." Sie schob zwei Magnetkarten über den Tresen und wandte sich den nächsten Gästen zu.

Im Zimmer angekommen, stellte der Boy die Reisetasche neben das Bett und wartete. Seine Hände hatte er hinter den Körper gelegt.

Marco war zum Fenster gegangen und bewunderte die Aussicht. Schön war das Zimmer gelegen. Der Boy räusperte sich. Marco hatte ihn vergessen. „Oh, Sie sind ja noch da!"

„Hm."

Dann fiel es ihm ein. Er hatte in Filmen gesehen, dass der Hauptdarsteller, wenn dieser sich in einem Hotel ein Zimmer nahm, dem Hoteljungen für das Herauftragen des Gepäcks ein Trinkgeld gab. Er suchte in seinen Taschen und wurde fündig. Etwas verunsichert gab er dem Boy seinen Einkaufseuro. Dieser schaute betreten in die Hand und murmelte ein „Danke". Leise schloss er beim Hinausgehen die Tür.

8.

Marco ließ sich rücklings auf das Bett fallen. Für seinen Geschmack war es etwas zu weich und zu schmal. Er stand auf und kramte in seiner Reisetasche. Seinen einzigen Anzug, einen dunkelgrauen, hängte er sorgsam auf einen Bügel. Ein frisches weißes Hemd flog aufs Bett, gefolgt von einer blauen Krawatte, und schwarze Slipper polterten auf den Boden.

Er hatte noch eine halbe Stunde Zeit zum Rasieren, Duschen und Anziehen. Nackt ging er ins Bad und stellte sich unter die Dusche. Während das Wasser gleichmäßig rauschte, hing er seinen Gedanken nach. Es war alles so unwirklich. Den Brief vom Anwalt hatte er im ersten Moment für eine Verwechslung oder einen üblen Scherz gehalten. Seine Gedanken wanderten zu Carolin. Eine Frau, die er kaum kannte und die er mit seiner Art wohl eher verschreckte, als dass sie sich näher kommen würden. Im Nachtschmied war ihm bewusst geworden, dass er es mit ihr ganz falsch angefangen hatte. Er hatte das Gefühl, dass er es irgendwie wiedergutmachen musste. Nur, bei ihrer kühlen Art gab es nicht viele Möglichkeiten.

Ein letzter Blick in den Spiegel zeigte ihm, dass er vorzeigbar aussah.

Carolin wartete in der Lobby. Sie war ebenfalls in Dunkelgrau gekleidet, und ein blauer Blusenstoff leuchtete unter ihrer Jacke hervor. Ihr Kostüm ließ sie sehr geschäftsmäßig aussehen. Dies unterstrich noch ihre braune Aktentasche. „Für gewöhnlich wartet man auf die Damen und nicht andersherum", sagte sie spitz.

„Schon möglich. Ich wollte Ihnen eine Blamage ersparen, wenn wir bei dem Prominentenanwalt auftauchen. Also habe ich mir besonders viel Mühe gegeben. Und wie ich sehe, werden wir nicht als Anwaltsgehilfin und Mandant erscheinen, sondern als Partner; dunkelgraues Kostüm und Anzug, blaue Bluse beziehungsweise blaue Krawatte, schwarze Schuhe, erotisches Parfüm und unwiderstehliches Aftershave. Was meinen Sie?"

„Ich hoffe, dass Sie Ihre dummen Sprüche wenigstens bei unserem Termin sein lassen werden."

„Wie gesagt, ich gebe mir alle Mühe, Sie nicht zu blamieren. – Da kommt ja unser Taxi!"

Der Wagen fuhr vor. Henry stieg aus und hielt Carolin die Tür auf. Unverhohlen musterte er seine Fahrgäste. „Der Partnerlook steht Ihnen beiden ausgezeichnet."

„Sie sollen sich um unseren Transport kümmern, und nicht um unser Aussehen", blaffte Carolin. Marco grinste und freute sich über Henrys Gesichtsausdruck.

„Was gibt es da zu lachen?", herrschte sie ihn an.

„Wenn Sie wütend sind, sehen Sie hinreißend aus. Leider kann ich diesen Zustand nicht ständig provozieren, was mir, ehrlich gesagt, Spaß machen würde."

„Das kann ja wohl nicht wahr sein! Ich werde Ihnen jetzt mal was sagen, und versuchen Sie, mich nicht zu unterbrechen! Sie sind nichts, Sie haben nichts, Sie haben in Ihrem Leben nichts weiter erreicht, als als Fahrradkurier durch die Stadt zu fahren. Aber Sie spielen sich auf, als wären Sie der tolle Hecht. Das interessiert mich nicht im Geringsten. Ich bin hier, weil es mein Job ist, und nicht, weil ich mich danach sehne, mit einem Herrn Petzold nach London zu reisen. Wenn Sie sich so toll finden, dann machen Sie weiter so, aber tun Sie sich selbst einen Gefallen und benehmen Sie sich nachher. Sie treten als Mandant von Hubertus Jakobsen in Erscheinung. Wenn Sie einen Funken Anstand besitzen, dann halten Sie sich zurück."

„Das war eine klare Ansage", erwiderte Marco leise, mühsam eine Retourkutsche runterschluckend.

„Freut mich, dass sie angekommen ist." Stur schaute Carolin aus dem Autofenster, von Henry kam ein leiser Pfiff, und Marco drückte den Nagel des Zeigefingers in den Daumen. Er brauchte den Schmerz als Antwort auf die Wut, die er verspürte.

In der Harley Street hielt das Taxi. „So, da wären wir. Ich darf hier nur kurz halten. Wenn Sie wieder abgeholt werden möchten, müssen Sie sich melden. Ich bin nur ein paar Straßen weiter."

Marco und Carolin stiegen aus. Das Taxi fuhr an und bog die nächste Möglichkeit links ab.

Die Häuser standen hier dicht an dicht. Liebevoll waren die winzigen Vorgärten angelegt. Die Straße war wirklich schmal. Trotz des Parkverbotsschildes stand ein schwarzer Mercedes am Straßenrand. „Es gibt, wie überall auf der Welt, Unterschiede zwischen normalen und privilegierten Bürgern."

„Wie kommen Sie denn jetzt darauf?", wollte Marco wissen.

„Da, der Mercedes! Sein Fahrer darf hier stehen."

„Das wissen Sie doch gar nicht, ob er das darf. Er steht hier eben, und wenn wir fertig sind und ein paar Minuten auf unser Taxi warten müssen, wird uns das nicht gleich umbringen, oder?"

Das große Schild am Eingang mit dem Hinweis auf den Anwalt Robert J. Wilson zeigte, dass sie vor dem richtigen Haus standen. Es war ein altes, aber mit viel Liebe zum Detail renoviertes Haus. Die mit Eisen beschlagene Haustür besaß nur einen Knauf. Carolin wollte gerade auf die Klingel drücken, als die Tür von innen geöffnet wurde. Ein Mann mittleren Alters trat hindurch. Er schien es nicht gewohnt zu sein, dass ihm der Weg versperrt wurde. Seine stechenden Augen verengten sich zu Schlitzen, und er drängte beide zur Seite. Marco stellte noch schnell den Fuß in den Türspalt. Mit eiligen Schritten ging der Mann auf den Mercedes zu und stieg ein.

„Da haben Sie Ihren privilegierten Bürger. Ein Mann um die fünfzig mit offenem, in eigenem Wind wehendem Mantel und mit rücksichtslosem Verhalten. Sein Geruch von schwerem Aftershave und kaltem Zigarettenrauch steht hier immer noch." Carolin blickte zu dem Auto. Sie sah, wie der Mann sich auf den Beifahrersitz setzte und mit einem Handy telefonierte. Fahrer und Beifahrer schauten zu ihnen herüber.

„Carolin, nun kommen Sie schon. Die Tür wird langsam schwer und pünktlich wollen wir auch sein", mahnte Marco.

Hinter der Tür standen sie in einem Eingangsbereich, der einem Dschungel glich. Pflanzen an den Fenstern, auf dem Boden und Rankenpflanzen in Töpfen an den Wänden. Die grün gestreifte Tapete wollte nicht so recht dazu passen. Mittendrin befand sich eine kleine Sitzgruppe aus Rattanmöbeln mit passendem Tisch. Aus einer Tür neben der Treppe, die ins Obergeschoss führte, kam eine ältere Dame mit einem

Stoß Akten. Sie stutzte und fragte: „Wo kommen Sie denn her?"

„Von draußen. Ein Mann verließ gerade das Haus und er war so freundlich und ließ die Tür offen", antwortete Marco schnell.

„So, so, ein Mann. Ich muss wohl das Klingeln überhört haben", murmelte die Dame vor sich hin, aber laut genug, dass sie gerade noch zu hören war.

„Was führt Sie zu uns?"

Carolin übernahm das Gespräch. „Das ist Mr Petzold." Dabei zeigte sie auf Marco. „Mein Name ist Lobner. Wir haben einen Termin bei Mr Wilson."

„Oh ja, Sie sind angemeldet. Die Treppe rauf und die erste Tür rechts. Dort warten Sie bitte. Ich lege nur noch schnell die Akten ab und dann sage ich Mr Wilson sofort Bescheid." Die Angestellte drehte sich um und ging dahin zurück, woher sie gekommen war.

Der Raum, der sich hinter der genannten Tür verbarg, war geräumig. Schwarz und Weiß waren die dominanten Farben. In der Fensterecke stand eine schwarze Ledersitzgruppe mit einem dazu passenden Glastisch. Der Fußboden war mit einem schwarzen Teppich ausgelegt, der mit roten und weißen Pünktchen übersät war. An den Wänden hingen drei abstrakte Bilder in den Farben Weiß, Schwarz und Rot.

Leise wurde die Schiebetür gegenüber der Bilderwand geöffnet. „Sie interessieren sich für zeitgenössische Kunst?" Erschrocken drehten sich beide um.

„Eher nicht. Ich dachte, ich könnte in den Formen etwas erkennen", antwortete Marco.

„Es ist mir bisher auch nicht gelungen, die Bilder vernünftig zu interpretieren. Ich hatte sie gekauft, weil sie farblich zur Ausstattung passen." Mr Wilson grinste ihnen entgegen. Seine Wangen waren mit einer leichten Röte überzogen.

„Aha!" Das war das Einzige, was Marco antworten konnte.

„Wenn ich Sie beide in mein bescheidenes Büro bitten darf." Mit einer einladenden Handbewegung zeigte er in den Raum hinter der Schiebetür.

Stickige Luft schlug ihnen entgegen. Marco filterte den schweren Duft des Aftershaves und kalten Zigarettenrauch des Vorgängers heraus. Nachdem ihm diese Duftmischung unangenehm in die Nase gestiegen war, schaute er sich diskret um. Ein Bücherregal vermittelte den Eindruck, jeden Augenblick unter der Last der Akten zusammenbrechen zu können. Davor stand ein wuchtiger Schreibtisch mit zwei Sesseln. Mr Wilson wies auf die beiden Sitzgelegenheiten. „Bitte, nehmen Sie doch Platz!" Er selbst setzte sich hinter den Schreibtisch. „Darf ich Ihnen etwas anbieten? Tee, Kaffee, Wasser?"

„Für mich bitte einen Tee", antwortete Carolin beim Setzen und schaute auffordernd zu Marco.

„Ich nehme auch einen Tee", antwortete er, während er sein Sakko aufknöpfte und sich bequem hinsetzte.

Mr Wilsons Angestellte, die sich mit im Raum befand, ging zum Beistelltisch, auf dem Tassen, Zuckerdose, Milchkännchen, kleine Getränkeflaschen und ein Wasserkocher standen. Er rauschte, während sie die Tassen zurechtstellte.

„Wie war Ihr Flug?", fragte der Anwalt.

„Er war sehr angenehm. Und London hat uns mit seiner wärmenden Frühlingssonne empfangen", schwärmte Carolin.

Die Angestellte platzierte den frisch aufgegossenen Tee vor Marco und Carolin auf den Schreibtisch und verließ leise das Büro; die Tür machte ein klackendes Geräusch, als sie geschlossen wurde.

„Ja, so ist London. Es gibt nicht nur Nebel, Kälte und Nässe bei uns", sagte Mr Wilson und unterstrich das Gesagte mit einem breiten Lachen, was nicht unbedingt sympathisch auf Marco wirkte.

Neben Carolins Tasse stand ein voller Aschenbecher. Angewidert schob sie ihn in Richtung Mr Wilson.

„Sie sind Nichtraucher. Da kann er ja weg", stellte Mr Wilson lapidar fest. Der Aschenbecher fand seinen neuen Platz auf dem Beistelltisch.

„Nun können wir uns der Erbangelegenheit von Mrs Smith zuwenden. Ich würde Folgendes vorschlagen: Ich werde Ihnen, vorausgesetzt Herr Petzold hat sich ausgewiesen und gegen Ihre Anwesenheit, Frau Lobner, nichts einzuwenden, das Vermächtnis der Verstorbenen unterbreiten." Mr Wilson schaute in die Runde. Marco und Carolin nickten zustimmend.

„Gut. Ihr Personaldokument, bitte!"

Marco fingerte in der Innentasche des Anzuges, stand auf und durchsuchte seine Hosentaschen. Dann steckte er beide Hände in die Jackentaschen. Als er sie herausnahm, war noch nichts von einem Ausweis zu sehen.

Carolin trommelte auf der Armlehne und atmete tief durch. Das darf doch nicht wahr sein! Putzt sich raus, klopft Sprüche und vergisst den Ausweis, dachte sie, während plötzlich ein lautes „Hier ist er!" ertönte. Gott sei Dank! Dieser Mensch kostete wirklich Nerven.

Der Anwalt prüfte den Ausweis genau. Danach gab er ihn Marco zurück. „Dann können wir zur eigentlichen Angelegenheit kommen." Er schlug die Mappe auf, die vor ihm lag. „Mrs Abigail Smith ist am 12.02. dieses Jahres im gesegneten Alter von 88 Jahren verstorben und am 15.02. in meiner Gegenwart auf dem Highgate Cemetery beigesetzt worden."

Carolin setzte sich kerzengerade hin. „Auf dem Highgate Cemetery, sagten Sie?"

Mr Wilson räusperte sich verlegen. „Ja, Sie haben richtig gehört."

„Und was ist daran so erstaunlich, auf einem Friedhof beigesetzt zu werden?", fragte Marco in die Runde.

Carolins Augen wurden immer größer und ihre Stimme hob sich. „Auf dem Highgate Cemetery wird niemand mehr bestattet. Man kann ihn besichtigen, bezahlt ganz normal Eintritt, und auf bestimmte Teile des Friedhofes kommt man nur noch mit einer Führung."

Mr Wilson räusperte sich. „Es gibt Ausnahmen", erklärte er kurz und knapp. „Also, Mrs Smith ist dort beigesetzt. Da Sie sich zu Lebzeiten nicht kennengelernt haben, ist es ihr Wunsch gewesen, dass Sie ihr Grab besuchen. Dieser Besuch ist für heute vorgesehen." Mr Wilson bewegte seine Finger nervös auf und ab. „Jetzt kommen wir zum eigentlichen Erbe. Meine Mandantin hinterlässt Ihnen ein Barvermögen von 3000 Pfund." Der Anwalt öffnete eine Schublade des Schreibtisches und legte einen dicken Umschlag vor Marco hin. „Das ist das Barvermögen. Des Weiteren ein kleines Apartment und einen versiegelten Karton. Da vor Kurzem bei mir eingebrochen worden ist, habe ich mir erlaubt, den Schlüssel zum Apartment und den Karton in Ihrem Hotel im Safe zu hinterlegen. Das Apartment ist für ein Jahr im Voraus bezahlt. Zum Karton bzw. Paket ist Folgendes zu sagen und hat mit dem eigentlichen Vermächtnis nichts zu tun." Mr Wilson schob Marco zwei Briefumschläge zu. „Bevor Sie die Versiegelung öffnen und schauen, was Mrs Smith Ihnen hinterlassen hat, lesen Sie bitte zuerst die Briefe – dann können Sie immer noch in das Paket schauen. Ich lege es Ihnen ans Herz: Lesen Sie zuerst die Briefe! Gibt es noch Fragen?"

Das war das Stichwort für Marco. „Zuerst würde ich gern wissen, wer eigentlich diese Mrs Smith war."

Der Anwalt schlug seine Mappe zu und antwortete: „Viel ist mir von meiner Mandantin nicht bekannt. Sie kam vor ungefähr einem Jahr zu mir in die Kanzlei. Sie suchte einen neuen Anwalt, da ihrer plötzlich verstorben war. Und da stand sie nun mit einem Aktenordner und wollte mit mir ihre Erbangelegenheit besprechen. Dieses Gespräch war sehr umfangreich. Sie hatte an alles gedacht. Was passieren soll, wenn sie plötzlich stirbt, was, wenn es ein Unfall wäre, wo sie begraben wird und so weiter. Jede Kleinigkeit, jede Eventualität hatte sie bedacht. Akribisch genau. Dann präsentierte sie mir Sie als ihren Erben, einen entfernten Verwandten, den sie nie kennengelernt hatte, von dem sie aber viel wusste. Ich warnte sie, aber sie war felsenfest davon überzeugt, dass Sie der Mensch seien, der sich als ihres Vermächtnisses würdig erweisen würde. Das waren ihre Worte." Mr Wilson schaute an Marco vorbei. „Sie war ein ungewöhnlicher Mensch. Sehr herzlich und überaus redegewandt, aber sie gab nichts von ihrem Leben preis. Sicher zum Vorteil – bei ihrer früheren Anstellung."

„Was war denn das für eine Anstellung?", fragte Marco.

„Sie war bis zu ihrer Pensionierung bei der königlichen Familie in Stellung. Es muss eine sehr gut bezahlte Arbeit gewesen sein, denn sie hatte einen hohen Lebensstandard. Gewöhnliche Angestellte konnten sich solch ein Leben, wie sie es führte, nicht leisten."

„Was hat sie sich denn so geleistet?", wollte Marco wissen.

„Ihr Apartment ist zwar klein, aber es liegt in einer Nobelgegend. Mit einem Portier, einer Tiefgarage, Reinigungsservice und einer hauseigenen Küche. Und sie konnte sich mich leisten."

„Mit 3000 Pfund wäre sie wohl nicht mehr weit gekommen, oder?"

Der Anwalt räusperte sich. „Na ja, eine Bestattung auf dem Highgate Cemetery ist nicht ganz billig. Zudem hat sie noch für einige wohltätige Zwecke gespendet." Und Mr Wilson wollte auch noch bezahlt werden, vollendete Marco in Gedanken die Ausführungen des Anwalts.

„Hatte sie denn keine anderen Verwandten, keinen Mann oder Kinder?"

„Soviel ich weiß, war Mrs Smith verheiratet. Aber ihr Mann starb früh, und Kinder blieben ihr versagt. Und andere Verwandte, außer Ihrer Familie, gab es wohl nicht. Zumindest erwähnte sie nichts dergleichen."

„Wie bekomme ich den Schlüssel und den Karton?"

Mr Wilson nahm einen Bogen Papier und schrieb. „Ich gebe Ihnen einen Brief mit. Fragen Sie nach Mr White. Ich kenne ihn schon sehr lange und er ist absolut vertrauenswürdig. Er wird Ihnen das Gewünschte aushändigen." Damit reichte er Marco den Brief und schob die beiden anderen Umschläge näher an ihn heran.

Der frisch gebackene Erbe steckte alles ein. „Jetzt bliebe nur noch der Friedhof."

„Richtig. Sie fahren zum Haupteingang, dort wartet Frances auf Sie. Sie wird Ihnen die Grabstelle zeigen und Sie dann wieder hinausbegleiten. Im März schließt der Friedhof um 16 Uhr. Sie haben für den Besuch eine Sondergenehmigung. – Dann wünsche ich Ihnen noch einen angenehmen Aufenthalt in London, und sollten Sie noch irgendwelche Fragen haben, was das Erbe betrifft, dann scheuen Sie sich nicht und rufen mich an." Damit händigte er Marco seine Visitenkarte aus und dieser ließ sie in deine Sakkotasche gleiten.

„Ich habe noch eine Frage. Sie betonten vorhin, dass Mr Petzold zuerst die beiden Briefe lesen soll, bevor er das Paket öffnet. Warum ist das so wichtig?", fragte Carolin.

Mr Wilson steckte Zeige- und Mittelfinger zwischen Hals und Hemdkragen und versuchte, diesen zu lockern. „Nun, manchmal vermischen sich mehrere Interessen und man will für seine Mandanten die beste Lösung finden."

„Wenn ich das jetzt richtig verstanden habe, dann stammen die Briefe nicht von Mrs Smith, sondern von zwei Ihrer anderen Mandanten?"

„So in etwa könnte man es auch ausdrücken."

„Dann wissen die anderen Parteien über das Erbe Bescheid?"

„Das nun nicht gerade. Ich würde es eher als Vermutung bezeichnen." Mr Wilson stand auf und reichte beiden zum Abschied die Hand.

9.

Draußen vor der Tür holte Carolin ihr Handy aus der Tasche. „Sie haben doch die Visitenkarte von Henry. Geben Sie mir mal die Nummer." Marco reichte ihr die Karte. Während Carolin das Taxi rief, ging Marco ein paar Schritte den Gehweg entlang, drehte sich um, kam zurück und legte einen Finger an den Mund. „Was halten Sie von dieser Sache?"

Carolin steckte das Handy weg. „Das Taxi ist gleich da. Nun, was ich davon halte … Es ist eine Erbangelegenheit, aber eine außergewöhnliche. Trotzdem würde ich sagen, dass alles seine Richtigkeit hat. Sie ist halt etwas speziell."

„Plötzlich habe ich ein Apartment, ein Paket mit sentimentalem Krempel, zwei zusätzliche Umschläge und ein Kuvert mit Banknoten. Wie ist eigentlich der Kurs englisches Pfund zu Euro?"

„Richtig heißt es britisches Pfund."

„Dann eben britisches Pfund. Also, wie ist der Kurs?"

„Für dreitausend Pfund erhalten Sie etwas über dreitausend Euro."

„Nicht schlecht, sprach Herr Specht." Für ihn kam das Geld genau richtig. Ein paar Rechnungen waren zu begleichen und auch so gab es einige Dinge, die ersetzt werden mussten, wofür er bislang kein Geld hatte. Im Stillen dankte er Abigail dafür, dass sie ihn als Erben ausgesucht hatte, denn anders konnte er es nicht bezeichnen, obwohl es ihm immer noch wie ein Traum vorkam.

Das Taxi hielt quietschend am Straßenrand. Nachdem Marco und Carolin eingestiegen waren, fragte Henry: „Wo soll es hingehen?"

„Zum Highgate Cemetery, Haupteingang", antwortete Carolin.

„Da werden Sie aber wenig Glück haben. Von November bis März hat er nur bis 16 Uhr geöffnet."

„Wir haben eine private Führung."

„Klar, wer einen Termin bei Mr Wilson hat, kriegt auch eine private Führung."

„Henry, fahren Sie einfach!"

Carolin spürte Marcos Blick auf sich ruhen. Sie drehte den Kopf in seine Richtung, sah sein entwaffnendes Lächeln und diese braungrünen Augen … Wenn er bloß nicht immer so …

„Wissen Sie, Carolin, was ich mich frage? Warum will man unbedingt auf dem Highgate Cemetery begraben werden? Noch dazu ein Begräbnis, wo nur der Anwalt und der Totengräber anwesend sind und man dafür viel Geld ausgibt?"

„Highgate Cemetery ist ein sehr schöner Friedhof. Alt mit einer Menge Grün und das Ganze mit einem Hauch von Mystik und Romantik." Carolins Augen glänzten, und ihr Gesichtsausdruck entspannte sich.

„Auf einem Friedhof? Na ja, wenn ich mal das Zeitliche segne, ist es mir egal, wo und wie man mich unter die Erde bringt."

„Mir wäre es nicht egal. Ich würde es zum Beispiel nicht wollen, zu einem Diamanten gepresst zu werden. Highgate Cemetery würde mir gefallen, aber das würde an einigen Dingen scheitern. Ich hätte nicht die Beziehungen und auch nicht das Geld. Aber unter einem alten Baum in einer kompostierbaren Urne bestattet zu werden, wäre auch nicht schlecht. Unter einer Eiche in England."

„Sagen Sie mal, Carolin, haben Sie einen Freund?"

„Was soll denn die Frage?"

„Wie alt sind Sie? Zwanzig, einundzwanzig, zweiundzwanzig?"

„Ich bin zweiundzwanzig. Was soll das?"

„Genießen Sie das Leben, die Liebe und all die tollen Sachen, die man erleben kann."

Seine unbeschwerte Art zog sie magisch an. Wie gelassen er das Leben sah. Warum konnte sie nicht auch so denken? Wie gern würde sie sich einfach in die Arme eines Mannes fallen lassen, ohne an den nächsten Tag zu denken. Aber sie dachte immer an den nächsten Tag – wenn er sie verschlafen mustern würde und feststellte, dass sie doch nicht die war, die er sich für die Zukunft erhofft hatte, oder wenn er ihr sagen würde, dass es nur bei dieser einen Nacht bleiben würde. Nein, sie würde das Leben nie so leicht nehmen können.

„Wir sind am Haupteingang. Ich werde hier warten", meldete sich Henry zu Wort.

Vor dem Eingangsportal stand eine Frau, deren blonde Haare streng nach hinten gekämmt und zu einem Pferdeschwanz zusammengebunden waren. Sie kam auf die beiden zu, wobei sie ihren strähnigen Pony aus den Augen blies. „Mr Petzold?"

„Ja", antwortete Marco.

„Ich bin Frances." Die Frau hielt ihm den ausgestreckten Arm entgegen und schüttelte ihm kräftig die Hand. Ihre Finger waren knöchrig und kalt. Marco trat einen Schritt beiseite und wies mit einer charmanten Handbewegung auf seine Begleiterin. „Und das ist Mrs Lobner, die so freundlich war, mich zu begleiten." Carolin musste ebenso die übertriebene Begrüßung über sich ergehen lassen.

„Ich werde Sie zum Grab Nummer 120208 führen. Wir haben nur wenig Zeit, denn die Lichtverhältnisse werden von Minute zu Minute schlechter. Also sollten wir uns beeilen",

50

sagte Frances und suchte fahrig in der Jackentasche ihres schwarzen Blazers. Metall schlug aufeinander und klimperte. Sie lächelte Marco an und suchte ganz gezielt den Augenkontakt mit ihm. Einen Herzschlag später wandte sie sich dem Schloss zu, steckte den Schlüssel hinein und drehte ihn mehrmals herum.

Das schmiedeeiserne Tor, das in eine uralte Steinmauer eingelassen war, musste die Frau mit etwas Kraftanstrengung öffnen. Marco erwartete, dass es quietschte, aber diesen Gefallen tat es ihm nicht.

Als Frances ihre beiden Besucher passieren ließ, musterte sie sie genau. Dann galt ihre ganze Aufmerksamkeit der Straße.

Neugierig geworden, schaute Carolin ebenfalls in diese Richtung. Außer ihrem Taxi war ein Stück weiter die Straße hinunter eine schwarze Limousine zu sehen. Nachdem sie alle den Eingang durchschritten hatten, schwang das Tor langsam und leise zurück.

Ein paar Meter weiter hieß Jesus die Besucher willkommen. Als Erstes fiel Marco das Gesicht der Statue auf. Es war schmal und sah traurig aus. Das herabhängende gewellte Haar stauchte sich auf den Schultern. Seine Hände hielt Jesus segnend in die Höhe, eine beeindruckende Geste, obwohl einige Finger abgebrochen waren und ein Teil am Ärmel fehlte. Das Gewand bedeckte die Füße und breitete sich auf dem Boden aus. Auch dort waren Stücke herausgebrochen.

Marco hatte mit Gott und all dem Zeug nicht viel am Hut, und wer wusste schon, ob Jesus wirklich so wie diese Figur ausgesehen hatte! Und dennoch, die Statue hatte eine Ausstrahlung, die ihn berührte und einen Hauch von Ruhe und Frieden verbreitete. Er fragte sich, wie der Künstler es geschafft hatte, dass ihn eine Steinfigur so in den Bann zog.

Er wandte sich den beiden Frauen zu und ging hinter ihnen her. Der Sandweg teilte sich mehrmals. Bei jedem Schritt knirschte es unter den Füßen. Wie ein Schleier legte sich die typische Friedhofsstille über die Umgebung. Breite Lebensbäume und zugewachsene Grabmale versperrten die Sicht auf dahinterliegende Ruhestätten. In die verschlungenen Pfade hinein ragte wild wucherndes Baumgestrüpp. Marco hatte Schwierigkeiten, die Orientierung zu behalten. Früher waren die Wege bestimmt gut passierbar gewesen, aber heute waren sie mit Wurzeln durchzogen, von denen einige in die Grabstätten hineinwuchsen. Marco sah im Vorübergehen eine besonders große Wurzel, die die Einfassungen eines Familiengrabes gesprengt hatte. Rechts und links des Weges sah er von Efeu überwucherte Gräber. Kreuze im keltischen Stil wechselten sich mit von Moos überwachsenen Obelisken ab. Er hatte einmal gelesen, dass diese Steinpfeiler ein Kultsymbol des Sonnengottes Re im alten Ägypten waren. Heute sollten sie wohl die Verbindung der gegenwärtigen irdischen Welt mit der Totenwelt darstellen.

Wegen des dichten Pflanzenwuchses hatte die Sonne nie genügend Freiraum, um zu wärmen und die Erde zu trocknen. In der feuchten Luft hing der Geruch von Moder und verwelktem Laub. An manchen Stellen meinte Marco, Erde mit Pilzgeflecht zu riechen. Als Kind hatte er zu gerne Pilze ausgegraben, um zu sehen, was darunter war. Und dieser spezielle Geruch, der aufstieg, den fand er hier wieder.

Frances blieb stehen. „Hier ist das Grab." Diskret trat sie ein paar Schritte zurück. Es interessierte sie anscheinend wenig, wie die beiden die Ruhestätte aufnahmen. Viel mehr interessierten sie die anderen Gräber. Sie betrachtete die Bäume, drehte sich um und schaute den Pfad entlang.

Dieses Verhalten blieb Marco nicht verborgen und dabei beschlich ihn ein Gefühl, das er als nicht angenehm bezeichnen würde. Das Dunkelgrün der Pflanzen, die schwarzen Stämme der Bäume und die verwitterten Gräber schürten dieses Gefühl zusätzlich. Im Augenwinkel meinte er, einen Mann gesehen zu haben. Als Marco aber genauer hinschaute, sah er nur einen Lebensbaum, eine verschnittene Hecke und einen mickrigen Rhododendronstrauch. Nun konnte er sich dem Grab widmen und machte ein paar Schritte darauf zu. Inmitten von mit Efeu bedecktem Boden stand ein Findling. In ihm waren folgende Worte eingraviert:

Last des Erben – nicht alles nimmt der Tod.

Leser, geh und lies anderes!

Erkenne, was du liest!

Und lerne zu erkennen!

„Merkwürdige Inschrift", murmelte er. Er wandte sich Carolin zu, die ebenfalls auf den Stein schaute.

„Was hat das zu bedeuten?", fragte sie.

„Das weiß ich nicht. Ich habe mal von einem Spruch gehört, der lautete: Wanderer steh und weine, hier ruhen meine Gebeine, ich wünschte, es wären deine."

Carolin verdrehte die Augen und konnte sich kaum ein Lachen verkneifen.

„Sie sind ein unmöglicher Mensch."

„Wieso ich? Die Menschen, die so was auf einen Grabstein schreiben, sind unmöglich. So, und was will mir Mrs Abigail nun sagen? Sie scheucht uns ja nicht umsonst hierher, oder?"

„Na ja, dort steht: Last des Erben – nicht alles nimmt der Tod. Ein Erbe anzutreten ist immer schwer. Eben eine Last. Leser, geh und lies anderes! Dann sollten Sie nicht das hier lesen, sondern sich eine andere Lektüre suchen. Sicher etwas Lehrreiches. Erkenne, was du liest! Salopp gesagt, lernen. Und lerne zu erkennen! Und das Gelernte verinnerlichen und anwenden", interpretierte Carolin.

„Und?", fragte Marco.

„Was – und?"

„Die Schlussfolgerung des Ganzen?"

Die Anwaltsgehilfin zuckte mit den Schultern. „Vielleicht hat die alte Dame einfach den Bezug zur Realität verloren. Oder sie wollte sich nur interessant machen. Wer weiß?"

Marco sprach Frances an: „Wissen Sie, was das zu bedeuten hat?"

„Nein, meine Aufgabe war es, Sie hierher zu bringen. Wir haben hier noch mehr solcher Inschriften. Das ist nichts Außergewöhnliches."

„Na ja, ich möchte so was nicht auf meinem Stein stehen haben." Marco holte sein Smartphone heraus und fotografierte die Inschrift.

„Warum machen Sie das?", wollte Carolin wissen.

„Ich werde mir die Zeilen vor dem Schlafengehen noch einmal durchlesen. Vielleicht habe ich dann während des Schlafes eine Eingebung."

„Aha, Sie meinen wohl ‚Der Herr gibt es den Seinen im Schlaf'?"

Marco lachte laut und herzlich. „Warum nicht? Wenn ich im Bett liege, werde ich genügend Zeit haben, darüber nachzudenken."

Carolins Blick schweifte zum Nachbargrab, das ganz anders aussah als die übrigen. „Schauen Sie mal! Ist das nicht schön?"

Sie zeigte auf einen riesigen verwitterten Marmorstein. Der Schriftzug war so in Mitleidenschaft gezogen, dass er kaum noch lesbar war. Jenny Kelly, Tochter von M. J. K., 3.4.1887 – 7.9.1887.

Vor dem Stein saß ein weißer Engel. Sein lockiges Haar umrahmte sanft das pausbäckige Gesicht und ein seliges Lächeln umspielte die geschwungenen Lippen. Marco drehte den Kopf zu Carolin und sah, dass sie dem Engel zulächelte. Als sie seinen Blick spürte, verkniff sie es sich sofort.

Der Engel hatte fleischige Ärmchen und Beine und saß auf einem dicken Moosteppich. Weiß für die Unschuld und Grün für das Leben und die Hoffnung, sinnierte Carolin. Die Flügel dieser Figur bogen sich um den Körper herum als schützender Umhang. Sie ging näher an den Stein heran, las ebenfalls die Schrift und stellte dabei fest, dass das Kind nur fünf Monate alt geworden war.

„Wenn es Ihnen recht ist, dann sollten wir jetzt wieder gehen." Diese Worte der Friedhofsführerin Frances holten Carolin aus ihren Gedanken zurück.

Marco schaute sich noch einmal um. Die Lichtverhältnisse waren wirklich schlecht geworden. Im nahen Umfeld konnte er noch recht gut alles wahrnehmen, aber etwas weiter weg wurde es schon schwierig, Einzelheiten auszumachen. „Ich glaube, ich habe genug gesehen. Gehen wir also zurück und fahren ins Hotel."

„Ja, das sollten wir tun. Noch können wir den Weg einigermaßen erkennen", erwiderte Carolin.

Angeführt von Frances gingen sie zurück zum Haupteingang. Marco versuchte, die Namen und Daten auf den anderen Gräbern zu lesen. Es waren keine skurrilen Reime dabei. Irgendwie hätte ihn das auch gewundert.

Das Knirschen des Sandes unter ihren Füßen hörte sich doppelt so laut an wie auf dem Hinweg. Die Geräusche klangen so verzerrt, dass Marco mehrmals dachte, noch jemand ginge hinter ihnen her. Um sich zu vergewissern, schaute er sich um, aber wie erwartet, war da niemand.

„Bleibt mal stehen!", sagte Carolin plötzlich. Frances drehte sich erstaunt um und lauschte. „Manchmal spielen einem die Sinne einen Streich", sagte sie und ein verlegenes Lächeln legte sich auf ihre Lippen. Sie drehte sich von ihren Gästen weg und beschleunigte ihren Schritt.

Carolin runzelte die Stirn. „Da waren doch Schritte, oder?", wandte sie sich fragend an Marco. Dabei zog sie ihre Schultern hoch, so als ob sie fror.

„Das dachte ich vorhin auch", erwiderte er und legte seinen Arm schützend um sie. Er spürte, wie Carolin sich verkrampfte und ihr Rücken sich streckte. Vorsichtig strich er ihr mehrmals über die Schulter, zog dann seinen Arm zurück und vergrub die Hände tief in den Jackentaschen. Versteh ich denn gar nichts mehr von Frauen? Ich dachte, es würde ihr guttun, wenn sie merkt, dass ich für sie da bin. Anscheinend war ihr meine Berührung unangenehm. Ich bin eben kein Frauenversteher, grübelte er.

Schweigend liefen sie nebeneinander her, bis sie endlich das Tor erreichten.

Marco verabschiedete sich von Frances und wünschte ihr noch einen schönen Tag. „Schade, dass Sie in Begleitung sind. Ich hätte Ihnen noch gern ein nettes Restaurant gezeigt, wo man ausgezeichnet essen kann", hauchte Frances mit einem Seitenblick auf Carolin, die schon beim Taxi stand und die Tür geöffnet hatte.

„Vielleicht ein anderes Mal", erwiderte Marco.

„Vielleicht gibt es kein anderes Mal", orakelte sie.

„In Deutschland sagt man, dass man sich immer zweimal im Leben begegnet." Damit war für Marco die Unterhaltung beendet. Er überquerte die Straße und stieg in den Wagen. Henry fuhr los, aber nicht ohne vorher noch in den Spiegel zu schauen. „Sie sehen ja aus, als ob Ihnen Gespenster begegnet wären."

Um Henrys Augen bildeten sich tiefe Lachfalten, die sich im Rückspiegel der Frontscheibe widerspiegelten. „Gesehen haben wir keine, nur gehört", teilte er dem Fahrer mit.

Henrys Lachfalten verschwanden.

„War nur ein Scherz. Ich denke, wir haben uns die Schritte nur eingebildet."

„Ich glaube nicht, dass wir uns das eingebildet haben. Frances hat sie gehört, ich habe sie gehört und …"

56

„Ich. Möglich wäre, dass ein Friedhofsangestellter irgendwo zwischen den Gräbern gelaufen ist, ohne dass wir ihn sehen konnten."

„Wäre möglich."

„Wo soll ich Sie jetzt hinfahren?", fragte Henry nach hinten.

„Zum Hotel", antwortete Marco. Und zu Carolin sagte er: „Wir holen den Karton und schauen rein, was drin ist."

„Sie sollten doch zuerst die Briefe lesen", mahnte Carolin ihn.

„Dann lese ich eben zuerst die Briefe und dann mach ich ihn auf."

Carolin knetete ihre Finger. „Mir geht der Spruch nicht so recht aus dem Kopf. Auf Grabsteinen sind immer Inschriften zu lesen, die im direkten Bezug zum Verstorbenen stehen wie zum Beispiel: Hier ruht Metzgermeister Fleischer. Aber diese Mrs Smith hat einen Spruch gewählt, der wie eine Aufforderung zu einer bestimmten Handlung aussieht. Sie spricht das Erbe an, fordert den Leser auf, etwas anderes zu lesen, es anzuwenden und zu lernen, und es war ihr Wunsch, dass Sie zu ihrem Grab gehen. Warum? Wieso schrieb sie keinen Brief an Sie?"

„Ich kann im Moment nur spekulieren. Vielleicht gibt es in der Wohnung einen Brief, den ich lesen soll, oder Tagebücher mit intimen Dingen über die königliche Familie. Würde ja viel Staub aufwirbeln, oder?", fragte Marco.

Carolin lachte. „Sie haben eine blühende Fantasie. Ich glaube nicht, dass das Königshaus dies zulassen würde."

„Was sollten die denn dagegen unternehmen?"

„Die haben da ihre eigenen Methoden. Das können Sie ruhig glauben", erwiderte Carolin.

Kurz darauf hielt das Taxi vor dem Hotel und beide stiegen aus. Während es wieder losfuhr, rief Henry: „Wenn Sie mich brauchen, dann rufen Sie einfach an." Und gleich darauf fädelte er sich in den rollenden Verkehr ein.

Carolin atmete erleichtert auf. Marco bemerkte es. „Sie mögen ihn nicht sonderlich."

„Ist das so deutlich zu spüren?", fragte sie, während sie gemeinsam zur Rezeption gingen.

„Ein bisschen schon."

„Ich mag seine Gegenwart nicht, obwohl er mir nichts getan hat. So richtig weiß ich nicht, wo diese Antipathie herrührt. Es ist nur so ein Gefühl", versicherte Carolin und sann über dieses Gefühl nach.

10.

An der Rezeption verlangte Marco nach Mr White. Gleich darauf erschien ein großer schlaksiger Mann, dessen Alter nur schwer zu schätzen war. Seine grauen Haare ließen ihn alt erscheinen, doch das glattrasierte, fast faltenlose Gesicht hätten einem Mann Ende dreißig gehören können. „Sie wollten mich sprechen?", fragte er höflich.

Marco nickte und sagte: „Mein Name ist Petzold. Mr Wilson hat etwas für mich hinterlegt. Das möchte ich abholen." Er griff in seine Sakkotasche und holte das Schriftstück von Mr Wilson hervor, faltete es auseinander und gab es dem Mann an der Rezeption. Dieser las es und ging in einen Raum hinter der Schlüsselwand. Kurze Zeit später kam er mit einem graubraunen Karton unterm Arm wieder und stellte ihn vor Marco ab. „Das ist das Paket, und hier ist der Schlüssel."

Marco nahm alles entgegen und meinte: „Hat eigentlich Mr Wilson gesagt, wo sich die Wohnung befindet? Ich glaube, das ist untergegangen. Er war zu sehr damit beschäftig, mir die beiden Umschläge zu geben und zu erklären, wie wichtig die seien."

Carolin stimmte zu. „Dann werden wir wohl Mr Wilson noch mal anrufen müssen."

Der Mann an der Rezeption hüstelte. „Das wird nicht nötig sein. Mr Wilson gab mir auch die Adresse. Das Apartment befindet sich gleich links beim nächsten Abzweig und dann noch ein paar Schritte. Die Nummer 21 ist es. Der Portier weiß, dass Sie in der nächsten Zeit kommen werden."

Marco schaute auf seine Uhr. „Wir haben doch nichts weiter vor, oder?" Ohne eine Antwort von Carolin abzuwarten, sprach er weiter. „Da könnten wir uns das Apartment anschauen. Was meinen Sie, Carolin?"

„Warum eigentlich nicht?"

„Gut! Mr White, wenn wir zurück sind, hole ich mir das Paket."

„Selbstverständlich!"

Auf dem Weg zur bezeichneten Adresse raste der Verkehr schnell und laut an den beiden Deutschen vorbei. Merkwürdigerweise war keine Hektik zu spüren und auch keine Art von Fremdheit. Ihm schien alles so vertraut wie in Görlitz. In seiner Kindheit hatte Marco gern die Finger an Zaunlatten entlanggleiten und dabei den typischen rhythmischen Klopfton erklingen lassen. Ebendies tat er gerade mitten in London. Als der Zaun endete, bogen sie ab und suchten die Nummer 21. Das Haus war ein unscheinbares vierstöckiges Gebäude mit einer gepflegten Blumenrabatte, in der die Frühblüher sich in ihrer Pracht zu übertrumpfen versuchten. Die Eingangstür öffnete sich automatisch und ließ den neuen Wohnungsbesitzer und seine Begleitung ins Foyer. In den polierten Fußbodenfliesen spiegelte sich die elegante Inneneinrichtung. Hinter einem Holztresen lugte ein graues Haarbüschel hervor. Marco steuerte darauf zu und sah, dass der Portier im Sitzen schlief. Leises Schnarchen drang an sein Ohr. Er klopfte auf das Holz und wartete auf eine Regung, aber der alte Mann schlief tief und fest weiter.

„Na dann, suchen wir uns die Wohnung eben ohne Anmeldung", sagte Marco.

„Und welche Nummer hat sie?"

„Auf dem Schlüssel steht 107. Ich würde sagen, dann suchen wir mal. Treppe oder Aufzug?"

„Treppe. Ein bisschen Bewegung schadet nicht." Neben der Aufzugskabine befand sich die Tür für den Treppenaufgang. Marco nahm zwei Stufen auf einmal und Carolin trat mit einer atemberaubenden Schnelligkeit auf jede Stufe. Zeitgleich kamen beide in der ersten Etage an. Die Zimmernummern begannen alle mit einer Eins, und nach wenigen Metern standen sie vor der gesuchten Tür. Sie ließ sich leicht öffnen. Rechts neben der Zarge fand Marco den Lichtschalter. Der winzige Flur, der nur einer Person Platz bot, wurde in warmes Licht getaucht, das von einem mediterranen Farbanstrich unterstützt wurde. Von den beiden vorhandenen Türen öffnete Marco zuerst die linke. Dahinter verbarg sich das Bad, dessen vorherrschende Farbe rosa war, rosa Vorleger, rosa Duschvorhang, rosa Seifenspender, Zahnputzbecher und Haarbürste. Als Marco die andere Tür öffnete, stand er in einem geräumigen Wohnzimmer. Zuerst fiel ihm die Tapete auf. Sie war blau-weiß gestreift und verblasst. Ebenfalls blau-weiß gestreift waren die Sitzmöbel und vermittelten den Eindruck, als ob sie nie benutzt worden wären. An der Wand über der Couch prunkte ein riesiges Bild in einem dicken Goldrahmen. Auf ihm waren, passend zu den Farben der Polster, das Meer und ein Dreimaster dargestellt. Die aufgewühlte See stand im Wettstreit mit dem gigantischen Segler. Marco konnte sich kaum von der Darstellung lösen. Ihn packte plötzlich die Lust, einfach auf direktem Weg zum Meer zu fahren und sich an den Strand zu setzen, um dann auf das Wasser zu schauen. Mit den dreitausend Pfund konnte er sich eigentlich solch eine Fahrt leisten und mal Urlaub machen, richtigen Urlaub. Marco löste sich von dem Bild und seinen Träumereien und wandte sich dem Kernstück der Wohnstube zu, einem großen Papageienkäfig, der leer und verlassen mitten im Zimmer stand. Ein metallisches Schaben ließ ihn aufhorchen. „Was war das?"

„Was war was?", fragte Carolin zurück.

„Na, dieses Geräusch, als ob Metall aufeinanderkratzt."

„Ich habe hier diesen wunderbaren Papageienkäfig angefasst. Aber das hat kein Geräusch verursacht. Ganz sicher nicht."

„Es hörte sich eher an, als ob jemand einen Schlüssel ins Schloss steckt, der nicht passt."

Zwei Augenpaare richteten sich auf die Wohnungstür.

Marco ging leise zur ihr hinüber, riss sie mit einem Ruck auf und spähte den Gang entlang. Es war niemand zu sehen, aber ihm war, als ob sich die Tür zum Treppenhaus ein wenig bewegte. Er ging zurück in die Wohnung. „Entweder habe ich mich getäuscht oder es hat sich wirklich jemand am Schloss zu schaffen gemacht."

„Ich habe jedenfalls nichts gehört. Ehrlich!", versicherte Carolin.

„Hm."

„Irgendwann kaufe ich mir ein Graupapageienpärchen und solch einen Käfig. Ich nenne sie Sita und ihn Boko. Das ist mein großer Traum."

„Wie kommt man auf einen Graupapagei?"

Carolin schmunzelte vor sich hin. „Als Kind nahmen mich meine Eltern zu einer Ausstellung mit. Ein altes Gemälde gefiel mir besonders gut. Darauf war eine Frau in einem langen Kleid zu sehen, und neben ihr saß auf einem Ständer ein Graupapagei. Er sah so schön aus. Da war mir klar: So einen werde ich später einmal haben."

„Vielleicht erfüllen Sie sich Ihren Traum. Einen Käfig haben Sie ja schon."

„Ja?"

„Na klar! Was soll ich damit?"

„Wirklich? Das wäre schön." Behutsam strich sie über die Stäbe.

Marco ging zur Anrichte neben dem Fenster und ließ seinen Blick über die vielen Fotos gleiten. Es waren alte Aufnahmen, meist Gruppenfotos. Eines erregte seine Aufmerksamkeit und war mit Sicherheit neueren Datums. Die Farben waren frisch und der Kontrast gestochen scharf. Es zeigte zwei Frauen. Eine davon war die Queen persönlich und die andere, von gleicher Größe und Statur, stand reserviert daneben. Marco nahm das Foto in die Hand und schaute es lange an. Das Gesicht der Frau war fein geschnitten, und die braungrünen Augen strahlten ihm entgegen. Die geschwungenen Lippen standen im Kontrast zur großen Nase, die nicht so recht zum Gesicht passen wollte. Aber in puncto Ausstrahlung nahmen sich beide Damen nichts. „Ich glaube, das ist unsere Mrs Abigail", sagte Marco in den Raum hinein. Neugierig geworden stellte sich Carolin dazu. „Das könnte gut möglich sein. Wer mag wohl das Foto gemacht haben?" Carolin nahm das Bild und drehte es herum, konnte aber keine Notiz entdecken, kein Stempel, kein Hinweis. Vorsichtig stellte sie es an seinen Platz zurück.

Marco betrat die Schlafstube. Dieser Raum war winzig und dunkel. Die schweren Vorhänge waren zugezogen, und es roch schwach nach Parfüm. Er schaltete das Licht an und ließ seinen Blick von der Tür aus durch den Raum gleiten. Neben dem schmalen Bett, was ordentlich hergerichtet war, stand ein Nachtschränkchen, auf dessen polierter Oberfläche ein paar Arzneien aufgereiht standen, so als ob die Bewohnerin jederzeit wiederkommen könnte. Er schaltete das Licht aus und schloss die Tür leise. „Wir dringen hier in ein Leben ein, das nicht unseres ist. Es fühlt sich nicht richtig an."

Carolin hatte sich in einen Sessel gesetzt. „Aber es war ihr ausdrücklicher Wunsch. Sie wollte, dass das hier alles Ihnen gehört, und somit ist es auch richtig, dass Sie jetzt hier sind."

Marco steckte die Hände in die Hosentaschen und stellte sich ans Fenster. „Ich weiß, dass das alles gesetzlich korrekt ist, aber ich meine, vom Gefühl her ist es falsch. Sie ist fremd für mich. Selbst wenn sie eine entfernte Verwandte ist. Was weiß ich denn von ihrem Leben? Ich weiß nicht, wie sie war, wer sie war. Ohne ein Foto würde ich nicht einmal wissen, wie sie ausgesehen hat. Na ja, eine gewisse verwandtschaftliche Beziehung kann ich nicht ausschließen. Die Augen, die Lippen … Warum musste sie mich zum Erben erklären? Was soll ich mit all dem Zeug anfangen? Sie hat mir ihr Leben in die Hände gedrückt, das mir völlig fremd ist. Wir schnüffeln herum, fassen alles an und irgendwann …" Marco atmete hörbar. Dann stutzte er. „Carolin, kommen Sie mal bitte her! Schnell!" Carolin sprang auf und eilte zu ihm.

„Ist das nicht der Typ, der aus der Kanzlei von Mr Wilson kam?", fragte Marco.

Carolin sah nur noch, wie die Tür eines schwarzen Autos zugeschlagen wurde und dieses gleich darauf wegfuhr. „Ich glaube, das ist dasselbe Auto, oder? Aber sicher bin ich mir nicht."

„Kommen Sie, wir gehen zum Hotel zurück. Ich muss mich erst einmal an den Gedanken gewöhnen, in fremden Sachen herumzuschnüffeln. Ich hätte nicht gedacht, dass mir das Probleme bereiten würde. Außerdem will ich wissen, was sich in dem Karton befindet." Er schaute sich noch einmal um und prägte sich das Gesamtbild ein.

Carolin ging vor. Als er sie im Foyer einholte, dachte er, ihr sei plötzlich schlecht geworden. Sie stand vor dem Holztresen,

63

hielt sich mit einer Hand den Mund zu und wippte mit dem Oberkörper.

„Geht es Ihnen nicht gut?", fragte Marco verwundert. Kaum hatte er die Frage ausgesprochen, drehte sich Carolin mit bleichem Gesicht zu ihm um und rannte hinaus. Merkwürdig. Marco wollte wissen, was diese Anwandlung bei Carolin ausgelöst hatte, und schaute hinter den Tresen.

Der Kopf des Portiers lag zur Seite gekippt auf dem Tisch, und langsam tränkte sich die Oberfläche mit Blut. Marco konnte das Bild, das sich ihm bot, im ersten Moment nicht verstehen. Ein warmer, metallischer Geruch strömte ihm in die Nase. Übelkeit kroch von seinem Magen her auf, und im Hals bildete sich ein Kloß. Vor seinen Augen begannen helle Punkte aufzuleuchten, und er bemühte sich, gleichmäßig zu atmen. Marco hielt sich am Holz fest und schaute noch einmal zur Ablage. Er ging um den Tresen herum. An der herunterhängenden Hand des Portiers fühlte er vergeblich nach dem Puls.

Vor der Tür sog er die frische Luft ein.

***

„Und Sie haben wirklich nichts gesehen, gehört oder bemerkt?", fragte Police Inspector Johnson von Scotland Yard noch einmal.

„Das haben wir Ihnen doch schon ausführlich erklärt. Als wir hier ankamen, schlief der Mann im Sitzen. Er schnarchte sogar. Wir sind ins Apartment und haben uns dort fünfzehn oder zwanzig Minuten aufgehalten. Es können auch weniger gewesen sein. Ich habe nicht auf die Uhr geschaut. Anschließend sind wir gegangen, und da bemerkten wir, dass er in seinem eigenen Blut liegt. Ich habe angerufen, und jetzt sind Sie hier." Durch das Fenster und die Glastür drang aufdringlich und immer wiederkehrend das Blaulicht. Es erfüllte den gesamten Raum und verzerrte die Wahrnehmung der übrigen

Farben. Marco, Carolin und der Police Inspector saßen in der Sitzgruppe neben dem Eingang. Der Beamte machte Notizen und schaute sich mehrmals die Ausweise der beiden an. Dann strich er seinen Schnauzbart glatt und fuhr mit beiden Händen durch das Haar. Seine dunklen Augen huschten zwischen Marco und Carolin hin und her.

„Was ist eigentlich der Anlass Ihrer Reise, wenn ich fragen darf?"

Carolin hüstelte diskret in die Hand und erklärte: „Mr Petzold ist in einer Erbangelegenheit hier. Ich begleite ihn im Auftrag seines Anwalts, Mr Hubertus Jakobsen. Das Apartment 107 gehört zum Erbe. Wir haben es uns kurz angeschaut und wollten zurück zum Hotel. Morgen gegen Abend werden wir wieder abreisen."

„Daraus wird wohl nichts. Sie werden die Stadt vorerst nicht verlassen. Bis einige Sachverhalte geklärt sind, behalte ich Ihre Ausweise. Heute ist Mittwoch, und wenn unsere Bürokratie schnell arbeitet, könnten Sie am Samstag schon nach Hause fliegen. So lange werden Sie Gast in unserem Land sein."

Marco stöhnte auf und Carolin sank förmlich in sich zusammen. Der Inspektor beobachtete beide. „Wissen Sie, was ich nicht verstehe?" Er sprach nicht weiter, sondern wartete auf eine Reaktion.

„Was denn?", wollte Marco wissen.

„Schauen Sie, von der Treppe aus, von der Sie beide gekommen sind, kann man den Toten nicht sehen. Ich habe es selbst getestet. Wie sind Sie denn auf ihn aufmerksam geworden?" Während er auf eine Antwort wartete, blätterte er in seinem Notizbuch.

Carolin fühlte sich angesprochen. „Ich weiß nicht, warum ich dort hingegangen bin. Keine Ahnung. Ich habe es einfach getan und da lag er dann. Wir waren es nicht. Wir haben ihn nur gefunden." Ohne, dass sie es hätte erklären können, wechselte sie vom Ich zum Wir.

Der Inspektor verzog den Mund zu einem gequälten Lächeln. „Das sagen sie alle. Aber wissen Sie was? Ich glaube Ihnen sogar. Trotzdem werden Sie vorerst unsere Gastfreundschaft genießen. Wenn Sie das Hotel verlassen, dann würde ich gern wissen, wo Sie zu finden sind, und verärgern Sie mich bitte nicht. Das kann ungemütlich für Sie beide werden. Für den Fall, dass Ihnen noch etwas einfällt oder Sie mich sprechen wollen – hier ist meine Karte." Er stand auf und wartete darauf, dass Marco und Carolin sich ebenfalls erhoben. Er reichte ihnen die Hand und begleitete sie vor die Tür.

11.

Marco und Carolin bahnten sich einen Weg zwischen den Polizeiwagen, dem Kranken- und dem Leichenwagen und waren froh, als sie nach der kurzen Wegstrecke wieder in ihrem Hotel standen. Mr White erwartete sie und reichte ihnen das Paket herüber.

Carolins rosige Gesichtsfarbe war noch nicht zurückgekehrt. „Ich werde wohl auf ein Abendessen verzichten."

„Kein Problem, mein Appetit hält sich auch in Grenzen." Unschlüssig betrachtete er den Karton. „Ich möchte mir den Inhalt anschauen. Wollen Sie dabei sein?" Als Marco sah, wie Carolin ansetzte, etwas zu sagen, meinte er: „Ich weiß, zuerst lese ich die Briefe und dann ist der Karton dran. Okay?" Carolin nickte.

Gemeinsam begaben sie sich in den Aufzug und fuhren in den zweiten Stock. Dort angekommen gingen sie, ohne ein Wort zu sprechen, zu Marcos Zimmer. Mit dem Karton unterm Arm versuchte Marco, die Karte in den Schlitz zu stecken. Da nahm er wahr, dass die Tür einen Spalt offen stand.

66

Er gab Carolin den Karton und drückte vorsichtig mit dem Ellenbogen die Tür bis zum Anschlag auf. „Ist hier jemand?", fragte er laut in das Zimmer. Kein Geräusch war zu hören. Er trat ein. Ihm bot sich ein chaotisches Bild: Sein Bett war zerwühlt, der Kleiderschrank war leer und all seine Sachen lagen im Zimmer verstreut, dazwischen sah er das Rasierzeug, Zahnputzbecher und Bürste. Hier hatte jemand ganze Arbeit geleistet. Marco fragte sich, was der Einbrecher gesucht hatte. Bei ihm war doch nichts zu holen; kein Geld, keine Wertgegenstände, noch nicht einmal ein Laptop oder ein Fotoapparat.

„Oh, mein Gott! Was ist denn hier passiert?", fragte Carolin, die plötzlich hinter ihm stand.

„So habe ich es eigentlich nicht verlassen. Ich werde mit Mr White sprechen und versuchen, ein anderes Zimmer zu bekommen."

„Riechen Sie das auch? Ist ja richtig penetrant." Dabei rümpfte Carolin die Nase.

Marco war es noch gar nicht aufgefallen, aber sie hatte recht: Es roch merkwürdig nach schwerem Aftershave, seinem eigenen Deodorant und kaltem Zigarettenrauch. Er öffnete das Fenster, ließ die kühle Abendluft herein und griff dann zum Telefon. Nach einem kurzen Gespräch mit Mr White war klar, dass die Polizei gerufen werden musste.

Keine zehn Minuten später stand Mr White in Begleitung von Police Inspector Johnson in der Tür. „Jetzt haben wir noch einen netten kleinen Einbruch. So, so."

Marco erhob sich vom Bett. „Mr White bestand darauf, dass die Polizei geholt wird. Gestohlen wurde jedenfalls nichts, soweit ich das überblicken kann."

Der Inspektor betrachtete das Türschloss, bewegte die Tür hin und her und ging neugierig durchs Zimmer. „Hier hat jemand was gesucht, und zwar ganz systematisch. Haben Sie irgendwelche Wertgegenstände, Elektronik oder Ähnliches, worauf die Einbrecher es abgesehen haben könnten? Was fällt mir denn noch so ein? Drogen? Wertpapiere? Hehlerware? Schmuck?" Dabei schaute er Marco direkt ins Gesicht.

„Ich besitze nicht einmal einen Laptop, kein Bargeld, keine Digitalkamera, nichts. Hier ist nichts zu holen, auch keine Drogen oder Ähnliches."

„Und trotzdem wurde hier eingebrochen – und nur hier. Kein anderes Zimmer ist davon betroffen. Oder? Wie sieht es mit Ihrem Zimmer aus, Mrs Lobner?"

Carolin zuckte zusammen. „Da war ich noch gar nicht."

„Na dann, schauen wir mal nach." Die kleine Gesellschaft begab sich geschlossen zum Nachbarzimmer. Carolin steckte die Karte in den dafür vorgesehenen Schlitz und öffnete die Tür.

„Moment", flüsterte der Police Inspector. „Ich gehe zuerst." Er schob die junge Frau von der Tür weg zur Wand. Vorsichtig ließ Inspektor Johnson die Tür aufgleiten, bis sie auf Widerstand stieß. Langsam setzte er einen Fuß vor den anderen, öffnete leise das Bad zu seiner Linken und setzte dann seinen Weg fort. „Sie können reinkommen. Hier ist niemand."

Carolin schüttelte den Kopf.

„Was ist denn?", fragte Marco.

„Hier war jemand. Ich hatte meinen Koffer offen gelassen. Jetzt ist er zu. Das Buch lag auf dem Bett und nicht auf dem Nachttisch." Carolin schaute sich weiter um. Sie ging zum Kleiderschrank. „Ich klemme auch nicht meine Kleider ein." Wütend öffnete sie den Schrank, stopfte die Jacke, die eben noch mit einem Zipfel herausschaute, zurück und schloss ihn wieder.

Mr White schien recht unglücklich, bewahrte aber die Fassung. „Ich werde Ihnen selbstverständlich eine andere Räumlichkeit zur Verfügung stellen. Allerdings kann ich Ihnen nur die Hochzeitssuite anbieten mit Schlaf- und Wohnraum, zwei

Bädern, einem Ankleideraum und einem Balkon. Alle anderen Zimmer sind belegt." Erwartungsvoll schaute er Marco und Carolin an. Als diese nichts erwiderten, sprach er weiter. „Natürlich können Sie die Suite so lange bewohnen, wie Sie sich in London aufhalten. Es wird Ihnen auch nichts zusätzlich berechnet, und selbstverständlich erhalten Sie jeden Tag einen frischen Obstkorb und über die Minibar dürfen Sie frei verfügen. Außerdem besitzt die Tür der Suite ein Sicherheitssystem mit einer zusätzlichen Codierung. Unsere frisch vermählten Paare sollen nicht durch eine Unachtsamkeit gestört werden. Diese Sicherheit hätten Sie dann auch." Erwartungsvoll hob er die Augenbrauen.

„Also gut. Wir nehmen das Angebot an", sagte Carolin in einem nicht gerade überzeugenden Ton. „Aber Sie nehmen die Couch. Oder irgendwelche Einwände?", fragte sie Marco.

„Als Gentleman überlasse ich Ihnen natürlich das Bett und nehme mit der Couch vorlieb." Mit einem Auge zwinkerte er ihr dabei zu.

„Da das ja nun geklärt zu sein scheint, würde mich trotzdem noch einmal interessieren, was Sie beide davon halten. Was könnte der Einbrecher gesucht haben?" Inspektor Johnson ließ seinen Blick erst auf der Frau und dann auf dem jungen Mann ruhen. Carolin zuckte mit den Schultern, und Marco zog die Mundwinkel nach unten. „Na gut. Ich werde ein Protokoll aufsetzen, das Sie mir bei Gelegenheit unterschreiben werden. Spätestens, wenn Sie Ihre Ausweise zurückerhalten. Einen schönen Abend wünsche ich Ihnen noch." Dabei tippte er sich mit zwei Fingern an einen imaginären Hut und machte dann eine schwungvolle Bewegung von ihm weg. Marco verabschiedete sich von ihm ebenso, obwohl er solche Art von Gesten lächerlich fand.

„Ich würde vorschlagen, dass wir jetzt in die Suite gehen; der Boy wird Ihre Sachen nachbringen", sagte Mr White steif.

12

Nach einer heißen Dusche saß Carolin im flauschigen weißen Bademantel mit einem Glas eiskalter Milch auf der Couch. Das Rauschen des Wassers hatte sie beruhigt. Voller Genuss trank sie ihre Milch und lauschte auf die Töne, die aus dem Badezimmer kamen. Marco sang laut, aber nicht besonders schön, und es hatte den Anschein, dass ihm nicht bewusst war, dass sie hier saß und alles hörte. Sie musste unweigerlich schmunzeln.

Vor ihr auf dem Tisch stand der Karton, und daneben lagen die drei Umschläge. Der dicke enthielt das Geld, aber welche Bedeutung die beiden anderen hatten, die unbedingt vor dem Karton geöffnet werden sollten, war ihr schleierhaft. Das konnte aber auch bedeuten …

„Na, auch neugierig?", fragte Marco, der direkt aus dem Badezimmer auf sie zukam.

„Hm, schon."

Marco ging um die Couch herum, prüfte dabei den Sitz seines Handtuches, das er um die Hüfte geschlungen hatte, und setzte sich auch auf das Sofa. Er nahm die Briefe und schaute sie abschätzend an. Dabei bemerkte er im Augenwinkel, dass seine Begleiterin ihn sehr genau studierte. Ihm wurde bewusst, wie selbstverständlich er sich in ihrer Gegenwart bewegte und dass er es nicht einmal für nötig erachtete, einen Bademantel überzuziehen. „In welchen Umschlag wollen wir zuerst reinschauen?" Er hielt beide in die Höhe.

„Egal."

„Egal ist achtundachtzig. Also, welchen zuerst? Rechts oder links?"

„Links kommt vom Herzen."

„Gut." Marco riss den Umschlag auf, nahm den Inhalt heraus, faltete das Blatt auseinander und begann zu lesen.

Dann schaute er kurz auf und las noch einmal von vorn, legte den Brief beiseite und öffnete kommentarlos den zweiten.

„Es scheint wohl mein Glückstag zu sein – abgesehen von den Unannehmlichkeiten mit dem Inspektor, der mich nicht mag. Dieser Karton, liebe Carolin, soll mindestens 150.000 Pfund wert sein. Der Verfasser des anderen Briefes ist der Meinung, dass sie für den unversehrten Karton eine Viertelmillion Euro zahlen würde." Carolins Gesicht nahm einen ungläubigen Ausdruck an. Sie griff zu den Briefen und las. Unterdessen hielt Marco den Karton in den Händen, bewegte ihn vorsichtig hin und her und schüttelte ihn sogar. Schwer war er nicht, und die Geräusche ließen keinen Schluss auf den Inhalt zu.

„Unglaublich!", war das Einzige, was Carolin sagen konnte, nachdem sie die Briefe zurückgelegt hatte.

„Ja, das ist wirklich unglaublich. Ich frage mich, was so viel Wert haben soll? Beide Absender bestehen auf der Unversehrtheit und Vollständigkeit dieser Pappschachtel."

„Vom wem stammen denn die Briefe?"

„Den ersten hat ein Mr James unterzeichnet. Den zweiten schrieb ein Herr Adrian von Steinburg, und der setzte noch ein Siegel drunter. Soll wohl Eindruck machen. Hier, schau selbst!" Carolin rührte sich nicht, sah ihn aber mit großen Augen an. „Was ist denn?", wollte Marco wissen.

„Nichts. Ich war nur überrascht, dass wir schon beim Du angelangt sind."

Marco spürte, wie ihm heiß im Gesicht wurde. Ihm war nun klar, dass ihr das Du vom Flughafen nur herausgerutscht und nicht wirklich ernst gemeint war. Er war froh, dass er die Form gewahrt hatte, aber nun? „Ich bin kein großer Freund vom Siezen. Mir wäre das Du ganz lieb."

„Hm, wenn du meinst."

„Gut. Das wäre dann geklärt. Ich werde mir erst einmal was anziehen." Er verschwand im Ankleideraum, in dem ein

Zimmermädchen dafür gesorgt hatte, dass alles akkurat einge-
räumt war. Als er wieder zurückkam, sah er, dass Carolin die
Zeit genutzt hatte, um den Bademantel gegen einen mint-
grünen Hausanzug zu tauschen. Nun saß sie auf dem Boden,
vor sich die Briefe.

Ohne aufzusehen, sagte sie: „Beide Briefe sind auf richtig
gutem Papier verfasst, beide mit der Hand geschrieben." Nach
einer kurzen Pause, die Marco dazu nutzte, sich zu ihr zu
setzen, sprach sie weiter: „Dieser Mr James hat als Kontakt nur
eine Telefonnummer angegeben, eine Londoner Nummer. Und
der Herr Adrian Vonundzu nennt eine Telefonnummer und
eine Adresse. Nun rate mal, wo der wohnt?" Marco machte ein
unwissendes Gesicht, obwohl er wusste, welche Antwort auf
ihn wartete.

Triumphierend sagte sie: „Der wohnt in Görlitz! Wenn man
das nicht Zufall nennen darf, was ist es dann?"

„Es gibt keine Zufälle."

„Du musst es ja wissen. Na ja, und das Siegel des Herrn
Vonundzu sagt mir auch etwas."

„Und was?"

„Sei doch nicht so ungeduldig und lass mich ausreden! Auf
dem Siegel sind eindeutig ein Zirkel und ein Winkel zu sehen.
Das bedeutet, er gehört zu den Freimaurern."

„Freimaurer? Du meine Güte. Und die wollen den Karton
haben? Warum? Na, da bin ich ja gespannt, zu wem dieser Mr
James gehört. Vielleicht ist er ein Abgesandter der königlichen
Familie." Marco deutete eine majestätische Bewegung mit dem
Oberkörper an, schüttelte dann aber den Kopf, weil alles zu
unglaublich war. „Nein, nein, das ist zu weit hergeholt. Es sind
nur irgendwelche Interessenten und sonst nichts."

„Für einen kurzen Moment dachte ich, dass die Einbrüche
etwas mit diesem Karton zu tun haben. Wäre doch möglich,
oder nicht?", fragte Carolin.

„Hm, vielleicht." Marco stand auf. „Mir reicht es für heute. Ich werde darüber schlafen. Wie sagte meine Oma immer? ‚Der Morgen ist klüger als der Abend.' Also, dann werde ich es mir hier auf der Couch gemütlich machen, und du träum schön im Hochzeitsbett. Und denk dran: Was man in einem fremden Bett in der ersten Nacht träumt, das geht in Erfüllung. Vorausgesetzt, man kann gut allein in einem so großen Bett schlafen."

„Ich schlafe immer allein, und das ganz ausgezeichnet", erwiderte Carolin spitz.

„Wirklich immer? Kaum vorstellbar."

Carolin drehte sich um und ging ins Schlafzimmer.

Marco schüttelte die Kissen auf, bettete seinen Kopf darauf und verschränkte die Arme über der Brust. Kurz bevor er einschlief, dachte er daran, wie schön es doch wäre, hier nicht allein zu liegen, sondern den warmen Körper einer Frau zu spüren, sich vom Duft ihrer Haare betören zu lassen und dem Verlangen der Begierde nachzugeben. Ein Seufzer verließ seinen Mund, bevor er sich umdrehte und die Augen schloss.

Carolin wälzte sich unruhig hin und her. Mal deckte sie sich auf, weil ihr zu warm war, und ein wenig später fror sie. Dann schlug sie mit der flachen Hand aufs Kissen, in der Hoffnung, dass es dünner und weicher würde. Als sie meinte, nun endlich die richtige Stellung zum Schlafen gefunden zu haben, störten sie die Bettlakenwülste, die sich unter ihrem Po gebildet hatten. Sie schmiss die Zudecke aufs andere Bett, stand auf und strich das Laken glatt. Erst jetzt vernahm sie die lauten Schnarchgeräusche aus dem Nebenraum. Sie schlich zur Tür und schaute ins Wohnzimmer. Wie ein Kleinkind in Embryohaltung, die Arme um sich selbst geschlungen, schlief Marco tief und fest. Sein Haar stand wirr ab, was ihn lausbübisch erscheinen ließ, und der friedliche Gesichtsausdruck weckte in ihr das Verlangen, ihn zu streicheln und ihm einen Kuss auf die Stirn zu hauchen. Mit einem leisen Seufzer schloss sie die Tür wieder und legte sich auf das große Bett. Irgendwie hatte Marco recht. In so einem Bett kann man nicht allein schlafen. Man fühlt sich verloren und einsam. Über diesem Gedanken kam doch noch der Schlaf zu Carolin mit einem intensiven Traum.

Braungrüne Augen starrten sie an. Sie wurden plötzlich blau wie Saphire und funkelten sie dämonisch an. Eine schwarze Hand legte sich auf ihr Herz und begann, im Takt des Herzschlages die Pumpbewegung zu imitieren, bis die Hand den Takt bestimmte. Sie hielt inne, stoppte das Herz und machte eine ruckartige Bewegung, sodass es wieder zu schlagen begann. Langsam zog sich die schwarze Hand zurück und verwandelte sich in ein Messer. Bedrohlich blinkte die Schneide, deren Spitze sich in den Arm bohrte. Ein roter Blutstropfen quoll hervor und formte ein Siegel. So sehr sich Carolin bemühte, sie konnte das Zeichen nicht erkennen, trotzdem kam es ihr bekannt vor. Ein Schatten näherte sich, verdeckte das Siegel und kroch an Carolins Körper hoch. Vor Kälte spürte sie sich selbst nicht mehr. Die Taubheit griff nach ihr und lähmte ihre Sinne, noch bevor sie erkannte, dass ihre Lebensuhr abgelaufen war und dass das letzte Sandkörnchen durch die schmale Öffnung nach unten ins Zeitglas fiel.

13.

Schweißgebadet schreckte Carolin hoch. Nur mühsam konnte sie sich im Raum orientieren. Langsam kam ihr zu Bewusstsein, dass sie sich in London im Hotelzimmer befand. Durch den Türschlitz am Boden drang Licht. Sie schälte sich aus dem Bett und öffnete die Tür. Von der plötzlichen Helligkeit geblendet kniff Carolin die Augen zu.

„Oh, hab ich dich geweckt? Das wollte ich nicht", sagte Marco mitfühlend. „Weißt du, ich konnte nicht richtig schlafen. Mir sind einige Sachen durch den Kopf gegangen."

Carolin vergaß ihren Traum. „Ich glaube, du hast sehr gut geschlafen. Jedenfalls sah es so aus."

„Du hast mich beim Schlafen beobachtet? Macht das eine wohlerzogene junge Frau?"

„Wer sagt denn, dass ich wohlerzogen bin?"

„Ich! Nun setz dich schon zu mir!" Dabei klopfte er mit der flachen Hand auf den Boden neben sich. „Wie der Anwalt sagte, hat diese Abigail alles durchdacht. Pass auf! Das ist jetzt rein hypothetisch. Beweisen kann ich es nicht, noch nicht. Ihr Anwalt hätte mir die Erbunterlagen zuschicken können, den Karton, die Briefe, das Geld, den Wohnungsschlüssel. Das wollte die Dame aber nicht. Ich sollte nach London kommen. Und warum?" Marco machte eine bedeutsame Pause. „Sie hat ganz gezielt nach einem passenden Erben gesucht und mich gefunden. Sie muss gewusst haben, dass Geld nur eine untergeordnete Rolle in meinem Leben spielt und dass ich von Natur aus neugierig bin. Das Nächste, was mir einkam, war Folgendes: Wenn sie gewollt hätte, dass ich den Karton verkaufe, dann hätte sie es selbst schon längst tun können und mich nicht nach London holen lassen oder mir direkt gesagt, dass ich ihn verkaufen soll, weil sie es aus irgendeinem Grund nicht selbst konnte. Das aber war nicht ihr Ansinnen. Sie wollte, dass ich auf den Friedhof gehe und diese Inschrift sehe, die mich indirekt auffordert, etwas Bestimmtes zu lesen. Wäre ich zu Hause geblieben, wäre meine Neugier nicht geweckt worden. Ich hätte das Erbe angetreten oder auch nicht und gut ist. Kannst du mir folgen?"

„Nur schwer. Du denkst also, dass sie den Karton nicht verkaufen wollte oder konnte. Und du denkst außerdem, dass er nicht zum Verkaufen bestimmt war. Wozu dann?"

„Genau das ist der Punkt. Um das herauszufinden, habe ich ihn geöffnet."

Carolin besah sich die Papiere, den Stadtplan, die Fotos, die um Marco herum ausgebreitet waren. Das alles sah nicht nur alt aus, sondern roch auch nach vergilbtem Papier und Staub. „Und zu welchem Schluss bist du gekommen?"

„Noch kann ich mir keinen Reim darauf machen. Das ist zum Haareraufen." Demonstrativ ließ er seine Finger durch die Haare gleiten. Dann griff er sich den Stadtplan. „Alles muss irgendwie mit London zu tun haben. Dieser Stadtplan ist von London und datiert von 1886. Ich habe darauf keine Markierungen und keine Notizen oder Ähnliches gefunden. Gab es irgendetwas Besonderes zu dieser Zeit?"

„Wurden da nicht Repräsentanten aus Indien in London empfangen? Das hatte irgendetwas mit der Kolonialzeit zu tun. Na ja, ich kann mich da aber auch täuschen. Ich glaube nicht, dass diese Information so viel Geld wert ist."

„So kommen wir nicht weiter. Wir müssen uns jedes einzelne Stück vornehmen. Am besten notieren wir uns die Punkte, die wichtig sind, und Fragen, die wir aus dem Stegreif nicht beantworten können. Hilfst du mir?" Carolin starrte auf den Boden und nickte kurz. Das würde einige Zeit in Anspruch nehmen. Nicht nur wegen der Vielzahl an Material, sondern auch wegen der alten Schrift.

14.

Die Zeit verging, und dabei bemerkten die beiden gar nicht, dass sie weder gefrühstückt noch zu Mittag gegessen hatten. Den Zimmerservice hatten sie weggeschickt, damit er nichts durcheinanderbringen konnte. Jetzt stand die Sonne hoch am Himmel und leuchtete durch den Vorhangschlitz, trotzdem brannte noch die Deckenbeleuchtung. Ein Klopfen riss sie aus der Begutachtung der Papiere. „Wer ist da?", fragte Marco laut.

„Police Inspector Johnson", dröhnte es hinter der Tür. Marco sprang auf und öffnete. Der unerwartete Besucher legte die Stirn in Falten und musterte Marco von oben bis unten. „Sind Sie gerade erst aufgestanden oder noch gar nicht schlafen gegangen?" Der Inspektor schob den jungen Mann beiseite, trat ein und setzte sich auf die Couch. Er hob den Stadtplan auf und studierte ihn sorgfältig. Dann schaute er, ohne den Plan aus den Händen zu legen, über die Dokumente, so als wollte er sich jedes Detail einprägen.

„Was verschafft uns die Ehre Ihres Besuchs?", fragte Marco. Der Inspektor ignorierte die Frage. „Ein gut erhaltenes Stück. Kaum benutzt und ohne Stockflecken. Wenn Sie den mal loswerden wollen, den nehme ich gern. Natürlich will ich ihn nicht geschenkt haben. Das käme einer Bestechung gleich. Aber deswegen bin ich nicht hier." Einen kurzen Moment hielt er inne und betrachtete intensiv die Gegenstände, die auf dem Boden lagen. „Wo waren Sie beide zwischen einundzwanzig Uhr gestern Abend und sechs Uhr heute Morgen?" Die jungen Leute wechselten einen Blick.

„Wir waren hier. Die ganze Zeit", antwortete Carolin schnell. Ihr war die Angst anzusehen, wieder in irgendetwas hineingezogen oder mit etwas in Verbindung gebracht zu werden, womit sie nichts zu tun hatte.

„Natürlich bestätigen Sie sich das beide gegenseitig, oder?"

„Natürlich."

Marco setzte sich zu Johnson auf die Couch, und Carolin blieb unschlüssig stehen. „Also, Herr Inspektor", sagte Marco, „wir wissen nicht, was vor sich geht. Das Einzige, was wir wissen, ist, dass wir nichts wissen und auch nichts damit zu tun haben. Ob Sie es uns nun glauben oder nicht. Weder haben wir den Portier getötet, noch sind wir in unsere Zimmer eingebrochen. Das ergäbe doch keinen Sinn."

„Aber Sie waren gestern auf dem Highgate Cemetery."

„Natürlich waren wir gestern dort. Es war der ausdrückliche Wunsch von Mrs Abigail Smith, und danach sind wir in ihre Wohnung gegangen", antwortete Marco.

„Ist Ihnen auf dem Friedhof etwas Ungewöhnliches aufgefallen?"

„Ich weiß nicht, worauf Sie hinaus wollen. Aber ja, mir ist etwas Ungewöhnliches aufgefallen. Die Inschrift des Grabsteines war ungewöhnlich."

„Und die Schritte", warf Carolin ein.

„Was für Schritte?", hakte Johnson nach.

„Als wir zurück zum Ausgang gegangen sind, haben wir alle drei Schritte gehört, aber niemanden gesehen", antwortete Carolin.

„Sie waren zu dritt?"

„Der Anwalt, Mr Wilson, hat den Besuch organisiert, und am Tor hat dann eben Frances auf uns gewartet und uns zum Grab geführt. Wir hätten es niemals allein gefunden."

„Hat Frances auch noch einen Nachnamen?"

„Mr Wilson sagte, dass Frances auf uns wartet und sie hat sich selbst mit Frances vorgestellt. Warum, um alles in der Welt, sollten wir nach ihrem Nachnamen fragen? Würden Sie uns nun endlich sagen, was los ist?"

Inspektor Johnson knurrte und ließ mit der Antwort auf sich warten. „Das Grab mit der Nummer 120208 ist letzte Nacht geschändet worden. Der Grabstein umgeworfen, die Inschrift zerkratzt, und es wurde ein Loch gegraben."

„Wer macht denn so was?", fragte Carolin und setzte sich in den Sessel.

„Genau die Frage möchte ich beantwortet haben, und schon wieder sind wir bei meinen Ermittlungen bei Ihnen beiden gelandet. Und nicht, dass Sie denken, ich wäre für Mord, Einbruch und Vandalismus zuständig. Man hat mich gebeten, da ich Sie beide schon kenne und Sie Gäste in unserem Land sind, mich um Sie zu kümmern. Sie verstehen? Also, wer käme für die Grabschändung in Betracht?"

„Keine Ahnung. Carolin und ich, wir haben beide nichts Verbotenes getan. Anscheinend sind wir zur falschen Zeit am falschen Ort gewesen. So was soll es ja geben."

„Wissen Sie, Mr Petzold, das ist Ihre Interpretation der Vorkommnisse. Für mich sind es Tatsachen, an denen ich mich orientiere. Was stand denn so Ungewöhnliches auf dem Stein?" Marco reichte dem Inspektor sein Smartphone, auf dem er die Inschrift lesen konnte.

„Na ja, manchmal wissen die Leute wirklich nicht mehr, was sie aus lauter Blödsinn tun sollen." Der Inspektor stand auf. „Warum liegt eigentlich das ganze Zeug auf dem Boden herum?", wollte er wissen, dabei fuchtelte er mit der Hand hin und her.

„Na, weil auf dem Tisch kein Platz war", lautete Marcos kurze Antwort. Damit verließ der Inspektor die beiden, aber nicht ohne noch einmal gezielt zu den Schriftstücken zu schauen.

Verwundert schloss Marco die Tür hinter ihm. Nachdenklich blickte er zu Carolin. „Mich regt dieser ganze Erbkrempel langsam auf, und der Inhalt des Kartons ist auch nicht von schlechten Eltern, oder wie siehst du das?"

Ruckartig stand die Gefragte auf. „Du bestellst uns was zu essen aufs Zimmer und ich gehe duschen. Ich muss nachdenken."

15.

Pizzakauend hantierte Carolin mit den Schriftstücken. „Alle stammen aus der Zeit von 1886 bis 1890 und haben hauptsächlich mit London zu tun. Man kann sie auf den ersten Blick aber keiner bestimmten Person zuordnen. Hier habe ich so was Ähnliches wie eine Tagebuchseite von einer Mary. Offensichtlich wurde die Seite herausgerissen." Vor Carolins inneren Augen entstand folgende Begebenheit …

London, 12. Dezember 1887

„Mary, geh zur neuen Mrs Gull und sage ihr, dass Mr Gull mit dem Frühstück auf sie wartet. Und sage ihr, dass er es hasst zu warten", ordnete Butler James an.

Mary nickte und stieg die Treppe in den obersten Stock hinauf. Sie war erst seit einer Woche hier in Stellung, und die Bezahlung, die ihr in Aussicht gestellt worden war, war sehr gut. Ihre einzige Arbeit bestand darin, der neuen Mrs Gull Gesellschaft zu leisten, auf deren Garderobe zu achten und ihren Anweisungen Folge zu leisten.

Gestern war es ihre Aufgabe gewesen, die Hochzeitsgäste zu bedienen. Es war spät geworden, bevor die letzten Gäste das Haus verlassen und Mr und Mrs Gull sich zur Ruhe begeben hatten. Mary hatte noch das Bett, das extra für diese besondere Nacht in Mrs Gulls Zimmer aufgestellt worden war, gerichtet.

Die Magd konnte kaum das Gähnen unterdrücken, und ihre Augen zuckten unablässig. Dann klopfte sie an die Tür. „Ich bin es, Mary." Sie erhielt keine Antwort. Nach einer Weile versuchte sie es noch einmal. Sie muss doch da drin sein. Warum antwortet sie nicht? Vorsichtig legte das Mädchen ihr Ohr an die Tür und hörte leises Rascheln.

„Mary, bist du es?"

Sie schrak zurück. „Ja, ich bin es. Darf ich eintreten?" Das „Ja" drang kaum durch das Holz. Schuldbewusst öffnete sie die Tür. Die Angst, beim Lauschen erwischt zu werden, saß tief. Elisabeth Anne Gull stand hinter dem Paravent.

Mary hob das Hochzeitskleid auf, das achtlos auf dem Boden lag, und drapierte es auf den Sessel neben dem Kamin. Ebenfalls auf dem Boden lag das Korsett, das zerrissen war. Schmunzelnd legte sie es zum Hochzeitskleid. Dann ging sie zum Bett hinüber. „Ich werde Ihre Schlafstatt richten." Sie schlug ein klein wenig die Bettdecke zurück, nahm das Kissen und schüttelte es auf. Beim Zurücklegen entdeckte sie etwas Blut auf dem Laken – ein sicheres Zeichen für die Unschuld von Mrs Gull. Damit sie ein neues Laken aufziehen konnte, musste sie die ganze Decke über die hohe Bettkante schlagen. „Oh, mein Gott!", entfuhr es ihr. Auf dem Laken war mehr Blut als von zwei Dutzend Hochzeitsnächten zusammen. Unsicher fragte sie: „Soll ich Mr Gull holen?"

„Nein! Das wird ihn nicht interessieren."

„Aber …"

„Nichts ‚aber'", schnitt die Frau Mary das Wort ab. „Hole mir eine Waschschüssel mit Wasser und frische Kleider. Danach verbrennst du das Laken. Und kein Wort zu irgendjemanden."

„Ja, natürlich."

Als Mary mit dem Gewünschten zurückkam, stand Mrs Gull immer noch hinter dem Paravent. Mary stellt das Gewünschte ab.

∗∗∗

„Hörst du mir überhaupt zu?", fragte Carolin.

Marco war im Nebel der Vergangenheit gefangen und hörte nicht wirklich, was Carolin sagte. „Entschuldige! Was sagtest du?"

„Dieser Mr Gull ist nicht gerade zimperlich mit seiner Frau umgegangen, und das auch noch in der Hochzeitsnacht. Eine Hochzeitsnacht sollte doch romantisch, zärtlich und voller sinnlicher Leidenschaft sein und kein brutaler Geschlechtsakt, bei dem die Frau halb verblutet." Carolin rückte im Sessel hin und her. Dann legte sie das Stück Papier auf den Tisch.

„Ist doch selbstredend", antwortete Marco und runzelte die Stirn. „Sagtest du gerade Gull?", fragte er sicherheitshalber. „Dann habe ich hier einen Brief von einem James, der bei ihm angestellt war. Der schrieb an seine Schwester Folgendes … und dazu passt diese Seite ohne Name. Könnte von einer Frau sein."

„Warum?"

„Es ist eine saubere und feine Schrift."

„Früher hatten auch die Männer eine künstlerische Handschrift."

„Mag sein. Jedenfalls ist beides datiert mit …

London, 01. September 1888

„Ist meine Frau in ihrem Zimmer?", fragte Mr Gull.

„Seit zwei Stunden ungefähr", antwortete James steif.

„Das ist gut. Du brauchst nicht auf mich zu warten. Es wird spät. Und schließ die Tür nicht ab!"

Als James die Haustür hinter Mr Gull schloss, schlug die Uhr in der Bibliothek elfmal.

James war froh, dass er nicht aufbleiben musste. Vor Jahren hatte er an den Wochenenden immer warten müssen, bis Mr Gull wieder nach Hause kam, manchmal bis Mitternacht, aber auch schon mal bis fünf Uhr in der Früh. Die Kleidung seines Herrn war meistens unordentlich und zerknittert. Dann bat Mr Gull ihn um ein Glas Sherry. Zuerst schwieg sein Herr, bevor weitere Gläser Sherry seine Zunge lösten. Er begann zu prahlen, bei wie vielen Frauen er in der Nacht gelegen hatte. Dazu kamen die ausführlichen Beschreibungen der Brüste, der Schöße und wie er es schaffte, dass die Frauen laut stöhnten

82

und einige sogar schrien. Er konnte sich noch an eine erinnern, die sein Herr gewürgt hatte, bis sie ohnmächtig wurde, und dabei sah James ein zufriedenes Lächeln auf seinem Gesicht. In den Augen von Mr Gull loderte erneutes Verlangen, nein Begierde auf. James war immer erleichtert, wenn er sich in seine Kammer zurückziehen durfte.

Sir William Withey Gull schlenderte durch die Straßen von London, denn er hatte es nicht eilig. Irgendwo würde er schon finden, was er suchte.

Das Gassengewirr von East End faszinierte ihn von jeher. Hier hatte er seine ersten praktischen Erfahrungen als Arzt gesammelt; heute war er ein angesehener Mediziner. Was er aber in all den Jahren nicht geschafft hatte, war, seinen Trieb zu steuern. Wie ein Süchtiger suchte er nach Befriedigung, und hier in East End war es ein Leichtes, das zu finden, was er wollte. Für ein paar Pennys oder ein paar Bier konnte er alles haben, wirklich alles!

Er bog in die Bucks Row ein, wie er im Mondlicht deutlich auf dem Schriftzug an der Hauswand lesen konnte.

„Hey, Doktor! Heute wieder unterwegs?" Eine langhaarige Frau in Alltagskleidung trat aus dem Halbdunkel der anderen Straßenseite. Er kannte sie gut. Vor Jahren war sie eine Schönheit gewesen, aber das ärmliche Leben und der viele Alkohol hatten sie zu dem gemacht, was sie heute war. Sie bot ihren Körper an, nicht um Geld zu verdienen, sondern um für eine Nacht ein Bett zu haben.

„Na, Polly, hast du heute noch nichts verdient?" Ihr Alkoholdunst stieg ihm in die Nase.

„Polly kann mich jeder Straßenköter nennen. Aber du bist ein Studierter mit einer feinen Aussprache. Du kennst mich. Nenn mich bei meinem richtigen Namen. Dafür gibt es auch noch einen Zuschlag von mir." Ihre Augen funkelten. Ihr dünner Mund zuckte. Sie wusste sehr genau, wie sie ihn sich angeln konnte.

Er hatte nichts dagegen, und mit vollem Einsatz stieg er in das Spiel ein. „Mrs Nichols, würden Sie mir die Ehre erweisen und mir gestatten, Ihnen heute Ihre Schlafstatt zu bezahlen?"

Polly lachte herzhaft und hakte sich bei ihm unter.

Ein junger Mann ging an den beiden vorbei und blieb kurz stehen. Er war elegant gekleidet mit einem weißen Hemd und einem schwarzen langen Mantel; er hatte die stolze Körperhaltung eines Aristokraten.

Er betrachtete das seltsame Paar. „Na, Polly, hast du jemanden gefunden? Wenn ich aus dem Krug zurückkomme und du noch hier bist, kannst du dir vielleicht ein ordentliches Taschengeld verdienen."

„Ich nehm dich beim Wort, mein Prinz!", rief sie ihm hinterher.

„Ist er das?" Mr Gull traute sich nicht, den Namen auszusprechen, den einen, besonderen Namen, den man hier nie hören sollte.

„Ja, Doktor. Das war der Prinz höchstpersönlich. Hätteste nicht gedacht, dass einer von denen hierherkommt. Und der kommt oft. Der hat auch so seine Wünsche."

Nach ein paar Metern blieben sie unter einer Laterne stehen. „Wonach ist dir heute?", fragte sie provokant.

„Orientalisch", war die einfache Antwort in einer Sprache, die nur die beiden verstanden.

„Das habe ich dir an der Nasenspitze angesehen", flunkerte sie.

Langsam öffneten ihre Finger die obersten Knöpfe der Bluse. Ihr Körper bewegte sich rhythmisch zu einer nicht hörbaren Musik und mit einer geschmeidigen Bewegung bückte sie sich und hielt den Saum des Kleides in beiden Händen. Verführerisch wiegten sich ihre Hüften, während sie den Saum in den Rockbund klemmte. Ihre blassen Beine leuchteten im Mondlicht wie feinstes Porzellan.

William ließ seine Zunge über die Lippen gleiten. Die Kraft zwischen den Lenden gewann die Oberhand. Seine Vorliebe für einen derben heftigen Geschlechtsakt und die Öffentlichkeit, das war schon fast zu viel für ihn. Er öffnet seine Hose, sah sich kurz um und heftete dann seinen Blick auf das gekräuselte Dreieck zwischen den Beinen der Frau. Sie hatte aufgehört sich zu wiegen und stand nun ganz still vor ihm. Er trat dicht an sie heran, ignorierte den Alkoholdunst, drückte sie gegen die Hauswand und spreizte ihre Beine. Er freute sich auf die Schmerzen, die das Geheimnis seiner Befriedigung waren.

Keiner der beiden ahnte, dass sie beobachtet wurden. Im Schutz eines Torbogens stand eingehüllt in ein schwarzes Cape eine Gestalt, die in ihrer regungslosen Haltung mit der Umgebung verschmolz.

Das orientalische Spiel endete abrupt. Polly brachte ihre Kleidung in Ordnung, Mr Gull schloss seine Hose. Gönnerhaft drückte er ihr ihren Lohn in die Hand. „Wann hast du eigentlich das letzte Mal deinen Mann und die Kinder gesehen?", wollte er wissen.

„War ich so gut?" Sie drehte die Münzen in der Hand hin und her und plapperte, ohne seine Frage zu beantworten, weiter. „Da kann ich ihnen morgen was vorbeibringen. Die Kinder werden Schuhe brauchen."

Er wusste genau, dass sie es nicht ihren Kindern bringen würde.

Am Morgen darauf gestaltete sich das Frühstück von Mrs und Mr Gull so wie immer. Das Ehepaar saß sich schweigend an der langen Tafel gegenüber. Mary goss Kaffee nach. James kam ganze fünf Minuten zu spät. Zitternd hielt er die Times in der Hand.

„Was steht so Spannendes drin, dass du mir die Times erst jetzt bringst?", fragte der Hausherr, wobei er genüsslich seinen Kaffee schlürfte.

„Gestern wurde eine gewisse Mary Ann Nichols, genannt Polly, in East End ermordet", berichtete der Butler mit einer Fistelstimme.

Mr Gull riss James die Zeitung aus der Hand. Sein Herz raste, Schweißperlen kitzelten auf seiner Stirn und der Druck auf der Brust wurde unerträglich. Vor seinen Augen tanzten die Wörter:

Tod – Mary Ann Nichols – Polly – Kehle durchtrennt – Schnitte – Unterleib – Bucks Row – fünf Kinder.

Schemenhaft sah er einen gut gekleideten jungen Mann und seine Worte hallten nach: „Wenn ich aus dem Krug zurückkomme und du noch hier bist, kannst du dir vielleicht ein ordentliches Taschengeld verdienen."

***

Schweigend legte Marco beide Seiten zu der anderen auf den Tisch, um die schon gesichteten Unterlagen nicht durcheinanderzubringen.

„Eigentlich mag ich gar nicht mehr so richtig wissen, warum du dieses Erbe bekommen hast. Es entwickelt sich zu einer Last, die ein Einzelner nur schwer tragen kann." Traurig klangen Carolins Worte in seinen Ohren.

„Ja, dieser Mr Gull scheint ja ein ganz Schlimmer gewesen zu sein. Über ihn müssen wir mehr herausfinden." Carolin holte ihren Laptop und schaltete ihn an. „Dann schauen wir mal." Geschmeidig ließ sie ihre Finger über die Tastatur gleiten. „Also: Sir William Withey Gull wurde am 31.12.1816 geboren und starb am 29.01.1890. Er war Leibarzt und enger Vertrauter von Queen Victoria. Seine erste Frau hieß Susann Anne Dacre Lavy, und mit ihr zeugte er zwei Kinder, Cameron und Caroline. Seine zweite Frau, Elisabeth Anne Sheppard, heiratete er am 11.12.1887; er lebte bis zu seinem Ende mit ihr zusammen. Anscheinend blieb diese Ehe kinderlos. Dann ist noch eine Reihe seiner Tätigkeitsfelder aufgelistet. Nichts, was uns wirklich weiterbringt, oder?"

Marco verzog den Mund und ließ ihn spitz werden. „Und was finden wir zu den Freimaurern?"

Carolin streckte ihren Rücken, faltete die Hände und begann ihre Ausführung: „Da brauche ich nicht den Rechner zu bemühen. Eine Mandantin hatte mein Interesse geweckt. Also, die Freimaurer sind eine humanitäre Initiationsgemeinschaft. Sie ist in sogenannten Logen organisiert und sehr verschwiegen. Durch ihre Verschwiegenheit nähren sie Gerüchte. Sie haben sich zum Ziel gesetzt, das Gute in der Welt zu fördern. Ob das heute noch so ist, entzieht sich meiner Kenntnis. Früher bestimmten die Schlagworte Freiheit, Gleichheit, Brüderlichkeit, Toleranz und Humanität ihr Handeln. Zu den Freimaurern sollen Persönlichkeiten wie Goethe, Washington, Franklin, Mozart und noch viele mehr gehört haben. So, und nun ist die Frage: Welches Interesse könnten die Freimaurer an diesen Unterlagen haben, oder hat Herr von Steinburg ein persönliches Interesse? Da stellt sich trotzdem die gleiche Frage – welches?"

„Findest du was zu diesem Mr James oder zu Adrian von Steinburg?"

Wieder glitten Carolins Finger über die Tastatur. Nach einer Weile sagte sie: „Mr James gibt es wie Sand am Meer, und über diesen Vonundzu ist nichts zu finden." Enttäuscht ließ sich Carolin nach hinten in die Couch fallen. Marco begann einen Rundgang durchs Zimmer, schob die Vorhänge vom Fenster zurück und ließ die Abendsonne herein. Dann spazierte er weiter durchs Zimmer. „Wir haben noch nicht das richtige Ende zum Aufrollen gefunden. Wenn wir es haben, dann fügen sich die Informationen zu einem stimmigen Bild zusammen wie ein Puzzle. Vielleicht bringt uns die Liste mit den vielen Namen weiter. Wir geben sie in den Rechner ein und dann schauen wir, was der uns ausspuckt. Was meinst du?"

„Okay, die Liste noch, und dann machen wir für heute Schluss. Mir brummt der Kopf, die Augen brennen schon, und außerdem empfinde ich die Papiere als Zumutung."

Marco schnalzte mit der Zunge. „Dabei hast du dir noch nicht einmal die Fotos und den polizeilichen Untersuchungsbericht angeschaut. Also, heute noch die Liste und dann nehmen wir uns eine Auszeit."

Carolin stöhnte, nickte aber trotzdem. Sie schaute zu ihm hinüber und schielte gleichzeitig auf das Papier. „Das sind ja so viele Namen! Soll ich die alle eingeben? Nacheinander oder gleichzeitig?" Marco schien sie gar nicht zu hören. Er wendete die Seite mit den Namen hin und her und schüttelte andauernd den Kopf.

„Stimmt was nicht?"

Marco sah sie an. „Hm, auf der einen Seite stehen Namen von Frauen nach einem Datum geordnet. Auf der Rückseite befinden sich ausschließlich Männernamen mit Jahreszahlen versehen, die Geburts- und Todesjahr sein könnten.

Joseph Barnett 1858–1926
William Henry Bury 1859–1889
Montague John Druitt 1857–1888
Sir William Withey Gull 1816–1890

Na, schau mal einer an, unser Mr Gull. Da hätten wir schon einen, den wir kennen. Die restlichen neun sagen mir gar nichts. Bei den Frauen steht das Datum zuerst mit Tag und Monat in chronologischer Reihenfolge. Die Liste beginnt mit einer Unbekannten.

26.12.1887 Name unbekannt
25.02.1888 Annie Millwood
28.03.1888 Ada Wilson
03.04.1888 Emma Elizabeth Smith
07.08.1888 Martha Trabrams
31.08.1888 Mary Ann Nichols

Die Nichols hatten wir doch auch schon mal im Zusammenhang mit Mr Gull. Was sagt eigentlich dein schlauer Kasten zu Mrs Nichols?" Carolin rieb sich die Augen, unterdrückte ein Gähnen und versuchte sich zu konzentrieren. Schon etwas träge bewegte sie ihre Finger über die Tastatur, sie verschrieb sich, korrigierte und ließ ihren Zeigefinger gewaltsam auf die Enter-Taste fallen. Dann verschränkte sie die Arme und demonstrierte somit das Ende ihrer Arbeit. Sie war der Meinung, dass sie genug recherchiert hatten. Außerdem machte sich ein leichtes Hungergefühl bemerkbar. Plötzlich reckte sie ihren Kopf vor, so als ob sie das Angezeigte nicht richtig erkennen könnte. Sie nahm ihre Hände zu Hilfe und zog den Laptop dichter an sich heran.

„Und, was ist nun mit der Nichols?", fragte Marco ungeduldig.

„Sie ist am 31. August 1888 ermordet worden."

„Das wissen wir schon. Und steht da auch noch mehr, zum Beispiel, von wem sie getötet wurde?"

„Ja."

„Na, sag schon, von wem denn nun?"

„Das wirst du nicht glauben!"

„Der Papst ist für Glaubensfragen zuständig, nicht ich. Also, wer war es?"

„Jack the Ripper."

Marcos Unterkiefer klappte nach unten, die Augenbrauen hoben sich und seine Augen traten hervor. Als Carolin diesen theaterreifen Gesichtsausdruck sah, begann sie zu lachen, dabei schob sie ihm den Laptop zu.

„Das ist doch nicht möglich", murmelte er vor sich hin.

„Mary Ann Nichols gehört zu den Kanonischen Fünf. So steht es hier", sagte Carolin laut.

„Zu den was?"

„Die fünf anerkannten Opfer."

Und Marco vollendete die folgenschwere Aussage: „Zu den Opfern gehören noch: Annie Chapman, Elizabeth Stride, Catherine Eddowes und Mary Jeanette Kelly." Er warf den Rechner unsanft auf die Couch und hielt wieder die Liste mit den Namen in den Händen. Er las:

„31.08.1888 Mary Ann Nichols

08.09.1888 Annie Chapman

30.09.1888 Elizabeth Stride

30.09.1888 Catherine Eddowes

09.11.1888 Mary Jeanette Kelly

Die fünf Opfer von Jack the Ripper stehen hier drauf und noch weitere:

21.11.1888 Annie Farmer

31.05.1889 Elizabeth Jackson

17.07.1889 Alice McKenzie

10.09.1889 Lydia Hart

13.02.1891 Frances Coles und zwei Unbekannte.

Was findest du zu Annie Farmer?"

„Müssen wir uns jetzt wirklich durch alle Namen arbeiten?"

„Du brauchst doch nur den Namen einzugeben, alles andere macht der Rechner. Bitte!" Dabei versuchte Marco ein charmantes Lächeln zustande zu bekommen und kniff dabei kurz das rechte Auge zu. Seine Neugier war geweckt und er wollte wissen, wie das alles zusammenhängt.

„Annie Farmer wurde, nach ihren eigenen Angaben, angegriffen. Allerdings wird vermutet, dass sie die Verletzungen, die sie vorwies, sich selbst zugefügt haben soll. Also nichts mit Jack dem Bauchaufschlitzer."

„Noch einen Frauennamen. Nehmen wir einfach mal Alice McKenzie, okay?"

Ohne etwas zu erwidern, tippte Carolin den Namen ein. „Sie wurde ermordet und der damalige Ermittler glaubte, dass es Jack the Ripper war. Vielleicht mal zur Abwechslung ein Männername?", fragte Carolin spitz.

„Na gut, sag mir eine Zahl zwischen eins und dreizehn", forderte Marco sie auf.

„Zehn."

Marco fuhr mit seinem Zeigefinger die Namen runter und hielt beim zehnten an. „Walter Richard Sickert."

„Walter Richard Sickert war Maler, wird als sehr exzentrisch beschrieben und wurde mit den Jack-the-Ripper-Morden in Verbindung gebracht."

„Schon wieder dieser Jack. Dann schauen wir mal, was dein tolles Teil zu dem Nächsten auf der Liste sagt: Robert Donston Stephenson."

„Mein tolles Teil wird dir für heute die letzte Antwort geben. Also, er reiste viel, arbeitete als Militärarzt, interessierte sich für Magie, nachdem er einen Magier kennengelernt, und durch diesen Mann einen Einblick in den Okkultismus erhalten hatte und kannte sich offenbar in den Logen der Freimaurer aus. Zu der Zeit von Jack schrieb er mehrmals der Polizei und stellte Theorien auf, wer dieser Jack sein könnte, dabei brachte er sich selbst in Verdacht." Carolin klappte den Deckel runter, legte ihren schwarzen Kasten auf den Tisch und begrub so einen Teil der Papiere. „Ende der Recherche! Ich habe Hunger und würde jetzt gern etwas essen gehen. Unten gibt es ein Restaurant. Hat den Vorteil, dass wir uns nicht abmelden müssen. Ich zieh mir was anderes an und dann können wir gehen."

16

Carolin öffnete die Ankleidetür und blieb einen Moment unschlüssig stehen, nicht um ihre Wirkung auf Marco zu ergründen, sondern weil sie sich nicht sicher war, ob sie das richtige Kleid ausgesucht hatte. Möglicherweise hatte sie eine falsche Wahl getroffen.

Marco löste seinen Blick vom Stadtplan und musterte sie von Kopf bis Fuß. Ihr Haar hatte sie lose aufgesteckt, sodass ein paar Strähnen herausschauten und sich frech kringelten. Das Gesicht war dezent geschminkt, und ihre blauen Augen strahlten. Sein Blick wanderte weiter über ihren schlanken Hals zur Strasskette hinunter zum Dekolleté, auf das sie Glanzpuder getupft hatte. Die Brust hob und senkte sich rhythmisch. Das schwarze, knielange Kleid gab ihrer mädchenhaften Figur betonte Weiblichkeit. Durch die schwarzen Pumps wurden die wohlgeformten Beine scheinbar länger. Marco merkte gar nicht, wie er immer wieder seinen Blick an ihrem Körper auf und ab gleiten ließ.

„Können wir jetzt gehen? Sonst verhungere ich noch." Diese Worte schubsten ihn ins Jetzt zurück.

„Ja, klar."

***

Mit ihren Pumps in der Hand lief Carolin neben Marco her zum Portier. Mr White hielt die Zimmerkarten bereit und sagte: „Ein Mr James rief kurz vor Mitternacht an. Ich sagte ihm, dass Sie gerade mit einer Dame essen wären. Er wollte Sie nicht stören. Ich soll ausrichten, wenn es Ihnen möglich ist, möchten Sie ihn zurückrufen." Den Zettel, auf dem die Notiz stand, legte er beiseite.

Carolin kicherte angeheitert vom Wein. „Mr James gibt es wie Sand am Meer. Welcher soll es denn sein?"

Mr White schaute etwas irritiert von ihr zu seinem männlichen Gast. „Mr James meinte, dass Sie wüssten, wie Sie ihn erreichen können", sagte der Portier entschuldigend.

„Ist schon in Ordnung. Wir haben seine Telefonnummer. Danke für die Nachricht."

In der Suite angekommen ließ Carolin ihre Schuhe neben der Tür fallen. Da sie ihrer Meinung nach nicht richtig standen, bückte sie sich, um dies zu korrigieren. Damit hatte Marco nicht gerechnet. Er konnte seine Vorwärtsbewegung nicht mehr abbremsen und rempelte sie an. Das wiederum brachte sie ins Straucheln, und geistesgegenwärtig griff er nach ihr, um zu verhindern, dass sie fiel. Er erwischte ihren Arm und zog so heftig, dass sie in seine Arme flog. Mit seinem Fuß gab er der Tür einen Schubs. Carolin legte impulsiv ihren Kopf an Marcos Brust, während er die Arme um sie schlang. Er schloss die Augen und ließ sich vom Duft ihrer Haare betören, dabei spürte er ihren warmen Körper. Durch das Hemd merkte er, wie sich ihre Brustwarzen unter dem dünnen BH aufrichteten und ihr Atem schneller wurde. Vorsichtig löste er die Umarmung und nahm ihr Gesicht in beide Hände. Ihre Lippen suchten und fanden sich. Nicht schnell genug konnten beide ihre Kleidung auf dem Weg zum Bett loswerden, um sich ineinander verschlungen zu küssen und zu liebkosen. Sie hatte die Augen geschlossen, und das zerzauste Haar hing ihr ins Gesicht. Ihre Finger bewegten sich an seinem Körper abwärts, glitten über seinen Bauch und dann tiefer. Sanft drehte er sie auf den Rücken und schob sich über sie.

Gegen Morgen rekelte Marco sich. Vorsichtig setzte er sich auf, um Carolin nicht zu wecken. Für einen Moment durchströmte ihn das Gefühl für dieses gewisse Etwas. Am liebsten hätte er sie in den Arm genommen und nie wieder losgelassen, sie geküsst, gestreichelt und zum Höhepunkt geführt. Er merkte, wie sich bei diesen Gedanken sein Glied bewegte und wieder aufrichtete. „Nichts überstürzen", mahnte er sich. Als sie in die Suite gekommen waren, hatte er alles richtig gemacht. Er war zärtlich, rücksichtsvoll und ging auf ihre Wünsche ein. Noch immer spürte er ihre samtweiche, warme Haut auf seiner, und ihre harten Brustwarzen, die sich ihm entgegenreckten und mit denen er ausgiebig spielte. Ihr leises lustvolles Stöhnen hörte er immer noch und er sehnte sich danach, es wieder zu hören.

Leise stand er auf, zog sich den Bademantel über und tapste barfuß in den Nebenraum.

17.

Diese Papiere ließen ihn wirklich nicht zur Ruhe kommen. Wahllos nahm er eines der ungelesenen Schriftstücke in die Hand, setzte sich auf den Boden und lehnte sich mit dem Rücken an die Couch. Dieses war von einem Sergeant Godleys geschrieben. Dabei handelte es sich um so etwas Ähnliches wie einen Bericht für seinen Chef, datiert auf den 8. September 1888. Als Marco zu lesen begann, entstanden vor seinem geistigen Auge die Bilder von London zur damaligen Zeit.

Sergeant Godleys war schon seit zwei Stunden auf den Beinen. Seine nächtlichen Streifgänge begannen um zehn Uhr und endeten meist gegen sechs Uhr am Morgen. Dann hatte er im Schnitt einen Fußmarsch von gut zwanzig Meilen hinter sich, oft waren es mehr. Die schlechte Bezahlung ließ ihn jedoch so manche dunkle Seitengasse vergessen.

Ein paar Straßen zuvor war er auf zwei streitende Männer getroffen. Ihr Wortgefecht drang durch die leeren Straßen. Als er in die Gasse einbog, sah er sich kurz um, aber niemand war zu sehen, nicht einmal Paul, der hier für gewöhnlich an der Ecke auf Betrunkene wartete, um sie dann um ihren Geldbeutel zu erleichtern. Sergeant Godleys nahm seinen Gummiknüppel fest in die Hand und näherte sich den Streithähnen, wobei er mit voller Kraft gegen die Backsteine an den Wänden der Häuser klopfte. Dieses donnernde Geräusch ließ die beiden aufhorchen, und als sie ihn erkannten, suchten sie das Weite.

Die letzte Straße, bevor er seinen Rundgang beenden würde, war die Hanbury Street. In der Toreinfahrt des Hauses Nummer 29 sah er etwas liegen, was sonst nicht dort lag. Er konnte nicht viel sehen in der Dunkelheit, sodass er näher herangehen musste. Unrat lag ja überall, aber wer legte in der Einfahrt einen Haufen Lumpen ab? Waren es überhaupt Lumpen?

Er ging einen Schritt näher, und weil es noch nicht ausreichte, um Einzelheiten auszumachen, ging er noch einen Schritt weiter. Es waren nicht einfach nur Kleider. Darin steckte ein Mensch. Betrunkene legten sich gern in Toreinfahrten, wenn sie nicht mehr laufen konnten. Das tolerierte er auf keinen Fall.

„Hey, steh auf und geh in dein Bett!“ Um seiner Aufforderung Nachdruck zu verleihen, stieß er die Person mit dem Fuß an. Sie rührte sich nicht. Die Stille, die Sergeant Godleys umgab, machte ihn stutzig. Schlafende machten immer irgendwelche Geräusche. Vorsichtig drehte er eine Hälfte des Tores in die Einfahrt hinein. Er sah nun, dass es sich um den leblosen Körper einer Frau handelte. Ihre Augen schauten ins Nichts. Sie ragten so weit aus ihren Höhlen, dass er dachte, sie fielen jeden Moment heraus. Das Blut im Gesicht bedeckte ihre kranke, welke Haut, und dennoch erkannte er sie. Es war die kleine dicke Annie, die immer in dieser Straße auf der Suche nach Alkohol und Freiern war.

Fast zwanghaft schaute er sie weiter an. Ihre blutverschmierten Hände lagen verkrampft in der Nähe des Halses, so als ob sie etwas von ihm wegreißen wollte. Ihre Kleidung war durcheinander. Der Rock, der sonst bis zu den Knöcheln reichte, war nach oben geschoben und mit unzähligen Blutspuren übersät. Auf dem Boden leuchtete eine Blutlache.

Fast wie von selbst griff seine Hand zur Pfeife. Der Pfiff durchschnitt die Stille und hauchte der Straße wieder Leben ein.

***

Marco legte das Schriftstück beiseite. Der gesamte Inhalt des Kartons hat mit dem Tod zu tun. Ist es das, womit ich mich beschäftigen soll? Der Tod? Der gewaltsame Tod dieser Frauen? Ein schönes Erbe habe ich da, Mrs Abigail Smith. Lauter tote Frauen. Und was ist mit den Männern?

Sein Bauch knurrte laut in die Stille hinein und ihn verlangte es nach einem starken Kaffee. „Dann werde ich mal ein Frühstück für zwei bestellen, und zwar ein europäisches", murmelte er vor sich hin. Er hatte wenig Appetit auf Dörrpflaumen in Saft, Nierchen oder gebratene Champignons, wie er es in einem Reiseführer gelesen hatte.

Als er aus der Dusche kam, stand das Frühstück mitten im Zimmer auf dem Servierwagen bereit, wie er es bestellt hatte: frisch gepresster Orangensaft, eine große Kanne Kaffee, Toast, Butter, Marmelade und Honig in Schälchen, ein Teller mit Käse und Wurst und eine Schale mit frischem Obst. Er goss sich einen Kaffee ein und stellte sich mit der Tasse ans Fenster. Die Sonne kam hinter den Häusern hervor und erhellte die gesamte Umgebung.

„Eigentlich wäre doch jetzt die richtige Zeit, Mr James anzurufen", überlegte er. Unter den Papierhaufen suchte er den Brief heraus und wählte die Nummer. Nach nur zweimal Klingeln wurde abgehoben.

„Ja?", fragte eine männliche Stimme auf Englisch.

„Mr James?", fragte Marco zurück.

96

„Am Apparat. Sie sind Mr Petzold?"

„Genau der."

„Ich gehe davon aus, dass Sie meinen Brief gelesen haben."

„Ja, das habe ich, und ich fand ihn interessant. Da ich von Natur aus neugierig bin, würde ich gern wissen, was 150.000 Pfund wert ist und in einen kleinen alten Karton passt, der ungeöffnet bleiben soll?"

Marco hörte es in der Leitung rascheln und schwere Atemgeräusche, aber es kam keine Antwort.

„Sind Sie noch da, Mr James?", fragte er nach.

„Ja, ich bin noch da."

„Und was ist es nun, wofür Sie so viel Geld ausgeben wollen?"

„Also gut. Ich will ehrlich zu Ihnen sein. Es sind Unterlagen, die mich in der Öffentlichkeit bloßstellen würden. Ich wäre ruiniert. Damit das nicht passiert, möchte ich sie Ihnen abkaufen."

„Und aus diesem Grund soll der Karton verschlossen bleiben, damit ich Sie nicht bloßstellen kann?"

„Genau", sagte Mr James mit Erleichterung in der Stimme.

„Woher wussten Sie, dass Mrs Smith diese Unterlagen in ihrem Besitz hatte? Wurden Sie von ihr erpresst?"

„Mr Petzold, ich will Ihnen nicht zu nahe treten, aber diese Fragerei bringt Sie nicht weiter und mich auch nicht. Ich habe Ihnen ein faires Angebot gemacht."

„Es gibt da ein kleines Problem."

„Welches?"

„Ich erhielt noch ein Angebot mit 100.000 mehr. An wen soll ich nun verkaufen? Wenn Sie mir plausibel erklären könnten, warum ich an Sie verkaufen soll, werde ich es mir überlegen."

„Von wem kam das Angebot?", flüsterte Mr James in den Hörer. Marco hörte eine Drohung, eher eine Warnung heraus.

„Das ist doch nicht wichtig. Wichtig ist, dass es noch jemand gibt, der anscheinend den Inhalt und seinen Wert kennt."

„Sie wollen mehr Geld? Ist es das? Wenn Sie mir heute noch den Karton übergeben, erhalten Sie einen Scheck über eine Million Pfund."

„Oh! Ihr Angebot überrascht mich. Ich werde es mir überlegen."

„Warten Sie nicht zu lange!"

Das war das Letzte, was Marco hörte, bevor er den Hörer auflegte. Er wusste nicht, ob es eine gut gemeinte Aufforderung war. Es schwang ein unangenehmer Unterton mit, den er nicht einordnen konnte. Die ganze Sache konnte er noch nicht einordnen. Er benötigte einfach noch mehr Informationen. Marco nahm einen Schluck von seinem nun kalt gewordenen Kaffee. „Nee, nee, Sie waren nicht ehrlich zu mir, Mr James. Die Unterlagen können Sie nicht bloßstellen. Mal schauen, ob Herr von Steinburg für mich zu sprechen ist." Er stellte seinen Kaffee auf den Servierwagen, holte das Angebot und tippte die Telefonnummer ein. Nach mehrmaligem Klingeln wurde abgenommen.

„Von Steinburg", sagte eine tiefe, nicht unsympathisch klingende Stimme.

„Mein Name ist Petzold. Spreche ich mit Adrian von Steinburg?"

„Ja, das tun Sie."

„Sie haben mir ein überaus großzügiges Angebot zukommen lassen."

„Das ist richtig, und ich würde es begrüßen, wenn Sie es annehmen."

„Das würde ich gern, nur habe ich noch ein weiteres Angebot vor mir liegen. Jemand will mir sehr viel mehr Geld geben."

Nach einer kurzen Pause sagte Adrian von Steinburg: „Das ist weniger schön. Da scheinen zwei Interessen aufeinanderzutreffen. Wie haben Sie sich entschieden?"

„Noch gar nicht. Ich hatte gehofft, dass Sie mir bei der Entscheidungsfindung helfen werden."

„Das wird sich wohl etwas schwierig gestalten. Über die Hintergründe des Angebotes kann ich nicht sprechen. Da könnte ich gleich sagen, schauen Sie in den Karton. Abgesehen davon ist es für Sie gut, wenn Sie nicht reinschauen, egal, für welches Angebot Sie sich entscheiden."

„Soll das eine unterschwellige Drohung sein?"

„Nein, nur ein gut gemeinter Rat. Wenn Sie sich mit der Entscheidung Zeit lassen können, dann könnte ich mir durchaus vorstellen, dass ich Sie zu mir einlade und wir uns bei einem Gläschen ungezwungen unterhalten. Vielleicht hilft Ihnen das bei der Entscheidungsfindung."

„Das andere Angebot gilt nur bis heute Abend. Und es ist ein sehr großzügiges Angebot, eine Million Pfund."

„Gütiger Himmel! So viel ist der Inhalt wirklich nicht wert."

„Sie haben ja auch ein stolzes Angebot gemacht."

„Ja, das stimmt. Aber nur zum Zweck, dass Sie nicht ablehnen. Was könnte Sie davon überzeugen, an mich zu verkaufen?"

„Die Wahrheit."

„Die Wahrheit? Mit der Wahrheit ist das so eine Sache. Wo fängt sie an und wo hört sie auf? Ist es immer gut, die Wahrheit zu kennen? Ich kann Ihnen nur ein kleines Stück Wahrheit anbieten."

„Gut."

„In dem Vermächtnis, welches Sie von Mrs Smith erhalten haben, befinden sich Unterlagen, sehr alte Unterlagen. Diese können, wenn sie in falsche Hände geraten, viel Schaden

99

anrichten. Es würde Menschen treffen, nein eher eine Institution, die … wie soll ich sagen, die völlig unschuldig in eine missliche Lage geraten würde. Das würde ich nur ungern zulassen, wenn ich es verhindern kann. Ich weiß, es klingt für Sie sehr hypothetisch, aber noch mehr ins Detail kann ich nicht gehen. Genügt Ihnen meine Antwort?"

„Ich werde darüber nachdenken."

„Tun Sie das. Mrs Smith hat ihr ganzes Leben darüber nachgedacht. Sie konnte oder wollte keine Entscheidung treffen. Mich würde es freuen, wenn Sie entschlussfreudiger wären."

„Demnach wusste Mrs Smith über den Inhalt Bescheid?"

„Möglicherweise."

„Könnte Sie daraus Nutzen gezogen haben?"

„Auch das ist möglich. Wie gesagt, ich würde mich freuen, wenn Sie an mich verkaufen oder meine Einladung annehmen und wir uns ein wenig unterhalten."

Marco drehte sich vom Fenster weg, während er den Hörer auflegte, und sah Carolin in der Tür stehen. Verschlafen wirkte sie und ihre zerzausten Haare gaben ihr ein klein wenig Wildheit. An diesen Anblick könnte er sich gewöhnen.

„Ich …" Weiter kam er nicht, als sie ihm ins Wort fiel.

„Ich weiß. Es tut dir leid. Es kommt nicht wieder vor. Und du möchtest dich entschuldigen. Wäre ja nicht das erste Mal." Carolin ging barfüßig und tippelnd zum Bad.

„Äh, wofür soll ich mich entschuldigen? Dafür, dass ich für uns Frühstück bestellt habe oder dass ich, ohne auf dich zu warten, telefonierte?", fragte Marco ihr hinterher.

Carolin wedelte mit dem Arm, so als ob sie eine Fliege verscheuchen wollte. „Ach, vergiss es."

„Nein, ich vergesse es nicht. Ich will es wissen. Jetzt!" Verzweifelt ging er hinterher. „Erklär es mir!"

Carolin drehte die Dusche auf und fühlte mit der Hand die Temperatur. Als sie das Wasser für angenehm erachtete, stellte sie sich darunter und ließ das Wasser an ihrem Körper hinunterlaufen.

Ihm wurde es zu bunt. Er zog den Bademantel aus, ließ ihn fallen und stellte sich zu ihr unter die Dusche.

„Was machst du? Ich möchte duschen."

„Und ich möchte eine Antwort haben." Über ihr Gesicht lief perlend das Wasser und er konnte nicht erkennen, ob es Tränen waren oder wirklich nur Wasser. Er zog sie an seinen nassen Körper. „Das Frühstück wird dir den Morgen nicht verdorben haben und dass ich telefoniert habe, auch nicht. Was ist es? Was habe ich falsch gemacht?"

Carolin wich seinem Blick aus und spielte an ihren Fingern. Tief luftholend sagte sie: „Als meine Hand ins Leere griff und ich sah, dass du weg warst, da dachte ich, dass du es bereust, dass alles ein Irrtum war, dass …" Weiter kam sie nicht mehr. Ihre nächsten Worte küsste er einfach weg. Sie ließ es mit geschlossenen Augen zu. Seinen Vorsatz, nichts zu überstürzen, warf er über Bord, zu stark waren seine Gefühle. Sie liebten sich lange unter dem herabprasselnden Wasser. Begleitet wurde ihr Liebesspiel vom gleichmäßigen Rauschen und von einer Wärme, die sich wie eine schützende Hülle um sie legte.

18.

Während sie sich wieder mit den Papieren beschäftigten und Marco von den Telefongesprächen berichtete, reifte in ihm eine Idee.

„Hörst du mir überhaupt zu?", fragte Carolin.

„Entschuldige! Wir Männer können uns nicht gleichzeitig mit mehreren Sachen beschäftigen." Er stupste mit dem Finger an ihre Nasenspitze. „Jetzt bin ich ganz Ohr." Er setzte sich gerade in den Sessel, legte das Papier, das er las, auf seine Oberschenkel und schaute seine Freundin ganz interessiert an. Sie zog geräuschvoll die Luft durch die Nase ein. „Dieser Mr James hat dir viel Geld geboten. Nimm es! Dann sind wir diese unseligen Papiere los. Du kannst irgendwo ganz neu anfangen."

„Klar, auf den Malediven."

„Malediven?"

„Und ich schicke meinem Arbeitskollegen eine extra große Karte."

„Eine extra große Karte? Wovon redest du denn?" Er lachte über sich selbst und das zusammenhanglose Zeug, was er gerade erzählte.

„Ich hatte mal mit meinen Kollegen rumgeunkt. Frank – oder war es Peter? – hatte gemeint, dass ich eine reiche Tante beerben und dann auf die Malediven auswandern soll. Ich habe ihm versprochen, ihm eine extra große Karte zu senden, wenn es so weit ist."

„Aha."

„Du vergisst eins: Ich kann den Karton nicht mehr verkaufen. Ich habe ihn geöffnet und ich kenne nun den Inhalt. Meinst du, das lässt sich verheimlichen?"

„Ich glaube kaum, dass eine der beiden Parteien den unversehrten Karton gesehen hat?"

„Mag sein. Bevor ich nicht alles weiß, verkaufe ich gar nichts. Und wie ich schon sagte, Mr James hat mich angelogen. Ich werde dir sagen, was wir machen. Die restlichen Papiere schauen wir uns auch noch an. Ich will wissen, wer all diese Frauen auf dem Gewissen hat und wie das in unsere heutige Zeit passt."

„Das Erbe wird unser Unglück sein."

„Das wird sich zeigen. Ich würde vorschlagen, du schaust dir noch mal die Namen an, und wenn es nötig ist, müssen wir uns mit allen beschäftigen. Ich lese die gerichtliche Untersuchung, die sich auf Annie Chapman bezieht."

Marco fand sich in Gedanken in London, 9. September 1888, wieder.

Die Scheune war kein idealer Ort für eine gerichtliche Untersuchung, aber Dr. John Brown musste nehmen, was im Moment am geeignetsten war.

Der Gerichtsmediziner hatte schon viele Leichen gesehen, aber noch keine Frau, die auf solche Weise verstümmelt worden war. Nun war es an ihm, die Untersuchung an der Leiche von Annie Chapman durchzuführen.

Sein Assistent Brian, ein junger dünner Mann, sah etwas blass aus. Er machte sich Sorgen um den jungen Mann. „Stehen Sie das durch oder soll der Polizist, der vor der Tür steht, mir assistieren?", fragte Dr. Brown.

Brian war noch nicht lange in seinem Dienst, aber er schätzte den jungen Mann wegen seiner stillen und korrekten Art. Wie bei jeder Untersuchung legte Dr. Brown sich seine Lederschürze um, holte eine Dose Vaseline aus der Tasche, öffnete sie und tunkte den Zeigefinger in die Creme. Langsam verteilte er sie um sein Kinn herum. Dies sollte den Geruch überdecken, den die Leiche verströmte. Kommentarlos reichte er Brian die Dose, ohne den Blick von dem toten Körper zu nehmen.

„So, dann wollen wir mal. Holen Sie Mr McKain, den Fotografen, herein!" Brian hastete zur Tür. Er öffnete sie und atmete mehrmals hörbar ein und aus, bevor er den Fotografen und die beiden Polizisten hereinrief.

Ein paar Herzschläge lang standen die fünf Männer andächtig um die Leiche herum.

Der Fotograf schaute sich um und stellte schließlich seinen Apparat auf. „Wir müssten sie hier an die Wand stellen." Mit der Hand zeigte er auf die fast freie Scheunenwand. Dr. Brown nickte.

Die beiden Polizisten hoben den Körper von Annie Chapman hoch, der überraschend schwer war, und brachten ihn dorthin. Der Geruch von geronnenem Blut stieg ihnen in die Nase, und sie konnten ihren Magen nur schwer unter Kontrolle halten.

Sie lehnten den Körper an die Wand, aber er sackte in sich zusammen. „Kann sie nicht im Sitzen abgelichtet werden?", fragte einer der Polizisten.

„Nein", war die Antwort des Fotografen, der nervös mit seinen Utensilien hantierte. „Sie muss aufrecht an der Wand stehen."

„Dann nagelt sie an. Brian, suchen Sie einen Hammer und große Nägel."

„Was?", fragte Brian erschrocken.

„Wir brauchen einen Hammer und Nägel. So was wird es doch hier wohl geben."

Nahe beim Eingang entdeckte Brian in einer Kiste Werkzeuge. Er suchte sich das Passende heraus. Daneben lagen einzelne große Nägel. Mit zittrigen Händen gab er das gefundene Dr. Brown. Dieser reichte es den beiden wartenden Polizisten, die sich aber nicht rührten.

„Mr McKain sagte doch, dass sie aufrecht stehen muss. Also, worauf warten Sie?", fragte Dr. Brown. Die beiden bewegten sich immer noch nicht.

„Brian und Sie, Mr McKain, wären Sie so freundlich und würden den beiden Herren helfen? Wir wollen es doch alle schnell hinter uns bringen." Als ob diese Worte sie aus einer Starre herausgerissen hätten, begannen die vier, den Körper aufzurichten. Die Hammerschläge hallten erschreckend laut in der Scheune, als die Nägel in den Köper eindrangen und sich dann in der Holzwand festsetzten. Vorsichtig traten die

Männer zurück in der Erwartung, dass sich der Körper trotzdem von der Wand lösen würde.

Der Fotograf ging hinter seinen Apparat, sichtlich erleichtert, jetzt seiner eigentlichen Arbeit nachzukommen. Er steckte den Kopf unter das schwarze Tuch und schob eine lichtempfindliche Platte in die Kamera. Ein greller Lichtblitz zerriss den Moment. „So, das war es." Schnell packte er den Fotoapparat und seine Sachen zusammen. Mit wenigen Schritten war er an der Tür und drehte sich noch einmal kurz um. „Wenn ich den Abzug habe, bringe ich ihn zu Ihnen." Die verbliebenen Männer hörten nur noch, wie die Tür zuschlug. Eine beklemmende Atmosphäre machte sich breit.

„Ich kann sie unmöglich an der Wand festgenagelt untersuchen. Also, nehmen Sie sie wieder ab und legen Sie den Körper auf den Tisch. Sie fügen ihr keine Schmerzen mehr zu." Leise, ganz für sich, sagte Dr. Brown: „Das hat schon ein anderer getan."

Brian hielt die dicken Beine fest. Die Polizisten stützen den Oberkörper und versuchten, die Nägel zu entfernen. Annies Körper begann sich zu bewegen. Erschrocken ließ der größere Polizist los. „Gütiger Gott!" Entsetzt über diesen Ausruf, ließ auch der andere los. Annie fiel auf Brian, der immer noch ihre Beine hielt. Sein greller Schrei veranlasste den Sergeant vor der Tür hereinzuschauen. „Ist was passiert?" So schnell, wie er zur Stelle war, so schnell schloss er die Tür wieder, als er sah, was geschehen war.

Dr. Brown packte mit an. Gemeinsam hoben sie Annie hoch und legten sie zurück auf den Tisch. „Setzen Sie sich, Brian! Wenn Sie mir umfallen, dann fallen Sie wenigstens nicht so tief." Dann drehte er sich zu den Polizisten um. „Sie können gehen. Sorgen Sie dafür, dass hier niemand Unbefugtes hereinkommt." Dr. Brown krempelte sich die Ärmel hoch. Ein kurzer

Blick zu dem jungen Mann genügte. Er hatte Block und Stift parat und wartete auf das Diktat.

Dr. Brown räusperte sich. „London, der 9. September 1888. Untersuchung einer weiblichen Leiche. Es handelt sich um Annie Chapman. Gefunden am 8. September, sechs Uhr in der Früh. Mein Name ist Doktor John Brown." Dr. Brown begutachtete die Kleidung. Mit tiefer, ruhiger Stimme setzte er das Diktat fort: „Die Kleidung besteht aus einem langen schwarzen Mantel, einem schwarzen Rock, einem schwarzen Mieder, zwei Unterröcken."

Brian beobachtet den Doktor, wie er die Kleidung entfernte.

„… eine große Tasche, die unter dem Rock mit Schnüren um die Hüfte gebunden ist." Der Doktor griff hinein. „Sie ist leer. Weiterhin geschnürte Stiefel." Mit geübten Handgriffen zog er die Stiefel aus. „… Wollsocken, gestreift in den Farben Rot und …" Er zögerte und sagte: „… ergrautem Weiß." Dr. Brown stutzte. Er nahm den Mantel zur Hand und durchsuchte die Taschen. Er fand eine kleine Zahnbürste, einen Kamm und einen Umschlag. Brian notierte sorgfältig.

„Im Briefumschlag befinden sich zwei Tabletten. Auf dem Umschlag ist ein Siegel zu erkennen: London, 28. August 1888 und ein M, eine 2 und ein S." Der Doktor legte alles in eine Kiste neben sich. „Ich beginne am Kopf. Das Gesicht ist geschwollen, ebenso die Zunge." Er öffnete den Mund und schaute hinein. „Die Zähne befinden sich in einem tadellosen Zustand. Über der rechten Schläfe und auf dem oberen Augenlid sehe ich Quetschungen. Die Kehle wurde durchtrennt. Der Schnitt ist tief und reicht bis zum Nacken. Er wurde von links nach rechts ausgeführt. Die Haut ist gezackt." Nun sah er sich den Oberkörper an. „Zwei Quetschungen in der Größe eines Männerdaumens auf dem oberen Teil des Brustkorbes." Mit seinem Unterarm wischte er sich über die Stirn. „Über dem linken Ringfinger sind Hautabschürfungen erkennbar und eindeutige Abdrücke von einem oder mehreren Ringen. Es gibt noch zwei Einschnitte auf der linken Seite der Wirbelsäule. Im Abstand von etwas über einem Zentimeter parallel zueinander." Dr. Brown stützte sich auf dem Tisch ab. „Der Unterleib ist völlig freigelegt. Die Gedärme sind entnommen. Uterus und seine Anhängsel mit dem oberen Teil der Vagina fehlen vollständig, und gut zwei Drittel der Blase sind entfernt worden." Brian rutschte auf dem Hocker hin und her. Er öffnete den Kragen. Sein Atem war kurz und heftig.

„Wir sind bald fertig. … Als Tatwerkzeug vermute ich ein sehr scharfes Messer mit einer fünfzehn bis zwanzig Zentimeter langen Klinge. Der Täter muss, nach Art und Durchführung der Verletzungen, über anatomisches Wissen verfügen. Denn nur ein Experte ist in der Lage, die Organe aus dem Becken zu bergen, ohne weitere Verletzungen hervorzurufen. Nach meiner Schätzung benötigte der Täter hierfür mindestens eine halbe Stunde. Wenn der Täter auf überlegte Weise vorgegangen ist, wie es zu den Aufgaben eines Chirurgen gehört, dann hätte er nach meiner Einschätzung eine Stunde benötigt. Ende." Brian stand auf, ließ Block und Stift fallen und rannte zur Tür. Bevor er sie erreichte, wurde diese von außen geöffnet. Brian stieß mit einem Mann älteren Jahrgangs zusammen.

„Was ist denn mit dem jungen Mann passiert? Er sieht ja gar nicht gut aus", erwiderte der Neuankömmling.

„Wer kann es ihm verdenken? Welch eine Ehre: der Polizeipräsident höchstpersönlich!"

„Ich muss mir selbst ein Bild machen." Er trat an den Tisch. Seine Augen weiteten sich. Mit der behandschuhten Hand drückte er sich ein blütenweißes Taschentuch an den Mund. „Wer bringt so was fertig? Wer, in Gottes Namen, tut so was einem Menschen an? Ein Irrer?", brachte er nuschelnd hervor.

Dr. Brown wusch sich die Hände in der Waschschüssel, trocknete sie am bereitgelegten Handtuch ab und krempelte die Ärmel wieder hinunter. Er zog sich seine Jacke an und prüfte, ob der Kragen richtig saß. „Es ist Ihre Aufgabe, das herauszufinden. Meinen Bericht erhalten Sie morgen. Und gebe es Gott, dass Annie Chapman die Letzte war."

19.

Marco stand auf und holte sich ein Glas Wasser. „Ein Schnaps wäre wahrscheinlich angebrachter. Ein Schokoriegel würde es auch tun. Ich geh mir einen holen. Möchtest du auch?"

„Nicht unbedingt."

Er war froh, von den Unterlagen wegzukommen. Sie entwickelten sich wirklich zu einem Albtraum, und trotzdem konnte er sich nicht von ihnen lösen. Die alte Dame hatte sie ein Leben lang aufbewahrt. Warum? Warum hat sie die nicht verkauft? Während er die Treppen nach unten lief, spann er den Gedanken weiter. Es geht eindeutig um Jack the Ripper. Seine Identität ist bis heute unklar. Es wird viel spekuliert, aber bisher hat niemand einen eindeutigen Beweis dafür, wer er wirklich war. Wirklich? Es gibt mehr als fünf tote Frauen. Wie passt das ins Bild? Und eine Menge Männer. Welcher von ihnen ist nun Jack? Wusste es Abigail und hat deshalb nicht verkauft? Was wusste sie wirklich?

„Sie wünschen?", wurde er von der Dame an der Rezeption gefragt.

„Ja, also ... einen Schokoriegel. Sie können ihn auf die Rechnung setzen."

„Zu welchem Zimmer gehören Sie, Mr ...?" Die korpulente Empfangsdame mit den roten Wangen und den aufdringlich geschminkten Augen lächelte ihn breit an.

„Hochzeitssuite."

108

„Oh, ich wusste gar nicht, dass wir ein Brautpaar im Haus haben. Meinen herzlichsten Glückwunsch! Ist alles zu Ihrer Zufriedenheit?"

„Alles bestens! Aber wir sind nicht verheiratet."

„Nicht?"

„Nein."

„Nein?"

„Wir sind kein Brautpaar. Wir bewohnen nur die Suite. So, und nun möchte ich meinen Schokoriegel." Das Lächeln war aus ihrem Gesicht verschwunden und mit einem verbissenen Ausdruck schob sie ihm den Schokoriegel rüber.

„Sie mögen Süßes?" Die Stimme kam von hinten. Er drehte sich um und sah in das Gesicht von Police Inspector Johnson. Mit seinen durchdringenden Augen schaute er Marco an.

„Sie wollen uns sprechen, nehme ich an?"

„Ja. Dann werden wir mal in die Hochzeitssuite gehen, nicht wahr, Mr Petzold?"

„Natürlich." Marco schaute am Police Inspector vorbei. In einer der vielen Sitzgruppen saß eine junge Frau. Wahllos nahm sie sich eine Zeitschrift. In der Sitzgruppe daneben saß ein Mann, der ihm irgendwie bekannt vorkam. Da er sich aber tief in eine Zeitung beugte, konnte er das Gesicht nicht erkennen.

„Sehen Sie jemand Bekanntes?", fragte der Inspektor.

„Ich glaube, ich habe mich getäuscht." Marco schaute noch einmal hinüber, aber es war immer noch nicht viel mehr von diesem Mann zu erkennen.

„Sie scheinen ein interessanter Mann zu sein."

Verunsichert frage Marco zurück. „Ich? Wieso?"

„Nun, der Mann mit der Zeitschrift hat Sie die ganze Zeit im Auge behalten, und er sitzt nicht zum ersten Mal hier. Das Beste kommt noch. Er gehört zum MI 6. Jetzt frage ich mich, was der Geheime Nachrichtendienst von Ihnen will?"

„Gar nichts."

„Okay, Mr Petzold, wir sollten trotzdem das Gespräch oben weiterführen."

„Wie kommen Sie darauf, dass der Geheimdienst mich beobachtet?", wollte Marco von Inspektor Johnson wissen, als sie in der Suite angekommen waren. Der Inspektor antwortete nicht gleich. Er ließ seinen Blick über den Tisch und den Boden schweifen.

Carolin saß auf dem Teppich und hielt einen Zeitungsausschnitt in der Hand. Sie las ihn aber nicht. Stattdessen schaute sie gebannt auf den Inspektor. Marco schob die Unterlagen auf dem Tisch zu einem Haufen zusammen.

Der Kriminalbeamte zog aus der Innentasche seines Mantels ein zusammengefaltetes Papier heraus und legte es auf den Stapel Dokumente. „Wenn Sie erst einmal die Freundlichkeit hätten und mir dies unterschreiben." Marco schaute skeptisch auf das Schriftstück. „Es ist ein Protokoll." Marco nahm es zur Hand, las und unterschrieb es. Dann reichte er es Carolin.

„Ihre Ausweise erhalten Sie selbstverständlich zurück." Johnson gab jedem seinen. „Ein Zeuge sagte aus, dass Ihnen ein Mann auf den Friedhof gefolgt ist." Der Inspektor beobachtete beide genau. „Als Sie das Apartment besichtigten, sah man ebenfalls einen Mann in der Nähe, auf den die Beschreibung des Mannes vom Friedhof passt. Unsere Spurensicherung hat nichts Belastendes gefunden, was mit Ihnen in Verbindung zu bringen ist. Im Gegenteil, sie bestätigt Ihre Aussagen. Sie können zu jeder Zeit unser Land verlassen."

„Gut, aber wie kommen Sie denn darauf, dass der Mann im Foyer zum Geheimdienst gehört?"

„Im Laufe der Zeit entwickelt man ein untrügliches Gespür dafür. Außerdem kenne ich ihn. Die Beschreibungen der Zeugen spiegeln genau das wider. Ich frage mich, warum man es auf Ihre Person abgesehen hat. Sie sind nicht vorbestraft, haben einen guten Leumund. Nur in Ihrer Jugend ist einiges nicht so gelaufen, wie es sollte. Was ist es also? Die Papiere, mit denen Sie sich immerzu beschäftigen?"

Um Zeit zu gewinnen, wickelte Marco seinen Schokoriegel aus und biss ein Stück ab. „Schon möglich."

Der Inspektor nickte zustimmend. „Dacht' ich's mir. Und was sind das für Papiere? Sie müssen mir nicht antworten. Ich bin einfach nur neugierig."

„Es sind sehr alte Papiere. Und so, wie es aussieht, wollte Mrs Smith unbedingt, dass ich sie bekomme. Ich kann noch nicht sagen, worum es sich dabei handelt, außer, dass sie alt sind."

Über das Gesicht des Inspektors huschte ein Lachen. „Gut lügen können Sie jedenfalls nicht. Wenn Sie mir nicht sagen wollen, worum es geht, ist es in Ordnung. Ich stehe kurz vor meiner Pensionierung. Auf die freue ich mich schon gewaltig. Dann kann ich mich ausgiebig meinem Hobby widmen, dem Sammeln alter Stadtpläne. Trotzdem würde ich Ihnen beiden gern einen Rat geben."

Würdevoll wartete er auf eine Antwort. Die Angesprochenen nickten nur.

„Wenn ich Sie wäre, würde ich sofort meine Sachen packen und zurückfliegen."

„Sie meinen also, dass das für uns das Beste wäre?", fragte Marco nach. Johnson hob als Antwort die Augenbrauen.

20.

Carolin starrte schon die ganze Zeit auf den Zeitungsausschnitt in ihrer Hand, ohne der Unterhaltung wirklich zu folgen. Sie begann zu lesen, und um sie herum versank alles in einem Nebel ähnlich Wattebäuschchen, und andeutungsweise mischte sich ihr Traum von vor zwei Nächten ein. Die Stimmen von Marco und dem Inspektor rückten in weite Ferne, bis sie ganz verhallten.

The Times; Titelseite, 1. Oktober 1888

„In den frühen Morgenstunden des gestrigen Tages hat Jack the Ripper vermutlich zwei weitere Opfer in East End gefunden. Anscheinend wurde er bei der Ermordung von Elizabeth Stride, genannt Long Liz, gestört. Da er sein grausiges Werk nicht vollenden konnte, suchte er sich ein zweites Opfer.

Nur fünfundvierzig Minuten später fand der Polizist Joseph Moore eine weitere Frauenleiche. Der unter dem Namen Kate Kelly arbeitenden Prostituierten wurde die Kehle durchtrennt, und sie wurde bis zur Unkenntlichkeit verstümmelt.

Wann wird die Polizei endlich den Mörder fassen?

Heute schlachtet er die Huren ab, morgen sind es unsere Frauen."

Auf einem Tisch lag die Times, und daneben säuberten zarte, feingliedrige Hände das Skalpell und wiegte es in der Hand. Im Kerzenschein blinkte die Klinge anmutig rein, fast schon edel. Die hauchdünne Schneide ließ erahnen, dass bei einer kleinen Unachtsamkeit jedes Gewebe einen tiefen Schnitt davontragen würde, schnell und sauber.

Die gepflegten Hände legten das Instrument auf ein weißes Leinentuch und griffen nach der Zeitung. Leise murmelnd wurde der Artikel zum wiederholten Mal gelesen. Wütend und energisch zerknüllten die Hände das Papier und beförderten das Knäuel gegen die Wand, dort prallte es ab und blieb auf dem Boden liegen.

„Es war nur eine, nicht zwei, nur eine."

„Carolin! Carolin! Wach auf! Mein Gott, was ist mit dir?"
Marco rüttelte an ihren Schultern, während der Inspektor mit
einem Becher Wasser zurückkam. Carolin schlug die Augen auf
und ihr verschleierter Blick klarte auf. „Gib mir die Liste mit
den Namen, die Frauennamen brauche ich."

Marco wühlte in dem Stapel und gab ihr die Liste. Sie fuhr
mit dem Zeigefinger die Namen hinauf und hinab.

„Schau! Hinter den Daten stehen kleine Zahlen, aber nur
hinter diesen fünf.

31.08.1888 3.30 Mary Ann Nichols
08.09.1888 6.00 Annie Chapman
30.09.1888 1.00 Elizabeth Stride
30.09.1888 1.45 Catherine Eddowes
09.11.1888 10.45 Mary Jeanette Kelly

Die fünf Frauen sind die fünf anerkannten Opfer von Jack.
Das haben wir schon herausgefunden, aber warum stehen nur
hinter diesen fünf die kleinen Zahlen, die wie Uhrzeiten aussehen? Was fällt dir noch auf?" Marco zuckte mit den Schultern und deutete mit einer leichten Kopfbewegung auf den Inspektor.

„Was machen Sie mit meinem Zahnputzbecher?", fragte
Carolin.

„Na ja, es schien Ihnen nicht gut zu gehen, und da wollte
ich Ihnen Wasser bringen."

„Oh!" Sie musterte Johnson von oben bis unten, und
schließlich blieb ihr Blick an seinem Gesicht hängen. Er versuchte ein freundliches Lächeln, was aber eher einem schiefen
Grinsen glich. Es machte ihn nicht sympathisch und hinterließ
ein eigenartiges Gefühl.

„Reden Sie weiter, während ich Ihren Becher zurückschaffe.
Es interessiert mich, welche Schlüsse Sie ziehen."

Carolin wartete einen Moment. „Nun ja, wenn man sich die Liste, ich meine die ganze Liste, anschaut, dann findet man kein Datum zweimal, nur den 30. September, und dann die Uhrzeit, 1.00 Uhr und 1.45 Uhr. Ist er beim ersten Opfer wirklich gestört worden, wie im Artikel steht, oder war es ein anderer? Wenn er wirklich gestört worden ist, dann ist die Gegend alarmiert, und dann wäre es äußerst dumm und riskant, es noch einmal zu versuchen, oder? Jack war so schlau und ist nie gefasst worden, warum sollte er solch ein Risiko eingehen?"

„Das hat eine gewisse Logik, muss ich zugeben", stellte der Inspektor fest. „Wenn diese Unterlagen neue Erkenntnisse beinhalten, wäre das eine Sensation. Bevor ich diese Akten der Öffentlichkeit zugänglich machen würde, würde ich mich fragen, warum das nicht schon längst geschehen ist? Warum hat der letzte Besitzer oder die letzte Besitzerin sie nicht selbst publik gemacht? Was hat sie davon abgehalten? Diese Fragen hätte ich versucht zu beantworten."

„Sie werden es nicht glauben, Herr Inspektor, aber genau das versuchen wir gerade herauszufinden", sagte Marco.

„Das sollten Sie auch. Ich für meinen Teil werde Sie mit der Vergangenheit allein lassen und wünsche Ihnen viel Spaß damit. Für den Fall, dass Sie den Stadtplan loswerden wollen, wissen Sie ja, wo Sie ihn hinschicken können." Er ließ einen prüfenden Blick durch den Raum gleiten, und es schien, als ob er sich jede Einzelheit einprägte. Dann verließ es das Apartment fast geräuschlos, wie ein Geist auf Durchreise zu seinem nächsten Ziel.

„Hab ich jetzt einen Fehler gemacht?", fragte Carolin unsicher.

„Das wird sich noch herausstellen. Auf alle Fälle werden wir sofort abreisen."

„Wir können doch für morgen einen Flug buchen."

„Nein, wir reisen sofort ab, und wenn wir nicht gleich einen Flug bekommen, dann checken wir in ein anderes Hotel ein. Uns wird auch nicht unser entzückender Henry fahren."

„Warum nicht? Ich meine, mir soll's recht sein."

„Der Inspektor hat genau das ausgesprochen, was ich denke."

„So – und was?"

„Solange wir die Dokumente haben, wird man früher oder später hinter uns her sein, wenn das nicht schon der Fall ist."

21.

Marco legte noch ein paar Briketts in seinem Kachelofen nach und schloss das Türchen. Dann ging er zum Fenster, schaute hinaus auf die Straße und ließ das Rollo herunter. Lässig setzte er sich auf das Sofa. Ihm gegenüber saßen in Sesseln Carolin und Benno. „Also, wenn ich mal was sagen darf, dann lässt das, was ihr beiden mir hier erzählt habt, nur diesen einen Schluss zu: Zwischen all den Papieren steckt die Lösung, wer Jack the Ripper ist, und die Leute, die diese Akten haben möchten, sind nicht zimperlich, sonst würde der Portier noch leben – und der hat mit Sicherheit nichts mit diesem Erbe zu tun, oder?", sagte Benno.

„Ich glaube, ich will es gar nicht wissen. Es ist so unglaubhaft wie in einem bösen Traum. So was sieht man doch nur in Filmen oder liest es in Büchern, aber nicht in Wirklichkeit", sagte Carolin.

„Ich fürchte, doch. Morgen werde ich Herrn Adrian von Steinburg einen Besuch abstatten. Willst du mitkommen?" Marco schaute liebevoll, aber besorgt zu seiner Freundin.

„Denkst du, ich lasse dich allein hingehen? Den Weg gehen wir bis zum Ende zusammen, wo auch immer er uns hinführt und wo auch immer dieses Ende sein wird."

Marco schickte ihr einen Luftkuss und sie dankte es ihm mit einem wunderbaren Augenaufschlag und einer leichten Röte auf den Wangen.

22.

In Londons Straßen herrschte heute besonders dichter Verkehr – sicherlich wegen des schlechten Wetters.

Der Raum, in dem sich James jetzt befand, war spärlich eingerichtet, zeugte aber von Geschmack und viel Geld: edle Holztäfelung an den Wänden, ein Kronleuchter aus Kristall, Vorhänge aus weinrotem Samt und ein mehrfarbiges Parkett. In diesem Raum saß er zum ersten Mal, und er wusste, dass er hier keine Auszeichnung zu erwarten hatte. Er vermutete versteckte Kameras und Mikrofone. Nein, er wusste es ganz sicher. Er brauchte sie nicht zu suchen; selbst wenn es keine geben würde, würde es nichts an der Tatsache ändern, dass er in seinen dreißig Dienstjahren auf seine alten Tage Mist gebaut hatte und dies nicht ohne Konsequenzen bleiben würde. Jetzt hieß es für ihn, Schadensbegrenzung zu betreiben.

Seit ungefähr zwanzig Minuten wartete er. Er bemühte sich, nicht ungeduldig zu wirken. Wie leicht könnte er den Schreibtisch durchsuchen, eine Schublade nach der anderen öffnen … Zu gern hätte er gewusst, was sich darin verbarg. Er verkniff es sich, wie er es auch unterließ, die Akte zu öffnen, die provokant auf dem Tisch lag. Nein, er würde auch nicht zum Bücherregal zu seiner Linken gehen, um dort scheinbares Interesse an einer bestimmten Lektüre zu heucheln. Er wusste, dass man ihn beobachtete. Er spürte es.

Hinter ihm wurde die Tür geöffnet, schwere Schritte näherten sich seinem Stuhl und verharrten einen Augenblick.

Für einen kurzen Moment wurde ihm bewusst, dass sein Stuhl auf einem quadratischen Teppich stand, und zwar nur

116

sein Stuhl. Es wäre ein Leichtes, ihn von hinten mit einer Stahlschlinge zu erdrosseln. Er würde mit dem Stuhl zur Seite kippen und sein Mörder brauchte ihn nur noch in den Teppich einzuwickeln. Sein Mörder könnte ihm auch die Kehle mit einem Schnitt durchtrennen. Dieser dicke Teppich erstickte jedes Geräusch des Aufpralls, und äußerst saugfähig schien er auch. Passend in der Farbe Rot gehalten.

„Ich muss mich für meine Unpünktlichkeit entschuldigen." Der Mann, der den Raum betrat, ging an ihm vorbei und setzte sich hinter den Schreibtisch.

Da er noch nicht aufgefordert worden war zu sprechen, schwieg James.

„Wie soll ich Sie für die Zeit der Unterhaltung ansprechen?" Auf diese Etikette hätte er verzichten können, aber es war nicht sein Spiel, also musste er wohl oder übel die Spielregeln des anderen akzeptieren.

„James, Mr James", antwortete er kurz.

„Gut. Ich bin Bill." Bills Haare wurden von viel Gel an der Kopfhaut gehalten, sodass der Kopf sehr klein wirkte. Dafür hatten die Ohren eine beachtliche Größe. Als James sie betrachtete, fiel ihm das deutsche Märchen vom Rotkäppchen und dem Wolf ein. Ja, dieser Mann war der Wolf.

„Mr James, Sie wissen, warum Sie hier sind?"

„Ich wurde hierher beordert", versuchte er gelassen zu antworten, und die Augen des anderen starrten ihn an. Sie waren sehr dunkel, fast schwarz.

„So kann man es auch ausdrücken. Aber Sie hatten einen Auftrag zu erledigen. Sie wissen, welchen ich meine?"

„Was soll das? Natürlich wissen wir beide, worum es geht. Mein Auftrag war es, gewisse Unterlagen in meinen Besitz zu bringen."

„Und ist es Ihnen gelungen, Mr James?" Bills Mund verzog sich zu einem schiefen Grinsen. Er lehnte sich in den wuchtigen Schreibtischsessel zurück, knöpfte das Jackett auf und legte die Arme auf die Lehnen.

„Nein, noch nicht." Ich werde mich hier nicht um Kopf und Kragen reden.

Bill kräuselte die Stirn und lehnte sich vor. „Noch nicht? Wissen Sie, Mr James, wir hatten gehofft, dass Sie die Unterlagen bei sich haben. Sie enttäuschen uns. Woran hat es denn gelegen, dass Sie sie nicht in Ihrem Besitz haben?"

„Mr Petzold, der Erbe …"

„Ich weiß, wer Mr Petzold ist. Beschränken Sie sich auf das Wesentliche!"

„Mr Petzold hat ein zweites Angebot erhalten. Er konnte sich nicht entscheiden. Ich habe ihm eine Million Pfund geboten, wenn er mir bis heute Abend die Unterlagen aushändigt."

„Und Sie meinen, dass er das macht?"

„Eine Million Pfund ist für einen Fahrradkurier ein Vermögen. Er wird dem nicht widerstehen können."

„Wissen Sie, mein Guter, unsere Freundin Abigail konnte dem ein Leben lang widerstehen, und nicht nur das. Sie konnte damit auch umgehen, bis sie starb. Sie hätte Tausende von Möglichkeiten für den Verbleib der Unterlagen gehabt. Sie hat sich für diesen Mr Petzold entschieden, und das sicher nicht ohne Grund. Aber Mr Petzold ist nicht unser Problem."

Jetzt wurde James hellhörig. Das seichte Geplänkel des Gespräches war vorbei.

„Soll ich Ihnen sagen, was das Problem ist?" Ohne eine Antwort von ihm abzuwarten, sprach Bill weiter: „Sie sind das Problem."

„Ich?"

„Sie und Ihre Leute. Sie sollten sich die Unterlagen holen, noch bevor Mr Petzold einen Fuß auf unseren Boden setzt. Es wird doch wohl nicht so schwer gewesen sein, bei Mr Wilson vorbeizuschauen und ihn dazu zu bewegen, die Unterlagen Ihnen zu geben. Sie sind doch sonst nicht so zimperlich."

Nun wurde das Gespräch ungemütlich für ihn.

„Die Unterlagen befanden sich nicht im Büro, auch nicht in seinem Haus. Er hatte schon Tage nicht mehr dort geschlafen. Auch sonst schien niemand zu wissen, wo er war. An dem Tag, als Mr Petzold den Termin hatte, waren wir bei ihm. Die Unterlagen waren nicht im Büro, und Mr Petzold konnte jeden Moment kommen. Ich entschied mich, meine Taktik zu ändern und mich ganz auf Mr Petzold zu konzentrieren."

„Das war ja nicht von Erfolg gekrönt."

„Noch nicht. Heute Abend wird er mir die Unterlagen aushändigen."

Bill schwieg, betrachtete seine Fingernägel und machte auch nicht den Eindruck, das Gespräch fortführen zu wollen. In diesem Moment klingelte sein Handy. Bill nahm an und hörte zu, was ihm die Stimme am anderen Ende zu sagen hatte. Ohne auch nur ein Wort gesprochen zu haben, legte er auf.

„Sie haben achtundvierzig Stunden Zeit, mir die Unterlagen zu übergeben. Ihre Leute sollten sich nicht wie Elefanten im Porzellanladen bewegen, sondern unsichtbar und allgegenwärtig sein und auch nicht diesem Police Inspector Johnson auffallen. Kein dilettantischer Einbruch mehr, keine Spuren, keine Verwüstung, keine Toten. Eigentlich gibt es Sie gar nicht. Hier steht mehr auf dem Spiel, als Sie sich träumen lassen. Diese Unterlagen können die Monarchie kippen. Das wollen Sie doch nicht, oder? Also, bewegen Sie Ihren Arsch."

James nickte Bill zu, stand auf und ging zur Tür.

„Mr James!"

Er blieb stehen und schaute zögernd zurück. Bill formte mit seiner linken Hand eine imaginäre Pistole, streckte den Arm aus und zielte mit dem Zeigefinger genau auf sein Herz. „Das ist mein eigentlicher Job. Ich war noch nie fürs Reden, sondern für anschauliche Demonstrationen. Ihr Glück ist es, dass es nicht so viele Eingeweihte gibt. Deshalb schenkt man Ihnen noch achtundvierzig Stunden. Nutzen Sie sie."

23.

„Ich hatte gehofft, dass Sie kommen, aber es nicht wirklich erwartet. Umso mehr freue ich mich, Sie zu sehen, Herr Petzold, und dann noch in Begleitung einer charmanten Dame. Kommen Sie – wir gehen in die Bibliothek. Dort lässt es sich gut plaudern. Dazu sind Sie doch hier, oder?", fragte Adrian von Steinburg.

„Ja." Mehr sagte Marco nicht. Vielmehr nahm ihn die Wohnung, in der Adrian von Steinburg sie herumführte, gefangen. Es war eine Sammlung vieler schöner alter Dinge, und sie erstreckte sich über zwei Etagen eines alten Hauses am Untermarkt. Die Wohngegend passte zur Inneneinrichtung – oder anders gesehen: Die Inneneinrichtung passte hervorragend zur Wohngegend. Selbst das Auftreten des Hausherrn wirkte vornehm, aber nicht übertrieben. Sein Aussehen tat das Übrige; er trug einen dunkelblauen Maßanzug mit weißem Hemd und einem rot-blau-goldenen Halstuch. Herr Adrian von Steinburg zeigte auf zwei der drei Sessel in der Bibliothek. „Nehmen Sie doch Platz. Darf ich Ihnen etwas anbieten? Es ist früher Abend. Wie wäre es mit einem Sherry oder Wein, für die Dame einen Likör?"

Carolin konnte sich an den vielen Büchern nicht sattsehen. Die Regale erstreckten sich bis hoch unter die Decke, und um an die oberen Reihen zu gelangen, benötigte man die Trittleiter, die vor dem Regal stand. Die meisten Bücher sahen sehr alt aus, waren dick und abgegriffen. Es gab aber auch neuere Ausgaben, und sie fragte sich, ob von Steinburg sie alle – es mussten Hunderte sein – gelesen hatte?

„Ich bin stolz auf diese Sammlung unerschöpflichen Wissens und Unterhaltung. Lieben Sie auch Bücher?", fragte er Carolin, als er bemerkte, wie interessiert sie sich umschaute. „Sie dürfen auch gern näher herangehen. Bücher sind zum Lesen da und nicht zum Anschauen. Und wenn Sie sich jetzt fragen, ob ich die alle gelesen habe, so muss ich Sie enttäuschen. Es gibt Ausgaben, die ich vor Kurzem erworben und noch nicht studiert habe."

Carolin ging von Regal zu Regal. „Ich kann aber keine Bücher über die Freimaurer finden, zu denen Sie ja gehören. Warum nicht? Verzeihen Sie meine Offenheit. Ich würde es gern wissen."

In Marcos Hals bildete sich ein Kloß. Das war natürlich nicht die Entwicklung, die er sich von einem Gespräch mit Adrian von Steinburg erhofft hatte. Vielleicht hätte er doch mit Carolin vorher die Strategie besprechen sollen. Nun war es zu spät.

Adrian von Steinburg, vermutlich Ende fünfzig, lachte, wobei ihn seine wachen Augen und vollen Lippen sympathisch ausschauen ließen. „Die Bücher über Freimaurer stehen in meinem Arbeitszimmer. Wollen wir unser Gespräch dorthin verlegen? Ich dachte mir, dass es hier gemütlicher sei, und falls ich Wissen benötige, das ich nicht in meinem Kopf habe, so könnte ich schnell in einem der Werke hier nachschlagen und Ihnen Antwort geben, ohne Sie zu verlassen."

„Nein, wir bleiben hier. Es ist wirklich sehr gemütlich. Mich wunderte es nur."

„Also, was darf ich Ihnen anbieten?"

„Ich würde gern einen Rotwein nehmen", antwortete Carolin.

„Dann nehm ich den Sherry", ließ sich Marco vernehmen.

Der Hausherr reichte den Rotwein in einem Kristallglas mit dickem Goldrand. Für sich und seinen zweiten Gast schenkte er Sherry in kleinere Gläser gleichen Stils ein, prostete den beiden zu und trank.

Ohne Umschweife kam er zum Thema. „Haben Sie sich mein Angebot überlegt, oder konnten Sie noch keine Entscheidung treffen?"

„Es hat sich seit unserem Telefonat nichts geändert. Ich dachte, Sie erzählen mir noch Dinge, die mir helfen, eine Entscheidung zu treffen."

„Ja, Sie sprachen von der Wahrheit. Welche Wahrheit wollen Sie hören? Die von mir, von der Außenwelt, von kritischen Beobachtern oder die für Sie zugeschnitten ist? Es liegt im Auge des Betrachters, welche Wahrheit er als Wahrheit ansieht."

„Wie wäre es mit einem Mix? Von jeder Wahrheit das Wichtigste."

„Mit dem Wichtigsten verhält es sich ebenso. Aber ich weiß, was Sie meinen. Ich gehe davon aus, dass Sie sich mit uns Freimaurern beschäftigt haben und wissen, was und wer wir sind und welche Ziele wir verfolgen." Adrian von Steinburg schmunzelte. „Wir schätzen Wissen, gute Vorträge zu Fragen der Zeit, der Wissenschaft, vielleicht auch grenzwertige Dinge, und wir glauben an das Gute. Unser Weg führt uns zur Selbsterkenntnis. Wir prahlen oder posaunen das alles nicht in die Welt hinaus. Wir schätzen Verschwiegenheit, woraus eine gewisse Mystik nach außen entstanden ist." Herr von Steinburg schenkte Marco und sich nach. Carolins Glas war noch fast voll. „Unsere Brüder gehören den verschiedensten Konfessionen an. Wir werden von der Kirche genau beobachtet. Die evangelische Kirche zum Beispiel akzeptiert es, wenn Kirchenzugehörige in unseren Logen Mitglieder sind. Unsere katholischen Brüder haben es schwerer. Sie begehen mit ihrer Mitgliedschaft eine schwere Sünde." Er machte eine Pause und schaute erst Carolin und dann Marco an. „Sünde ist auch das treibende Motiv für den Kauf des Kartons. Eine Todsünde für jeden Menschen, der sie begeht oder begangen hat. Und eine Institution wie die unsere kann es sich nicht leisten, mit einer Todsünde in Verbindung gebracht zu werden, auch wenn sie der Vergangenheit angehört und wir nur indirekt damit zu tun haben."

„Es geht um eine Todsünde?", fragte Marco skeptisch.

„Um genau zu sein, um eine Todsünde, die mindestens fünffach begangen wurde."

„Um eine Todsünde, fünffach begangen?", wiederholte Marco.

„Was sagt Ihnen die Zahl fünf?", wollte Adrian von Steinburg wissen.

Marco antwortete als Erster. „Sie ist eine Primzahl." Carolin schaute ihren Freund verwundert an. „Na ja, das habe ich in der Abendschule aufgefrischt bekommen", erklärte er, und die Anwaltsgehilfin meinte: „Nach der Fünf kommt die Sechs und vor der Fünf steht die Vier." Das Interesse war bei den beiden Besuchern geweckt. Sie nahmen eine straffe Sitzhaltung an, und dies registrierte Adrian von Steinburg wohlwollend. „Das war alles richtig, was Sie sagten." Er räusperte sich und nahm einen Schluck vom Sherry. „Eine Primzahl ist etwas Besonderes. Sie hat eine schöne klare Struktur, wie ein autistischer Freund von mir sagen würde, aber das ist es nicht, worauf ich hinaus wollte. Vor der Fünf steht die Vier, wie Sie richtig bemerkten." Dabei nickte er Carolin zu. „Sie symbolisiert die vier Himmelsrichtungen – Norden, Süden, Osten und Westen. Außerdem steht die Vier für die vier Elemente – Feuer, Wasser, Luft und Erde, und das bedeutende fünfte Element ist der Geist. Sie können mir folgen?" Ohne auf Reaktionen zu warten, redete er weiter, völlig gefangen in seinen Ausführungen. „Leonardo da Vinci – für mich einer der bedeutendsten Menschen, vielleicht war er sogar ein Zeitreisender, wie auch immer eine Zeitreise aussehen mag – zeichnete etwas Phänomenales, nicht nur die Mona Lisa oder den Täufer Johannes. Er zeichnete einen Menschen, einen nackten Mann, um genau zu sein, in Proportion mit ausgestreckten Armen. Um diesen Menschen herum ist ein Kreis gezeichnet und ein Quadrat. Der Mann ist in zwei verschiedenen, überlagerten Positionen zu sehen. Der Bauchnabel steht für den natürlichen Mittelpunkt. Würde man dort, rein theoretisch, den Zirkel ansetzen und einen Kreis zeichnen wollen, stellte man unweigerlich fest, dass Füße und Arme den Kreis berühren. Ebenso verhält es sich mit der anderen Position: Dort berühren die Arme und Beine des Mannes das Quadrat. Leonardo sagte wohl einmal: Ich quadriere den Kreis. Wobei wir mit dem Quadrat wieder bei der Zahl Vier wären, einem regelmäßigen Viereck, und als Körper sehe ich ein gleichseitiges Hexaeder, also einen Sechsflächner, und somit bin ich bei der Zahl Sechs, und dazwischen liegt unsere Fünf." Marco und Carolin folgten den Ausführungen still. „Wir dürfen dabei den Kreis nicht völlig vergessen. Er hat weder Anfang noch Ende und übernimmt die Bedeutung der Vollkommenheit, wie der verschlungene Stern mit seinen fünf Zacken. Dieser wehrt böse Geister ab, so wird es berichtet. Nicht dass Sie jetzt denken, ich glaube an so etwas. Aber ich gebe zu, dass diese Zusammenhänge mich faszinieren."

Marco nahm einen Schluck und fragte: „Und was sagen die Sterne dazu?"

Adrian von Steinburg lachte. „Ich merke schon, dass das nicht die Erklärung ist, die Sie sich erhofft haben, aber ich werde die Frage trotzdem beantworten. In der Astrologie hat die Zahl Fünf eine Schlüsselrolle. Betrachtet man die Umlaufzeit der Erde und der Venus von der Erde aus, so nimmt der Betrachter fünf Venusphasen wahr. Astrologen sprechen dann gern über das Venuspentagramm, und ein Pentagramm symbolisiert die Gestalt eines Menschen und seine Proportionen, wie Leonardo sie darstellte, und somit schließt sich der Kreis meiner Erklärungen." Adrian von Steinburg schlug ein Bein über das andere und wartete. Er drehte sein Glas hin und her.

„Hm, Ihre Ausführungen waren interessant. Aber ich weiß nicht, wie sie uns dabei helfen könnten, eine Entscheidung bezüglich des Verkaufs zu treffen", sagte Carolin.

„Nun, Frau …?"

„Lobner."

„Nun, Frau Lobner. Unterbrechen Sie mich, wenn ich etwas Falsches sage. Wir reden über Unterlagen, die Herr Petzold als Erbe von Mrs Abigail Smith erhalten hat. Ich finde es bemerkenswert, dass Herr Petzold vor Ihnen anscheinend keine Geheimnisse hat und Ihnen voll und ganz vertraut, aber mein eigentlicher Verhandlungspartner ist er. Er ist es, der eine Entscheidung treffen sollte, nicht Sie. Entschuldigen Sie meine direkte Art. Ich habe versucht, Ihnen beiden so viele Informationen wie möglich zu geben. Heute Abend, in genau einer Stunde, gibt es bei mir eine kleine Zusammenkunft. Wenn Sie möchten, dann sind Sie, Herr Petzold, herzlich eingeladen zu bleiben. Sie würden mir damit eine große Freude bereiten und einige meiner Mitstreiter kennenlernen. Bedauerlicherweise sind Frauen nicht geladen."

Carolin atmete tief durch und stand auf. „Ich wollte sowieso noch einmal ins Büro. Bringst du mich zur Tür?"

„Selbstverständlich", sagte Marco.

Carolin reichte Adrian von Steinburg die Hand. „Es hat mich gefreut, Ihre Bekanntschaft gemacht zu haben. Vielleicht sieht man sich mal wieder."

„Das hoffe ich doch sehr. Warten Sie bitte noch einen Moment." Adrian von Steinburg verließ die Bibliothek.

„Wieso gehst du?", fragte Marco leise.

„Er will dich allein sprechen. Er redete um den heißen Brei herum. Hast du das nicht bemerkt?", fragte Carolin leise zurück.

„Schon, aber jetzt gehst du allein."

„Ist doch nicht so schlimm. Wir treffen uns dann in deiner Wohnung. Versuch, ein paar Informationen zu bekommen. Sonst kommen wir nicht weiter."

Adrian von Steinburg trat wieder durch die Tür der Bibliothek. „Ich habe ein kleines Geschenk für Sie. Es wird Ihnen gefallen." Es war in Zeitungspapier eingewickelt.

„Ich kann doch nicht einfach ein Geschenk von Ihnen annehmen."

„Warum nicht? Es würde mich freuen, wenn Sie es nehmen." Er hielt es ihr entgegen. Carolin griff zögernd zu. Es fühlte sich an, als ob ein Buch darin eingewickelt sei.

„Danke! Aber nun werde ich gehen."

„Ich begleite dich noch zur Tür", sagte Marco und hakte sich bei ihr unter. Sie gingen durch den antiquierten Flur. Bei der Ausgangstür blieben sie stehen und schauten sich in die Augen. „Bleib wachsam, hörst du? Achte auf alles, was er sagt oder tut. Vielleicht erzählen die anderen von Dingen, die uns weiterbringen könnten." Marco zog Carolin an sich heran und küsste sie kurz, aber heftig.

Sie lachte und sagte: „Wir sehen uns dann. Ich liebe dich. Ich möchte keinen Tag mehr ohne dich sein."

Nur schwer konnte er sie gehen lassen. Aber sie hatte recht. Adrian von Steinburg hatte nicht alles gesagt, nur Andeutungen und mystisches Gerede von Elementen, Zahlen und konstruierten Zusammenhängen. Es brachte ihn nicht wirklich weiter, noch nicht. Diese Zusammenkunft bot ihm die Chance mehr zu erfahren. Zuerst einmal mehr über die Freimaurer und dann würde er auf den Busch klopfen, um zu schauen, was sich daraus ergab.

24

James zog nervös an seiner Zigarette. Die Wievielte war es heute schon? Er wusste es nicht. Es war ihm auch egal. Wenn er nicht erfolgreich sein sollte, dann würde er nie wieder rauchen, sondern sich die Radieschen von unten anschauen. Achtundvierzig Stunden hatte man ihm gegeben, lächerliche achtundvierzig Stunden. Er konnte doch nicht ahnen, dass die beiden das Land so schnell verlassen würden. Hier in Deutschland musste er noch vorsichtiger sein.

James sah, wie sein Partner die Straße überquerte und dann zu ihm ins Auto stieg. „Sie sind bei einem von Steinburg."

„Sicher?"

„Ja."

„Du bleibst hier. Sobald sie das Haus verlassen, heftest du dich an ihre Fersen – und vergiss nicht, unsichtbar zu sein. Dich gibt es gar nicht. Verstanden? Wir treffen uns im Hotel."

„Soll ich dich anrufen, falls …"

„Das Handy bleibt aus. Uns gibt es hier in Deutschland nicht."

James öffnete die Wagentür, trat auf die Straße und verschmolz mit der Dunkelheit.

Carlos, er wusste nicht einmal seinen richtigen Namen, verstand sein Handwerk. Er tötete leise und schnell und er besaß kein Gewissen. Carlos presste aus jedem das heraus, was er wissen wollte. Er kannte keine Skrupel. Für diesen Auftrag genau richtig. Aber ließ man ihn allein, benahm er sich schon mal unachtsam oder trottelig wie bei dem Portier. James musste an die Unterlagen kommen, egal wie!

Er bog in die Spremberger Straße ein. Ein paar Straßenlampen waren ausgefallen. Er schmunzelte in sich hinein. Wenigstens das würde für ihn arbeiten. Wenn man sich an ihn erinnerte, dann nur an einen Mann in dunkler Kleidung. Eine

Frau überquerte die Straße und schloss ein Stück weiter die Haustür auf. Aber, was war das? In Parterre der Nummer elf schaute jemand heraus. Er würde vorbeigehen und die erste Gelegenheit nutzen, um sich aus dessen Sichtfeld herauszubegeben. Dann musste er warten, bis der Greis sich wieder verzog, und das hoffentlich bald. James bog in die nächste Straße ab; nach wenigen Schritten blieb er stehen und ging vorsichtig zur Ecke zurück. Der alte Mann schaute doch tatsächlich in seine Richtung und machte keine Anstalten, das Fenster zu schließen. „Und mir rennt die Zeit weg."

James trat von der Ecke zurück, steckte sich eine Zigarette in den Mund und hielt sie mit den Zähnen fest. Die Flamme des Feuerzeuges erhellte sein Gesicht. Mit einem kräftigen Zug war der Glimmstängel an und die Qualmwolke, die aus seinem Mund kam, schwängerte die Luft um ihn herum. Bevor er die Packung in die Manteltasche steckte, schaute er hinein, wie viele ihm noch geblieben waren. Drei Stück! Er musste sich unbedingt noch welche besorgen. Er sah, wie der Kopf des alten Mannes verschwand. Endlich! James holte dünne Lederhandschuhe aus seiner Manteltasche hervor und zog sie sich über, spreizte die Finger und steckte sie ineinander, sodass die Handschuhe wie eine zweite Haut saßen. Dann öffnete er den Mantel und tastete nach seiner Beretta unterm Arm. Die Kühle des Metalls entzückte ihn. Sie hatte ihm schon oft gute Dienste geleistet und nicht nur einmal das Leben gerettet. Sie war sein treuer Begleiter.

***

Carolin strich mit der Hand über das alte Geländer, spürte aber den Handlauf kaum. Ihre Gedanken kreisten um Adrian von Steinburg, seine Ausführungen und was er damit sagen wollte. Auf dem Treppenabsatz blieb sie stehen und wickelte das Zeitungspapier vom Geschenk ab. Tatsächlich ein Buch.

Sie hielt es ins Licht, aber es reichte nicht aus, um die Schrift auf dem Einband zu lesen. Wer druckte denn einen Titel in nachtblauer Schrift auf schwarzem Untergrund? Mit dem Zeigefinger fuhr sie die Vertiefung der Buchstaben auf dem Buchdeckel ab. Der Umschlag fühlte sich seidig und warm an und die Buchstaben selbst glatt und kalt. Das Papier zerknüllte sie und steckte es in die Tasche. Vor der Haustür suchte sie sich die nächste Laterne und betrachte den Umschlag. Sie las: Für Gott werden wir sterben! Und darunter stand derselbe Satz in Latein, so viel konnte sie mit ihren schwindenden Lateinkenntnissen übersetzen. Carolin drehte es so, dass sie den Buchrücken sehen konnte, um nach dem Autor zu schauen. Dort stand: Mar Saba. Mar Saba? In welchem Zusammenhang hatte sie das schon einmal gehört? Ein Autor war das auf keinen Fall.

Sie schaute kurz auf und trat auf die Straße. Carolin bemerkte im Augenwinkel eine Bewegung, bevor sie das Motorengeräusch hörte. Der näher kommende Schatten ließ sie vor Schreck erstarren. Sie drehte sich dem entgegenkommenden Auto zu. Die Scheinwerfer waren aus. Bevor ihr Gehirn diese Information, die ihre Augen schon längst erfasst hatten, verarbeitete, krampfte sich ihr Herz zusammen, so als ob eine kalte Hand danach griff. Ihr Atem stockte. Dann umgab sie Dunkelheit. Ein letzter heller Blitz zuckte vor ihrem geistigen Auge auf. Die Schemen des Fahrers brannten sich in ihrem Gedächtnis ein.

Schwärze und Stille als Gegenwart.

25.

Marco genoss den Spaziergang zu seiner Wohnung. Die frische Luft vertrieb den Nebel in seinem Kopf. Er musste unbedingt wieder klar denken. Die Zusammenkunft bei Adrian von

Steinburg war sehr anstrengend gewesen. Eine Fülle an Informationen schwirrte durch seine grauen Zellen und versuchte, einen Speicherplatz zu finden. Aber es wollte alles nicht so recht passen. Er musste unbedingt mit Carolin reden. Hoffentlich war sie noch wach.

Er fingerte in seiner Jacke nach dem Haustürschlüssel. Sein Blick streifte Bennos Fenster, der heute mal nicht herausschaute. Achselzuckend schloss Marco auf und stieg langsam die Treppe hinauf. Auf dem halben Absatz blieb er stehen. Bennos Tür stand einen kleinen Spalt offen, durch den das Licht einen dünnen Strich auf den Flurboden zeichnete. Bedächtig und leise stieg er die Treppe hinauf. Mit einem Finger tippte er an Bennos Tür und öffnete sie weiter. Der kleine Flur schien unverändert, und an der Schwelle zur Wohnstube sah er Filzpantoffeln, Bennos Filzpantoffeln. „Benno?" Er hörte ein leises Stöhnen, und die Füße mit den Pantoffeln bewegten sich. Marco rannte zur Wohnstube und sah, dass sein Freund am Boden lag und am Kopf eine Platzwunde klaffte. Das Blut war schon geronnen.

„Benno, was ist passiert? Bist du gestürzt? Kannst du mich hören?"

Benno versuchte die Augen zu öffnen, aber mehr als ein Zittern der Lider brachte er nicht fertig. Sein Mund bebte: „Mann ... schwarzer Mantel ... stinkt ..." Der Kopf fiel zur Seite. Marco fingerte nach seinem Smartphone und rief den Notarzt. Dann kniete er sich neben seinen Freund und er merkte, wie seine Wangen feucht wurden, die Tränen sich am Kinn sammelten und auf den Teppich neben Benno tropften. Mit dem Handrücken wischte sich Marco die nächsten Tränen weg.

Die Minuten, bis der Rettungswagen ankam, erschienen ihm wie Stunden. Er hätte sich nie vorstellen können, dass Zeit so zähflüssig sein konnte.

Marco wurde von den Rettungssanitätern weggezogen und in Richtung Sessel geschoben. Dort ließ er sich hineinplumpsen und sah zu, wie die Frau und der Mann in Weiß ihre Arbeit taten, aber er folgte den Handgriffen nicht wirklich. Plötzlich stand der Notarzt im Raum, gab Anweisungen, und wenig später lag Benno mit verbundenem Kopf und Infusion am Arm auf der Trage. Während er hinaus in den Rettungswagen gebracht wurde, sprach ein Polizist Marco an, ob er der Nachbar sei, der den Notruf abgesetzt hatte, und ob er zum Tathergang Angaben machen könne. Tathergang? Was für ein Tathergang? Langsam dämmerte es ihm, und er konnte sich auf das besinnen, was gerade vor sich gegangen war. Benno war nicht gestolpert und gefallen, wie er zuerst angenommen hatte. Er war niedergeschlagen worden. Marco wiederholte die Worte, die Benno gesagt hatte. Der Polizist sah ihn mitleidig an und meinte: „Ruhen Sie sich erst einmal aus. Morgen komme ich noch einmal vorbei. Übrigens, ich habe mir erlaubt, Ihre Wohnungstür anzulehnen. Sie stand sperrangelweit auf. Es ist doch Ihre Tür, oder?" Marco schaute den Polizisten entgeistert an. Seine Tür hatte vorhin nicht sperrangelweit offen gestanden. Zumindest war es ihm nicht aufgefallen.

„Carolin!" Marco stieß den Beamten beiseite und stolperte aus Bennos Wohnung zu seiner eigenen, trat gegen die Tür, ignorierte das Chaos und suchte nach seiner Freundin. Sie war nicht da. Marco hörte hinter sich ein Geräusch. Er drehte sich um und sah, wie der Polizist sich das Schloss ansah. „Sieht nicht so aus, als ob es aufgebrochen worden ist. Können Sie auf den ersten Blick sagen, ob etwas fehlt?"

„Carolin ist nicht da", sagte Marco wie in Trance.

„Carolin ist Ihre …"

„Meine Freundin. Sie wollte hier auf mich warten."

„Könnte sie sich denn woanders aufhalten?"

„Nein."

„Hat sie eine eigene Wohnung, oder wohnen Sie zusammen?"

„Sie hat eine eigene Wohnung, aber sie wollte hier auf mich warten."

„Das sagten Sie schon. Würden Sie vielleicht mal versuchen, Ihre Freundin anzurufen?"

Marco nickte und tippte mit zittrigen Fingern die Nummer ein. Carolin meldete sich nicht. Marco wählte eine weitere Nummer. „Sie wollte in der Kanzlei vorbeischauen. Vielleicht ist sie ja noch dort." An diese Möglichkeit glaubte er nicht, weil schon Stunden vergangen waren, seit sie sich getrennt hatten. Trotzdem musste er es probieren. Marco sprach eine kurze Mitteilung auf den Anrufbeantworter und legte auf.

„Es muss ihr etwas zugestoßen sein." Ja, da war sich Marco sicher. Es musste etwas passiert sein, sonst wäre sie da. Sie wäre ganz sicher da.

Der Polizist sah sich um. „Wollen Sie zu der Verwüstung eine Anzeige machen? Ich würde Ihnen dazu raten."

„Ich habe keine Wertgegenstände, und die Einrichtung ist alt. Ich wollte mir sowieso was Neues kaufen. Aber ich würde eine Vermisstenanzeige aufgeben."

„Dazu ist Ihre Freundin nicht lange genug verschwunden. Sie könnte bei einer Bekannten sein oder auf einen Drink in einer Bar. Sie werden sehen, morgen ist sie wieder da."

„Nein, ist sie nicht. Ich spüre es. Mann, verstehen Sie denn nicht? Benno wurde niedergeschlagen, meine Wohnung ist verwüstet, und Carolin ist weg. Was ist, wenn der Einbrecher sie mitgenommen hat?"

„Es muss nicht unbedingt einen Zusammenhang geben. Außerdem nehmen Einbrecher keine Geiseln. Es sieht auch eher nach einem Einbruch aus als nach einem Kampf. Beruhigen Sie sich einfach. Haben Sie vielleicht jemanden, der sich um Sie kümmern könnte? Sie stehen ja unter Schock."

Marco merkte, wie sein Gesicht heiß wurde und sein Kreislauf auf Touren kam. „ICH STEHE NICHT UNTER SCHOCK. Ich will wissen, wo Carolin ist!" Ist der Polizist geistig minderbemittelt oder tut er nur so? Der muss doch sehen, dass es einen Zusammenhang gibt. Tja, die Polizei, dein Freund und Helfer. Er konnte es nicht glauben, was sich hier abspielte.

„Immer ruhig! Das wird sich schon aufklären. Neunzig Prozent aller verschwundenen Frauen sind am nächsten Tag wieder da, und die Erklärung für ihr Verschwinden ist meist banal."

„Hier ist aber nichts banal." Marco stöhnte. „Wissen Sie was? Kommen Sie morgen wieder. Noch besser, Sie kommen überhaupt nicht wieder. Ich kümmere mich selbst um die Angelegenheit." Er schob den Beamten zur Tür und dann hinaus. Als die Tür geschlossen war, lehnte er seine Stirn an das Holz und begann tief zu atmen. „Verdammte Scheiße!", brüllte er die Tür an und schlug mit der Faust dagegen.

26.

Als Marco das Haus verließ, wusste er nicht, wohin er gehen und wo er zu suchen anfangen sollte. Ihn fröstelte. Er schlug den Kragen seiner Jacke hoch und vergrub die Hände in den Taschen. Seine linke Hand ertastete einen Zettel. Warum war er denn nicht gleich darauf gekommen? In der Aufregung musste er es vergessen haben. Carolin hatte eine zweite Nummer. Er holte sein Smartphone aus der Tasche und gab ihre Nummer ein.

„Ah, Mr Petzold! Ich hatte mich schon gefragt, wann Sie anrufen würden."

„James?"

„Ja, der bin ich."

„Wo ist Carolin?"

„Nicht bei mir."

„Sie haben aber ihr Handy."

„Durch eine glückliche Fügung erhielt ich es. Nun, haben Sie sich mein Angebot überlegt? Ich bin immer noch an dem Karton interessiert."

„Zuerst will ich Carolin zurück."

„Mr Petzold, ich wiederhole mich ungern, aber Ihre Freundin ist nicht bei mir. Vielleicht ist sie ja bei Ihrem Nachbarn?"

„Bei Benno?" Marcos Gedanken wirbelten durcheinander.

„Was ist nun mit dem Karton? Ich habe nicht unendlich Zeit, auf Ihre Antwort zu warten." Die Stimme von Mr James wurde bedrohlich leise.

„Ich denke erst darüber nach, wenn ich weiß, wo Carolin ist."

„Mr Petzold, Sie sind jetzt nicht mehr in der Position, etwas zu verlangen oder von mir zu erwarten. Sie können froh sein, dass ich mein Angebot noch aufrechterhalte. Wie geht es eigentlich Ihrem Nachbarn?"

„Sie waren das? Sie Schwein!"

James kicherte. „Ihr Nachbar war sehr neugierig. Zu neugierig. Und er war dumm. Sehr dumm. Ich hoffe für Sie, dass Sie ihm nicht nacheifern. Wo ist der Karton?"

Marco nahm das Handy vom Ohr und drückte mit dem Daumen auf die Taste mit dem kleinen roten Hörer. Eine Weile schaute er auf das Display, das sich langsam verdunkelte. Bevor er das Handy in die Tasche zurücksteckte, schaltete er es aus und lief los. Er hatte kein Ziel. Er hatte keinen Plan. Irgendwann, als ihm die Füße ordentlich schmerzten und er nicht mehr wusste, wo er überall langgelaufen war, schaute er auf. Er stand direkt vor dem Klinikum. Langsam stieg er die Steinstufen hinauf, der elektrische Türöffner summte, und mit einem lauten schnappenden Geräusch öffnete sich die Tür. Marco ging hindurch, musste wieder Stufen steigen und fand sich in einem kleinen Vorraum wieder. Hinter einer gläsernen Information saß ein älterer Mann und las Zeitung. Marco ging auf ihn zu.

„Entschuldigung." Der Mann legte die Zeitung beiseite.

„Ja, bitte."

„Heute wurde mein Nachbar eingeliefert. Wo kann ich ihn finden?"

„Dazu brauch ich den Namen Ihres Nachbarn."

„Benno. Benno Peters."

Der Mann tippte auf der Tastatur vor sich, las und bedachte Marco mit einem Blick, den dieser nicht einordnen konnte. „Er ist doch hier eingeliefert worden, oder? Ich möchte wissen, wie es ihm geht."

„Der diensthabende Arzt wird gleich zu Ihnen kommen. Ich werde ihn benachrichtigen. Setzen Sie sich doch dort drüben hin. Es kann eine Weile dauern, bis er da ist." Der Mann nahm den Hörer, tippte ein paar Zahlen ein und sprach. Dann nahm er seine Zeitung wieder auf und las weiter. Kurz schielte er noch einmal über den Rand und registrierte, dass der Besucher sich auf einen der Stühle niederließ.

Marco beobachtete die Leute, die an ihm vorübergingen. Viele waren es nicht. Er wusste nicht, wie lange er schon dort saß. Er besaß kein Zeitgefühl mehr. Er fühlte sich leer, ausgelaugt und antriebslos.

Ein großer schlanker Mann mit grauem Haar und schmalem Gesicht kam auf ihn zu. Seine Hände hatte er in die Taschen seines Kittels gesteckt. Er blieb vor der Stuhlreihe stehen. „Sie wollten sich nach einem Patienten von mir erkundigen?"

Marco stand auf. „Ja, nach Benno Peters. Wie geht es ihm?"

„Sind Sie mit ihm verwandt?"

„Nein, aber er ist mein bester Freund und fast wie ein Vater zu mir."

„Ich kann Ihnen leider keine Auskunft geben."

„Ich habe ihn gefunden und ich habe den Notarzt gerufen. Warum sagen Sie mir nicht einfach, wie es ihm geht? Mehr will ich doch gar nicht wissen. Bitte!"

Der Arzt schaute auf seine Füße und dann schaute er Marco direkt in die Augen. „Na schön. Es geht ihm den Umständen entsprechend gut."

„Aha, und wann kann ich zu ihm?"

„Gar nicht."

„Gar nicht? Wieso?"

„Weil er nicht mehr im Klinikum ist."

„Er ist nicht mehr hier? Wo ist er denn dann?"

„Wie ist eigentlich Ihr Name?"

„Petzold. Wo ist nun Benno?"

„Herr Petzold, belassen Sie es bei dem, was ich Ihnen gesagt habe, und nun muss ich wieder zurück auf Station. Ich habe nicht nur einen Problemfall. Ihr Nachbar wird wieder auf die Beine kommen. Und ich bin mir ganz sicher, dass er Sie anrufen wird." Damit drehte sich der Arzt um und ging.

Marco setzte sich wieder und spürte einen Blick auf sich ruhen. Der Mann von der Information schaute ihn unverwandt an. Es war eine Mischung aus Neugier, Interesse und Mitleid. Marco ging zu ihm hinüber.

„Kopf hoch! Das wird schon werden", sagte der Mann und räumte verlegen seine Zeitung beiseite.

„Hm, ist schon merkwürdig, dass Benno nicht hierbleiben konnte. Sicher sind alle Betten belegt." Marco erhoffte sich eine Antwort auf seine Frage. Wenigstens ein paar Anhaltspunkte, damit er es verstand.

„Nee, wir haben noch freie Kapazitäten." Dabei zog er das Ä ungewöhnlich in die Länge. „Mich hat es gewundert, dass man Ihren Freund untersuchte, aber nicht hierbehielt. Ich habe gesehen, wie Dr. Walter mit einem Mann sprach. Er sah wie ein Beamter aus. Schwarzer langer Mantel, und er trug einen Hut. Der kam hier an, kurz nachdem eine junge Frau, ein Unfallopfer, eingewiesen wurde. Ein hübsches junges Ding. Sie hat man behalten. Zuerst wusste man nicht, wer sie war. Sie hatte keine Papiere dabei. Später wurde Ihr Freund gebracht. Es lag eine Aufregung in der Luft."

„Hm, und wissen Sie jetzt, wer sie ist?", fragte Marco, nur um das Gespräch nicht ins Stocken zu bringen.

Der Mann kam ganz dicht an ihn heran. Sein Atem berührte ihn unangenehm. „Ich hab es herausgekriegt. Ihr Name ist Carolin Lobner."

Marco spürte plötzlich die Leere im Bauch und wie die Übelkeit diese auffüllte. Seine Hände wurden feucht, und er krallte sich an der Kante der Information fest. Sein Herz begann zu rasen und die Luft wurde ihm knapp. In der Spiegelung der Scheibe meinte er, einen Mann im schwarzen Mantel zu sehen. Ruckartig drehte er sich um, und während es sich in seinem Kopf anfing zu drehen, sah er, dass der Gang leer war. Dann kam in einer rasenden Geschwindigkeit der Fußboden auf ihn zu.

„Herr Petzold! Herr Petzold!" Etwas klatschte unsanft in sein Gesicht, die Wange begann zu brennen und Marco wurde wütend über solch eine Behandlung. Er schlug die Augen auf und sah direkt in eine Lampe. Das Licht brannte in seinen Augen. Er schloss sie wieder, aber die Helligkeit blieb. „Herr Petzold, machen Sie die Augen wieder auf! Hören Sie mich?" Diese weiblich penetrante Stimme ließ nichts anderes zu, als noch einmal die Augen zu öffnen. Jetzt sah er eine ältere Frau und das hagere Gesicht des Arztes, mit dem er vorhin gesprochen hatte. „Schön, dass Sie wieder bei uns sind. Wie fühlen Sie sich?", fragte der Arzt.

„Beschissen."

„Es scheint Ihnen wieder besser zu gehen", stellte der Arzt nüchtern fest. „Setzen Sie sich mal hin. Aber langsam!"

Marco ließ die Beine von der Liege baumeln und richtete dann seinen Oberkörper auf. Er fühlte sich auf eine ungewöhnliche Weise frisch und doch etwas benommen. Jetzt wusste er auch wieder, was passiert war. „Wo ist Carolin? Carolin Lobner meine ich. Der Mann an der Information hat gesagt, dass sie hier eingeliefert worden ist."

„Jetzt wollen Sie etwas über eine Frau wissen. Bevor Sie weiterfragen: Es wurde keine Patientin mit diesem Namen aufgenommen. Gehen Sie nach Hause!"

„Woher hat er dann ihren Namen? Und was ist mit dem Beamten, der bei Ihnen war?"

„Herr Petzold, es war alles etwas viel für Sie. Ihr Körper hat Ihnen vorhin ein klares Signal gegeben. Ruhen Sie sich zu Hause aus, und morgen sieht die Welt schon wieder anders aus. Soll Schwester Margit ein Taxi rufen?"

„Nein, ich gehe zu Fuß." Marco ließ sich von der Liege gleiten, schaute sich im Raum um, aber er entdeckte nichts, was Licht in seine wirren Gedanken bringen konnte. Grußlos verließ er den Behandlungsraum. Er suchte den Weg zurück zur Information. Hinter dem Glaskasten saß nun eine junge Frau. Sie schaute auf den Flachbildschirm vor sich. Marco räusperte sich. „Wo ist der Mann von vorhin?" Die junge Frau schaute auf. „Welcher Mann?"

„Na, der bis vor Kurzem hier auf Ihrem Stuhl saß."

„Auf meinem Stuhl?"

„Ja."

„Ich habe seit zwei Stunden Dienst und niemand sonst. Wer soll denn hier meine Arbeit gemacht haben?", fragte sie verunsichert zurück.

„Ich weiß doch noch, dass ich mit einem älteren Mann gesprochen habe, und er gab mir Auskünfte über Patienten. Er gab mir Namen und was mit ihnen so passiert ist. Er wusste auch von einer jungen Frau, die einen Unfall hatte." Die Angesprochene strich sich ein paar Haare aus dem Gesicht.

„Das hier ist die Information und nicht die Notaufnahme. Wir können von hier aus gar nicht sehen, wer eingeliefert worden ist, noch warum." Marco schaute sich um und musste ihr im Stillen recht geben. Er sah drei lange Gänge mit Hinweisschildern wie „Röntgenabteilung", „Haus C", „Cafeteria". „Und Sie waren die ganze Zeit an der Information?", fragte er vorsichtig.

„Nein. Dr. Walter brauchte dringend Unterlagen aus dem Archiv. Ich habe sie geholt, weil sonst niemand anderes verfügbar war."

„Aha! Noch eine Frage. Die letzte. Versprochen. Ist Ihnen ein Mann aufgefallen, der einen langen schwarzen Mantel und Hut trug? Er vermittelte den Eindruck, als sei er ein Beamter."

„Nein."

Marco gab es auf, weiter zu fragen. Er schenkte der jungen Frau ein halbherziges Lächeln und klopfte zum Abschied mit der flachen Hand auf den Tresen. Er ging auf den Ausgang zu, und während er die Stufen hinunterstieg, bildete er sich ein, in der Glasscheibe wieder einen Mann mit einem schwarzen Mantel zu sehen. Kurz blieb er stehen und schaute genauer hin. Die Konturen des Spiegelbildes verschwammen und verschmolzen zu einem dunklen Schatten. Ich sollte mich wirklich ausruhen, dachte er. Trotzdem drehte er sich langsam um und betrachtete das Bild, das sich ihm bot. Die junge Frau an der Information schaute auf ihren Monitor, und der Gang, der sich breit und lang erstreckte, lag verlassen da. Marco schüttelte den Kopf und verließ das Klinikum mit dem Ziel, nicht nach Hause zu gehen, sondern sich in den Nachtschmied zu setzen, um einen trockenen Rotwein zu trinken. Vielleicht half der Alkohol beim Sortieren seiner Gedanken.

27

Nach einem Fußmarsch von fünfzehn Minuten betrat er den Nachtschmied, setzte sich ans Fenster und starrte in die Nacht.

„Was darf es sein?" Ohne den Kellner anzusehen, bestellte er: „Eine Flasche trockenen Roten."

„Wir haben …"

„Bringen Sie einfach eine Flasche. Es wird schon passen."

„Wie Sie meinen", antwortete der Kellner verschnupft.

Kurze Zeit später stand er wieder vor Marco und wartete darauf, dass er den edlen Tropfen probierte, bevor er den Wein eingoss. Marco gab ihm mit einer Handbewegung zu verstehen, dass er den Wein einfach ins Glas schütten solle und dass er wünsche, allein zu sein. Widerwillig befolgte der Kellner die Anweisung und entfernte sich vom Tisch.

Marco nahm das Glas in die Hand, drehte es hin und her und betrachtete die dunkelrote Farbe des Weins. Durch das Kerzenlicht und das in sich gebrochene Glas leuchtete der Wein wie ein Rubin, ein reiner Rubin ohne Einschlüsse. Es schien ihm merkwürdig, dass ihm nach solch einem Tag diese Gedanken kamen. Es gab viel zu viele Fragen und kaum Antworten. Und hatte er eine Antwort gefunden, kamen neue Fragen hinzu. Marco setzte das Glas an und ließ den Wein in seinen Mund laufen, bewegte ihn dann über die Zunge zwischen den Zähnen hin und her, bevor er ihn hinunterschluckte. Deutlich spürte er den Weg des edlen Getränkes in den Magen. Von dort breitete sich eine wohltuende Wärme aus. Ein Gefühl der Geborgenheit stieg auf. Er setzte das Glas nicht ab, sondern nahm noch einen kräftigen Schluck und schaute zu, wie ein Tropfen zurück ins Glas glitt, während der Wein den Weg in sein Inneres nahm. Mit jedem Schluck wurden seine Gedanken leichter, sein Mut stärker und seine Probleme scheinbar kleiner. Als er die Flasche geleert hatte, wusste er, dass er nicht mehr Herr seiner Sinne war. Die Zunge gehorchte den gedanklichen Worten nicht mehr. Sein Hintern schien auf dem Stuhl festzukleben und die Schärfe seines Sehens war gestört. Er kniff die Augen zusammen, sah aber trotzdem verschwommen. Die Stimmen um ihn herum klangen verzerrt und unwirklich blechern. Eine schwarze Gestalt, von der er nur einen Schemen wahrnahm, sagte etwas zu ihm, was er nicht verstand. Aber es klang freundlich und fremdländisch. Marco erhob sich und folgte dem Schemen. So musste es sich anfühlen, wenn man verrückt wird. Aber er wusste, er war nur betrunken und irgendein „Benno" hatte Mitleid mit ihm.

***

Kleine Klabautermänner hämmerten in Marcos Kopf. Sie waren fleißig und steigerten ihren Ehrgeiz, sobald er sich bewegte. Nur wenn er ruhig lag, konnte er sie etwas besänftigen. Wo lag er eigentlich? Ohne sich zu rühren, öffnete er die Augen und versuchte, die Umgebung zu erfassen. An der Decke befand sich alter Stuck und inmitten der Stuckarbeit hing eine Lampe herab. An ihr baumelte eine Spinnwebe, die wie durch Geisterhand hin und her schwebte. Seine Augen sahen zum Fenster, das mit schweren Gardinen verhangen war; trotzdem bemerkte er, dass der Tag angebrochen war. Er erkannte einen Spiegel und eine größere Kommode. Seine Augen suchten den Raum weiter ab und blieben an einem Gesicht in seiner Nähe hängen. Es war zuerst verschwommen, doch dann wurden die Konturen klarer. „Inspektor Johnson?", fragte Marco leise, was eher einer Feststellung glich.

„Hier, nehmen Sie das! Dann wird es Ihnen besser gehen." Johnson ließ eine Aspirin ins Wasserglas fallen und reichte es ihm. Marco nahm es und schaute der Brausetablette zu, wie sie sprudelte. Ganz langsam setzte er sich auf.

„Was machen Sie hier? Wo bin ich?"

„Versuchen Sie erst einmal, klar im Kopf zu werden." Der Engländer nahm sich einen Stuhl. Während er sich setzte und seine Füße neben Marco aufs Bett legte, trank dieser das Glas bis zum letzten Tropfen aus. „Sind Sie aufnahmefähig?", wollte er wissen.

„Ja, bin ich."

„Also gut. Sie wollten, dass Mr Wilson Ihnen den Käfig von Mrs Abigail schickt. Ich dachte mir, ich bringe ihn zu Ihnen und besuche Sie gleich." Dabei deutete er auf das riesige Paket in der Zimmerecke.

„Sie sind nur wegen dem Käfig da?", fragte Marco ungläubig.

„Nicht ganz." Inspektor Johnson schaute ihn intensiv an, so als ob er ihn einschätzen wollte. „Mich treiben ein Versprechen und mein schlechtes Gewissen hierher."

„So!", sagte Marco und zog das „O" lang.

„Mrs Abigail legte mir nahe, ein Auge auf Sie zu werfen, und ich war es, der Mrs Abigail überzeugte, die Unterlagen nicht zu vernichten." Bevor er weitersprechen konnte, sagte Marco: „Stopp! Jetzt mal ganz langsam zum Mitmeißeln. Sie kannten Mrs Abigail Smith persönlich? Sie wussten von den Unterlagen, und Sie sollten mich im Auge behalten? Ist das richtig so?"

„Nicht ganz, aber so in etwa stimmt es. Wir haben genügend Zeit, bis Sie wieder fit sind."

„Nein", fiel Marco ihm ins Wort. „Wir haben überhaupt keine Zeit. Carolin ist verschwunden."

„Carolin geht es gut, nicht blendend, aber gut."

In Marco kehrte seine alte Entschlossenheit zurück. Er schoss vor, packte den Inspektor am Kragen und drückte zu. Johnson versuchte, sich zu befreien.

„Wo ist Carolin?"

„Luft", röchelte Johnson.

Marco lockerte seinen Griff, ließ aber nicht los.

„Wo ist sie?", wiederholte er.

„Jetzt beruhigen Sie sich doch und setzen sich wieder." Marco setzte sich tatsächlich, obwohl er an Johnson zu gern seine Wut ausgelassen hätte. Aber dieser war im Moment der Einzige, der ihm Antworten geben konnte.

Johnson rückte sich auf dem Stuhl zurecht. „Am besten erzähle ich von Anfang an, damit Sie die Zusammenhänge verstehen. Wenn ich fertig bin und Sie immer noch der Meinung sind, mich erwürgen zu müssen, dann nur zu, aber lassen Sie mich zu Ende erzählen."

„Okay." Marco goss sich Mineralwasser nach.

„Ich bin im Waisenhaus aufgewachsen."

„Wie traurig."

Johnson überhörte den schnippischen Ton und sprach unbeirrt weiter: „Mrs Abigail kam regelmäßig und spielte mit uns Kindern. Irgendwann verbrachte sie ihre Zeit nur noch mit mir. Ich hoffte, dass sie mich eines Tages mitnehmen würde. Das tat sie aber nicht. Stattdessen organisierte sie es, dass ich bei ihrer Schwägerin Anne einzog. Mrs Abigail kam fast täglich, meist zum Tee, und oft nahm sie mich zu einem Ausflug mit." Johnson schwieg und sein Blick war verschleiert. „Kurz hintereinander starben Mrs Abigails Mann und ihre Schwägerin. Sie war darüber sehr aufgebracht, sodass sie mir einredete, Polizist zu werden. Was ich dann auch später wurde. Als ich in den Polizeidienst eintrat, war ich von der Arbeit so besessen, dass ich mich mit dem Tod der beiden beschäftigte und feststellte, dass es bei den Todesfällen Ungereimtheiten gab."

Inspektor Johnson hustete. „Vor ungefähr fünf Jahren beauftragte sie mich, nach ihrer Familie in Deutschland zu suchen. Abigail wollte alles wissen. Dabei stieß ich auf Sie." Er schaute Marco aus einer Mischung von Stolz und Traurigkeit an. „Mrs Abigail war begeistert. Als dann auch ihr Anwalt überraschend starb, erzählte sie mir, dass sie Unterlagen besäße, die mit einem der größten ungeklärten Verbrechen von London zu tun haben. Ich sah schon die Schlagzeilen: Johnson klärt einen der größten Kriminalfälle von London auf, oder so ähnlich." Er machte eine weite, ausladende Handbewegung. „Dabei hatte ich keine Ahnung, um was es eigentlich ging. Jack the Ripper wäre mir nie in den Sinn gekommen. Mrs Abigail hat mir die Unterlagen nie gezeigt."

Johnson nahm die Beine vom Bett und beugte sich vor. „Hätte ich das gewusst und was ich für böse Geister heraufbeschworen habe mit dieser Entscheidung, die Unterlagen nicht zu vernichten, dann hätte ich sie damals eigenhändig verbrannt." Johnson lehnte sich wieder zurück.

Marco studierte die Körpersprache des Briten genau und konnte sich des Eindruckes nicht erwehren, dass dieser bei seinem letzten Satz nicht die Wahrheit gesagt hatte. „Und warum blieb Mrs Abigail unbehelligt?", wollte Marco wissen.

„Dieses Geheimnis hat sie mit ins Grab genommen."

„Und nun?"

„Wir müssen so schnell wie möglich nach einer Lösung suchen, damit die Sache nicht noch weiter ausufert. Carolin und Ihr Freund Benno sind aus der Schusslinie. Wenigstens das konnte ich für Sie tun."

„Wo ist Carolin?", fragte Marco, jedes Wort betonend.

„Sie ist in Sicherheit. Es ist besser, wenn Sie es nicht wissen. Glauben Sie mir. Und jetzt muss ich erfahren, was in den Unterlagen steht und wo sie sind."

Marco stand auf und wanderte im Zimmer auf und ab. Er blieb vor Inspektor Johnson stehen. „Die Unterlagen sind in Sicherheit. Wenigstens das konnte ich tun", sagte er bedeutend und setzte seine Wanderung fort. Wieder blieb er vor dem Inspektor stehen. „Also, Johnson, ich weiß nicht einmal, ob Sie der sind, für den Sie sich ausgeben. Vielleicht gehören Sie zu einer dritten Partei, die die Unterlagen in ihren Besitz bringen will, oder Sie gehören gar zu James. Beweisen Sie mir, dass Sie derjenige sind, als den Sie sich vorgestellt haben."

„Mrs Abigail hat doch die richtige Wahl getroffen."

„Lassen Sie die Süßholzraspelei!"

„Hab schon verstanden!" Inspektor Johnson setzte sich gerade hin und griff mit der rechten Hand in die Jackeninnentasche. Marco ging automatisch ein paar Schritte beiseite und griff nach der Stehlampe neben dem Kleiderschrank.

„Ich hole nur meine Brieftasche heraus. Sie wollten doch Beweise, oder?" Johnsons Bewegungen wurden noch langsamer, und er war sehr darauf bedacht, den jungen Mann nicht weiter zu provozieren. Mit zwei Fingern zog er ein großes braunes Lederetui heraus. „Es ist nur meine Brieftasche", betonte er noch einmal. Johnson klappte sie auf. „Hier ist mein Ausweis, die Kreditkarte, Fotos von Mrs Abigail, Fotos, wo wir beide zu sehen sind, mein Hochzeitsfoto mit meiner Frau und Mrs Abigail." All das warf er aufs Bett.

Marco schaute von Weitem auf das Sammelsurium. „Die Frau auf den Fotos könnte auch Ihre Wirtin sein. Was weiß ich denn? Ich habe Mrs Abigail nie in meinem Leben gesehen. Und die Fotos in ihrer Wohnung, da sind viele Personen drauf zu sehen. Trotzdem weiß ich nicht, wer von denen Mrs Abigail war."

„Also gut." Inspektor Johnson holte sein Handy hervor.

„Wen wollen Sie anrufen?", fragte Marco skeptisch.

Während Johnson eine Nummer eingab, fragte er beiläufig: „Wen würden Sie denn am liebsten sprechen?" Er nahm das Handy an sein Ohr und lauschte, aber ohne den jungen Mann aus den Augen zu lassen.

„Johnson hier. Ist Frau Lobner wach?" Marco horchte auf und kam näher heran. „Gut, dann halten Sie ihr das Handy ans Ohr, und zwar so lange, wie sie telefonieren möchte." Dann reichte er das Handy weiter.

„Carolin?"

„Ja."

„Wie geht es dir?"

„Geht schon. Ich hatte einen Unfall. Hat Inspektor Johnson dich informiert?"

„Ja", log Marco.

„Er hat mich gefunden. Er hat mir versprochen, dir zu helfen und auf dich aufzupassen. Es ist gut, dass er bei dir ist."

„Ja, wir werden alles gemeinsam durchstehen. Wo bist du?"

„Im Klinikum. Dr. Walter ist bei mir. Er sagt, dass niemand weiß, dass ich hier bin."

„Das ist sicherer. Ruh dich aus und werde schnell gesund."

„Ich gebe mir alle Mühe. Ich liebe dich!"

„Ich dich auch." Ohne das Handy auszumachen, gab er es Johnson zurück.

„Wo ist Benno?"

„Sie sind noch nicht überzeugt?"

„Nein."

„Er ist auch im Klinikum."

„Mir hat ein vertrauenswürdiger Mensch gesagt, dass man ihn zwar untersuchte, er aber nicht aufgenommen wurde." Marco ging zum Fenster und blieb vor der Gardine stehen.

„Stimmt nur zum Teil. Ich konnte Dr. Walter davon überzeugen, dass Ihr Nachbar noch einmal in den Rettungswagen gelegt wird und nach einer guten halben Stunde dann auf Station gebracht wurde unter dem Namen Wilhelm Lange. Es gibt offiziell im Klinikum weder eine Carolin Lobner noch einen Benno Peters. Glauben Sie mir nun?"

„Nein. Wie haben Sie Dr. Walter dazu bekommen, dass er dieses Spielchen mitmacht?" Er fixierte Johnson und schaute ihn ohne einen Augenaufschlag an.

Johnson hob die Augenbrauen und sagte: „Man kann Sie wirklich nur schwer überzeugen, und ganz nebenbei vergeuden wir wertvolle Zeit."

„Nein, die vergeuden wir nicht. Wenn ich Sie mit ins Boot hole, dann muss ich mir absolut sicher sein, dass ich Ihnen vertrauen kann. Nur so ergibt es einen Sinn."

„Also, gut. Als ich damals nach Görlitz kam, um nach Ihnen zu suchen und ein paar Informationen aus Ihrem Umfeld zu erhalten, lernte ich zufällig Dr. Walter kennen. Wir freundeten uns an und dann ergab es sich, dass ich ihm aus einer prekären Situation geholfen habe. Er versprach mir, sich zu revanchieren. Indem er nun Carolin und Benno hilft, sind wir quitt."

Marco konnte nicht glauben, was Johnson erzählte, denn ihm war schleierhaft, wie Dr. Walter das anstellen wollte, dass die beiden anonym im Krankenhaus oder, anders gesagt, unter falschen Namen dort behandelt wurden. Der Krankenkasse und dem Krankenhauspersonal würde das nicht entgehen. Entweder log Johnson oder er hatte so großen Einfluss, dass es funktionierte. Aber dann wäre er nicht nur ein gewöhnlicher Police Inspector. Marco merkte, wie er sich gedanklich im Kreis drehte und zu keinem gescheiten Ergebnis kam. Der Engländer musste ihm seine Zweifel angesehen haben und sagte: „Manchmal sehen vier Augen besser als zwei und manchmal denken zwei Köpfe besser als nur einer."

Marco drehte sich endgültig zu Johnson um. „Und manchmal ist einer von zwei Menschen nicht das, was er zu sein vorgibt."

„Also gut, ich merke, dass Sie meine Hilfe nicht wollen. Das ist Ihr gutes Recht. Wahrscheinlich hätte ich es nicht anders gemacht. Sie sollten sich trotzdem vor Augen führen, dass sich jemand an Ihre Fersen geheftet hat, der nicht zimperlich ist, und wenn man es genau nimmt, sind es zwei."

„Von Adrian von Steinburg geht bestimmt keine Gefahr aus."

„Den kenne ich nicht. Ich meine James. Er ist im Doppelpack hier."

„Ah." Diese Nachricht beunruhigte Marco. Er war davon ausgegangen, dass er es nur mit James und von Steinburg zu tun hatte.

„Machen Sie, was Sie wollen. Ich begleiche an der Rezeption meine Rechnung und nehme den nächsten Flug nach London." Inspektor Johnson erhob sich und packte seine Fotos, Kreditkarte und Ausweis ein. Kurz blieb er noch stehen, zögerte, ging zur Tür und verließ ohne ein weiteres Wort das Hotelzimmer.

Marco stützte sich auf das Fensterbrett. Wenn er es recht betrachtete, hatte er im Moment keinen Verbündeten. Auf Carolin und Benno konnte er nicht zählen, Hubertus war Anwalt und wusste von den Unterlagen so gut wie nichts, es blieb nur noch Johnson. Er überlegte weiter und versuchte, die Situation zu analysieren und für sich zu nutzen.

Johnson kam zurück. „Das Zimmer ist bezahlt. In zweieinhalb Stunden geht mein Flug. Ich packe meine Sachen, und dann trennen sich unsere Wege."

Marco nickte. Johnson legte seinen kleinen Rollenkoffer aufs Bett und begann ihn einzuräumen. Aus der Kommode nahm er seine Kleidung, unterm Bett angelte er nach einem Paar Schuhe und aus dem Bad holte er seinen Kulturbeutel. Das alles warf er lieblos in den Koffer. Er ließ noch einmal seinen Blick durchs Zimmer wandern und schloss den Reißverschluss. „Vergessen Sie den Käfig nicht! Ich weiß gar nicht, warum Mrs Abigail den über die Jahre aufgehoben hat", sagte Johnson zum Schluss.

„Ich werde ihn schon nicht vergessen." Marco ließ Johnson nicht aus den Augen: „Sie werden den Käfig zum nächsten

148

Hotel mitnehmen. Sie checken dort ein und in einer Stunde treffen wir uns in der Peterskirche."

Johnson schaute ihn überrascht an. „Wie soll ich das jetzt verstehen? Mein Flug ist gebucht."

Marco schnitt ihm das Wort ab. „Der bleibt auch gebucht. Wenn jemand Sie verfolgt, dann verschafft uns das einen Vorsprung von zweieinhalb Stunden. In dieser Zeit müssen wir einen guten Plan haben. Sie suchen sich ein nettes Hotel, und ich hole die Unterlagen. Seien Sie pünktlich, ansonsten muss ich wohl die Sache allein durchziehen. Ach, und Ihr Handy würde ich gern an mich nehmen." Marco erhob sich und ging ein paar Schritte auf ihn zu. Inspektor Johnson reichte ihm wortlos, aber lächelnd sein Handy. Marco steckte es ein, hielt dem Inspektor die Hand entgegen, Johnson ergriff sie und schüttelte sie kräftig zum Einverständnis. „Und ich habe doch mit Ihnen eine gute Wahl getroffen", sagte Johnson.

„Mal schauen, ob meine Entscheidung genauso gut war."

28.

Marco betrat die Peterskirche fünfzehn Minuten vor der verabredeten Zeit. Das Gotteshaus war bis auf zwei ältere Damen, die sich gerade die Kanzel betrachteten, leer, was ihm sehr entgegenkam.

Er setzte sich in die vorletzte Reihe, die weitestgehend im Dunkel lag; von dort hatte er aber uneingeschränkte Sicht auf den Eingang.

Es gab eine Zeit, da war er oft hier gewesen. Nicht dass er an Gott geglaubt hätte, aber irgendwie gefiel ihm diese Kirche. Die Ruhe, die erfrischende Kühle, und dieses durch den Raum schwebende Gemurmel, wenn jemand sprach, allgegenwärtig wie die biblischen Malereien, gaben ihm ein merkwürdiges Gefühl von Geborgenheit.

Marco sah, wie Inspektor Johnson die Kirche betrat und Schwierigkeiten mit den Lichtverhältnissen hatte. Er kniff beide Augen halb zu, orientierte sich am Altar, der im helleren Teil der Kirche lag, und schritt die Reihen bis dorthin langsam ab. Wenn Marco es nicht besser gewusst hätte, dann hätte er den Inspektor für einen interessierten Besucher gehalten. Er fiel weder durch seine Kleidung, noch durch sein Verhalten auf.

Marco rutschte die Bank etwas herunter und machte sich dadurch kleiner; er konnte aber noch gut den anderen beobachten. Johnson drehte sich um und ging die Reihen wieder zurück. Er blieb gegenüber dem Eingang stehen, durch den gerade eine asiatische Besuchergruppe strömte. Der überwiegende Teil schoss sofort Fotos mit modernen Digitalkameras. Wie ein Feuerwerk zu Silvester blitzte es in der Kirche. Johnson beschleunigte seinen Schritt und setzte sich sichtlich genervt ebenfalls in den hinteren Teil der Kirche, ohne Marco wahrgenommen zu haben. Johnson hatte den Eingang fest im Blick. Er kramte in seinen Taschen, schaute auf den Fußboden, beugte sich hinunter und verschwand aus dem Sichtfeld. Marco wurde unruhig, weil er nach mehreren Sekunden immer noch nicht wieder auftauchte. So lange braucht man doch nicht, um etwas aufzuheben! Marco stand auf und ging zur Bankreihe von Johnson. Der Inspektor war nicht mehr dort. Er war in der ganzen Reihe nicht zu sehen. „Der hat mich reingelegt", dachte Marco und wusste nicht, ob er sich ärgern oder belustigt sein sollte.

„Nun setzen Sie sich doch endlich!" Die Stimme gehörte zu Johnson, der direkt hinter ihm stand. Marco blickte ihn erschrocken an und setzte sich; der Inspektor nahm in der Bankreihe hinter ihm Platz.

„Ich musste sicher gehen, dass ich nicht beobachtet werde. Ich gehe mal davon aus, dass mir niemand gefolgt ist."

„Haben Sie ein Hotel gefunden?"

„Ich habe mich anders entschieden und ein privates Quartier genommen. Und? Haben Sie die Unterlagen?"

„Ja, habe ich."

„Ich sehe sie gar nicht. Wo sind sie?"

„An einem sicheren Ort." Marco hörte, wie Johnson tief atmete und die Sitzbank knarrte.

„Sie vertrauen mir nicht", stellte er fest. „Warum dann all der Zirkus?"

„Vertrauen Sie mir denn?"

„Ah, Sie denken, weil ich vorsichtig bin, dass ich Ihnen nicht vertraue."

„Für mich stellt es sich dar, als ob Sie mich austricksen wollten." In diesem Moment befahl Johnson: „Runter!" Und während er sich hinunterbeugte, sah der junge Erbe den Mann im Eingang stehen, der aus der Haustür von Mr Wilson getreten war, James. Marco ließ sich von der Bank rutschen und krabbelte um sie herum zu Johnson. „Einem von uns beiden muss er gefolgt sein", zischelte er. Er sah, wie Johnson nach einem Ausweg suchte.

„Kennen Sie sich in dieser Kirche aus?", fragte dieser.

„Ja."

„Wir sollten verschwinden."

„Und wie?"

„Gibt es einen weiteren Ausgang? Einen Nebenausgang? Manche Kirchen haben so was."

„Hinten links, neben der Treppe, die hoch zur Orgel führt."

Johnson kroch auf den harten Steinplatten an Marco vorbei und weiter auf allen vieren in den hinteren Bereich.

Marco fühlte sich wie in einem bösen Traum. Unvorstellbar, dass er in einer Kirche herumkroch. Johnson folgend, machte an der letzten Bankreihe halt und zog darunter ein Päckchen hervor.

151

„Was machen Sie denn da noch? Kommen Sie!" Johnson mahnte ihn zur Eile und winkte ihm mit der Hand.

Der Angesprochene zeigte auf das Päckchen in seiner Hand und erntete ein Nicken. Unterdessen hatte sich die Besuchergruppe aus Asien dem hinteren Teil der Kirche genähert und entdeckte die beiden kriechenden Männer. Lachen und aufgeregtes Geschnatter hallten durch die Kirche. Johnson sprang auf und rannte in gebückter Haltung zur Tür, wohl wissend, dass James' Aufmerksamkeit geweckt worden sein musste.

Marco erhob sich, schaute kurz zurück und sah James' stechenden Blick auf sich gerichtet. Dieser griff mit der rechten Hand unter seine Jacke und holte eine Waffe heraus.

„Ach, du heilige Scheiße!", entfuhr es Marco. Ein Asiat beobachtete die Szene, und als er James mit der gezogenen Waffe sah, begann er zu schreien. Panik brach aus, und die Besuchergruppe lief wild durcheinander.

Marco spürte, wie ihn jemand heftig am Arm zog und mit sich riss. Ohne zu überlegen, ließ er es geschehen und befand sich wenige Augenblicke später in einer Art Abstellraum. Johnson knallte die Tür zu, griff nach einem alten Brett, das – den Spinnweben nach zu urteilen – schon ewig an der Wand lehnte, und klemmte es so unter die Klinke, dass sie nicht mehr nach unten gedrückt werden konnte.

„Gebe Gott, dass sein Partner uns nicht auf der anderen Seite erwartet. Los, weiter!" Johnson rannte voraus. Dabei stieß er im Halbdunkel an die niedrige Decke. „Ah, auch das noch."

Es wurde von außen an der versperrten Tür gerüttelt.

Fluchend erreichte Johnson den Ausgang. Er hielt kurz inne. Vorsichtig drückte er die Klinke nach unten und öffnete die Tür einen Spalt. Sie quietschte erbärmlich. Im gleichen Augenblick begannen die Glocken zu läuten. Johnson öffnete die Tür ganz und trat hinaus. Er zeigte seinem Begleiter, dass er auch herauskommen sollte.

„Machen wir, dass wir wegkommen", sagte der Inspektor.

Marco klemmte sein Päckchen fest unter den Arm und lief neben Johnson her. Mit dessen Schritt konnte er kaum mithalten. Er rannte mehr, als dass er ging.

Johnson blieb abrupt stehen und zog seinen Schützling am Ärmel in eine Toreinfahrt. Einen kurzen Moment verharrte der Inspektor und lauschte. „Im Hinterhaus ist mein Zimmer. Falls es nötig wird, haben wir eine gute Möglichkeit, von hier zu verschwinden. Der Hinterhof mündet in einen weiteren Hof, und von dort kommen wir auf die Parallelstraße zu dieser hier." Johnson deutete mit dem Daumen hinter sich.

In dem engen Hinterhof gab es viele Türen, und für einen Verfolger würde es schwer werden, die richtige zu finden. Vorausgesetzt, sie hatten genügend Vorsprung. Johnson lief quer über den Hof und blieb vor einer schäbigen Tür stehen, schloss sie auf und ließ Marco durch, bevor er selbst das Treppenhaus betrat. Leise schloss er die Tür.

„Wir müssen in die zweite Etage", sagte der Brite. Marco rührte sich nicht.

„Wollen Sie hier Wurzeln schlagen?"

„Wenn die Asiaten nicht gewesen wären, hätte der uns glatt erschossen."

„Möglich, aber nicht, bevor er Ihr Päckchen gehabt hätte." Johnson stieg unbeirrt die Treppen hinauf. Marco blieb nichts anderes übrig, als hinter ihm her zu gehen. Langsam nahm er Stufe für Stufe und hielt sein Päckchen fest umschlungen. Als er aufschaute, stand Inspektor Johnson bereits in einer geöffneten Tür und wartete geduldig auf ihn. Ein langer dunkler Flur erwartete die Ankömmlinge, in dem die Tapete von den Wänden blätterte. In der Luft lag ein muffiger Geruch. Marco schniefte laut.

„Das ist kein Hilton, aber als Versteck perfekt", meinte Johnson.

Marco nickte. Mit dem Fuß stieß er die erste Tür auf. Er wollte auf keinen Fall die Türklinke anfassen, so schmutzig, wie die aussah. Was sich dahinter auftat, hatte er fast schon erwartet: eine schmuddelige Küche. Auf dem Tisch stand benutztes Geschirr, unterm Tisch lagen jede Menge Krümel und im Spülbecken türmte sich ein Stapel Teller. Genauer wollte er da nicht hinsehen.

„Die Tür geradeaus ist es", sagte Johnson und drängelte sich an dem jungen Mann vorbei. Beide betraten einen großen hellen Wohnraum, der zugleich als Schlafzimmer fungierte. Hinter einem beigefarbenen Sofa zur Linken befand sich ein Doppelbett. Vor dem Sofa stand ein quadratischer Tisch mit einigen Gläsern und einer angebrochenen Flasche Whisky.

Johnson nahm die Gläser und schaffte sie hinaus.

Unterdessen setzte sich Marco und wunderte sich, dass die Wand ihm gegenüber nackt war: kein Bild, keine Uhr, kein Foto. Das Muster der Tapete erinnerte ihn an seine Tante Frieda: rote Blumen, eingesperrt in viereckige braune Kästen, die symmetrisch senkrecht und waagerecht an der Wand hingen.

Johnson kam mit zwei sauberen Gläsern zurück, stellte sie auf den Tisch und goss, ohne zu fragen, ein. Eins reichte er seinem Gast und das andere nahm er selbst.

„Den können wir gut vertragen. Ist wie Medizin." Mit einer zackigen Bewegung hob er das Glas an den Mund, und der Inhalt verschwand mit einem Ruck darin. „Ah! Das tat gut." Er stellte das Glas auf den Tisch, auf dem noch die Schmutzringe der anderen Gläser zu sehen war. Daneben lagen undefinierbare Krümel. „So! Da Sie Ihr Päckchen so festkrallen, erzählen Sie mal der Reihe nach die Sachen, die ich hoch nicht weiß, damit wir einen Plan schmieden können, um aus der Sache endgültig rauszukommen."

„Also gut …"

Als Marco seine Ausführungen beendet hatte, schwiegen sich beide an. Marco legte den Umschlag auf das Tischchen und lehnte sich in das Sofa zurück. Johnson, der auf einem Sessel saß, schaute auf die Unterlagen und dann zu dem jungen Mann. Dieser nickte. Johnson griff zu und öffnete das Kuvert. „Sie können Mark zu mir sagen", sagte Johnson unvermittelt und zog die ersten Blätter heraus.

„Ich nenne dich Johnson." Johnson schmunzelte und begann die ersten Seiten zu lesen. Marco nahm sich den Stadtplan, heftete ihn an die Blümchentapete und trat einen Schritt zurück; sein Blick blieb an der Miller's Court hängen, einer Straße, die er aus den Unterlagen kannte.

***

Die Novembersonne war hinter der Häuserfront von East End untergegangen, und mit der Dunkelheit kam die Kälte.

Schweißbedeckt lag Ginger mit ihrem Freier im Bett. Heute war eindeutig ihr Glückstag: vier Kunden, die ihre Dienste in Anspruch nahmen und gut dafür bezahlten.

Der Deutsche stand auf. Seine Kleider lagen ordentlich auf dem Stuhl. Das war schon merkwürdig mit dem Deutschen. Als sie ihn in ihr Zimmer mitgenommen hatte, war er schweigsam gewesen. Während er ihr kleines Reich betrat, schaute er sich um, schloss die Tür und schob den Riegel vor. Mit einer Hand griff er in die Manteltasche und ließ die Geldscheine, die zum Vorschein kamen, auf den Tisch neben der Tür fallen. Dieses Angebot konnte sie auf keinen Fall ausschlagen, denn so viel Geld hatten die drei anderen nicht zusammen geboten.

Langsam, ohne sie aus den Augen zu lassen, zog er sich aus. Seine Kleider legte er akkurat zusammen und platzierte sie auf dem Stuhl.

So richtig wusste sie nicht, was er von ihr wollte, denn er sprach nur ein paar Brocken Englisch. Sollte sie ihm beim Ausziehen zusehen? Von so etwas hatte sie schon gehört, aber ihr selbst war es noch nicht untergekommen.

Als er nackt vor ihr stand, hatte sie nur noch Augen für seinen Körper. Er verstand es, mit seiner Blöße ihre ganze Aufmerksamkeit zu erlangen. Der Duft seiner Haut stieg ihr in die Nase. Ein Duft gewürzt mit purer Männlichkeit.

Und nun war es vorbei. Elegant schloss er die Knöpfe seiner Weste, an der eine massive Goldkette mit einem runden Schmuckstück hing, auf dem ein Zirkel und ein Winkel eingraviert waren. Er richtete das weiße Halsband mit der Krawatte und zog sich den schwarzen Mantel an. Sie hatte das Gefühl, dass er seine Wirkung auf sie studierte, denn während er seinen dünnen schwarzen Schnurrbart mit dem Zeigefinger in Form brachte, schaute er sie die ganze Zeit mit seinen dunklen Augen an.

Zum Schluss nahm er seine Lederhandschuhe und streifte sie sich über. Einen kurzen Moment später spürte sie das Leder des Handschuhs auf ihrer Wange, dann am Kinn, das er mit seiner Hand anhob. Ihr Hals streckte sich. Abgrundtiefen Hass sah sie in seinen Augen aufflackern.

Grob stieß er sie ins Bett zurück, öffnete mit einem kräftigen Ruck den Riegel der Tür und verschwand in der Dunkelheit. Nur noch die kalte Nachtluft leistete ihr Gesellschaft.

Langsam stand sie auf. Sie schaute hinter dem Deutschen her in die Dunkelheit. Sie wollte ihn rufen. Aber sie kannte nicht einmal seinen Namen. In aller Ruhe schloss sie die Tür; gegen die Einsamkeit half ihr das Singen des einzigen Liedes, dessen Text sie kannte. „A violet from my mother's grave" sang sie vor sich hin.

Als es klopfte, war sie in ihren Gedanken verhangen. Sie wartete nicht einmal ein zweites Klopfen ab, riss die Tür auf und starrte dem Besucher entgegen. Nur ein einziges leises Wort verließ ihren Mund: „Ach!"

Ihre Augen füllten sich mit plötzlicher Dunkelheit. Alle Geräusche rückten in die Ferne und nur ihr Lied „A violet from my mother's grave" konnte sie noch hören, gesungen von dem unerwarteten Besucher. Den Aufprall spürte Ginger schon nicht mehr.

Ich, die Psyche, schwebte über Gingers Körper, für den ich zwei Dutzend Jahre verantwortlich war. Der Weg zur menschlichen Hülle war versperrt und es gab für mich kein Zurück.

Ich konnte mich gut daran erinnern, als ich das kleine Bündel Mensch zum ersten Mal gesehen hatte. Die Hebamme hatte sie gesäubert und in ein Leinentuch gewickelt. Nur das kleine Köpfchen schaute heraus, die Augen waren geschlossen, die Wangen sahen voll aus. Wie sehr hatte ich auf diesen Moment gewartet, wieder einem Menschen anzugehören. Nur wenige Male griff ich in den zurückliegenden Jahren ein. Mary Jeanette, so wurde sie von ihrer Mutter gerufen, nannte es Bauchgefühl oder Ahnung. Dabei war ich es, die sie lenkte und wusste, was gut für sie war.

Ich wollte dieses lebenslustige Mädchen beschützen. Eine ganz besondere Zeit war es, als ich in ihrem Inneren ein neues Leben entstehen sah. Wie es wuchs, wie es sich aus einer grauen durchsichtigen Masse formte und menschliche Gestalt annahm. Der Tag, an dem das Wesen einer neuen Seele übergeben wurde, war für mich traurig. Es verließ Mary Jeanettes Körper, und die Schnur, mit der wir so eng verbunden waren, wurde von der Hebamme durchtrennt. Jetzt war der Moment gekommen, wo ich loslassen musste.

Seit ein paar Wochen war Mary Jeanettes Körper schwach. Meine Kräfte schwanden langsam. Wie lange konnte ich noch bei ihr bleiben, bis der Geist sie aufgab?

Jetzt war noch eine zweite Seele in diesem Raum. Sie war zu kraftvoll, dominant und voller Energie. Ich konnte nichts dagegensetzen. Hilflos musste ich mit ansehen, wie die Klinge

157

im Kerzenschein blinkte und dann in den Hals schnitt. Das Blut spritzte und tränkte das zerwühlte Bett.

Die andere Psyche drängte mich weiter zurück. Ich konnte meine Verbindung zu Mary Jeanette nicht aufrechterhalten, zu stark war die andere präsent. Verzweiflung, Entschlossenheit und das Adrenalin des Rausches bildeten eine undurchdringliche Mauer.

Das Skalpell legte ihr Innerstes frei und zertrennte die letzten Bande zwischen mir und dem Körper. Die Organe wurden herausgenommen und achtlos aufs Bett gelegt. Nur bei einem war es anders, nur eines hatte Bedeutung. Dieses wurde behutsam in ein kleines Kästchen gelegt und mit einem roten Samttuch bedeckt. Mary Jeanettes Lied „A violet mothers grave" erklang noch immer.

Eigentlich bleibe ich so lange, bis der Körper zu seiner letzten Ruhestätte gebracht wird. Aber selbst dafür reichte meine Kraft nicht mehr aus.

Das gleißende Licht zog mich fort, und ich folgte der süßen Verlockung. Glückseligkeit erwartete mich. Raum und Zeit waren bedeutungslos geworden, die Vergangenheit vergessen.

***

Marco stand immer noch vor dem Stadtplan und fuhr sich gedankenversunken mit den Fingern über das Kinn. „Johnson, hast du einen Textmarker?"

„Ja, bei den Unterlagen."

Er ging zum Tisch, wühlte in den Papieren, schnappte sich den Stift und Papier und stellte sich wieder vor den Stadtplan – in der einen Hand das Blatt und in der anderen den geöffneten Textmarker.

„Mary Ann Nichols, Buck's Row." Die Hand mit dem Textmarker glitt über den Stadtplan, bis Marco die Straße gefunden hatte. Dort machte er einen winzigen Punkt.

„Bist du verrückt! Du kannst doch nicht auf dem alten Plan rumkritzeln", sagte Johnson, der die Aktivität skeptisch beobachtete.

„Den Punkt sieht man kaum. Außerdem muss ich was probieren. Adrian von Steinburg sprach von der Zahl Fünf und deren Bedeutungen, von fünf Todsünden und anderem Hokuspokus."

„Ja, aber ..." Weiter kam Johnson nicht. Der nächste Punkt war schon auf der Karte, genau bei der Hanbury Street.

„Annie Chapman."

„Mann, hör auf damit!"

„Warte es ab!" Es folgten Punkte an Dutfield's Yard / Ecke Berner Street, Mitre Square und Miller's Court. „Elizabeth Stride, Catherine Eddowes und Mary Jeanette Kelly. Fertig!"

Marco trat einen Schritt zurück und ließ das Gesamtbild auf sich wirken.

„Und, was hat dir das gebracht?", fragte Johnson, dessen Ärger nicht zu überhören war.

„Jetzt schau doch mal genau hin! Siehst du es?"

„Was soll ich sehen? Ich sehe nur die scheußlichen Punkte auf einem wunderbar erhaltenen Stadtplan."

„Dann schau genauer hin!" Da Marco bemerkte, dass Johnson nur Augen für die Farbpunkte hatte und nicht dafür, was sie darstellten, verband er die Markierungen.

„Ein Kreuz?", fragte Johnson ungläubig.

„Nicht nur das." Marco verband die Punkte anders.

„Einen fünfzackiger Stern?"

Nun stellte sich der Kommissar auch vor den Plan. „Das ist ja ein Ding. Ein Pentagramm!"

Jetzt war es an Marco, einen weiteren Beitrag zu leisten. „Mit etwas Fantasie einen Winkel und ..." Er setzte noch einmal den Stift an. „... einen Zirkel." Er trat ein paar Schritte zurück.

„Unglaublich", entfuhr es Johnson. „Na ja, den Winkel und den Zirkel würde ich nicht so ernst nehmen, aber die anderen Dinge sind schon der Hammer."

„Das wäre die Erklärung, warum Adrian von Steinburg die Unterlagen möchte, aber James? Wie passt der?", fragte Marco.

„Ich gehe mal davon aus, dass die königliche Familie mit Jack the Ripper nicht in Verbindung gebracht werden will. In den Unterlagen finden sich Hinweise auf die Freimaurer und Verbindungen zur königlichen Familie, siehe Mr Gull und den Prinzen. Wer aber war Jack? Wir haben eine Fülle an Informationen; Obduktionsberichte, Tagebuchseiten, Tagespresse, Polizeiberichte, Fotos. Nirgends ein eindeutiger Hinweis, wer der Mörder war."

„Das müssen wir gar nicht wissen. Wir geben jeder Partei die für sie relevanten Unterlagen und kassieren von beiden Seiten. Sie sind zufrieden, und wir sind sie los."

„Hm, nicht schlecht. Mrs Abigail hat ein Nummernkonto im Ausland. Wir könnten es nutzen", meinte der Inspektor.

„Von dem Konto weiß ich ja gar nichts. Mr Wilson hat es nicht erwähnt."

„Mr Wilson wusste auch nichts davon. Ich sollte es dir zu einem passenden Zeitpunkt sagen. Ich finde, jetzt passt es."

„Na dann, auf dorthin."

„Wir müssen nicht so weit reisen", erwiderte Johnson und grinste den Jüngeren verschlagen an.

„Müssen wir nicht?"

„Nein, die Vollmacht von Abigail habe ich mit, ebenso die Bankdaten, und du brauchst nur deinen Ausweis zur Legitimierung. Die Bank unterhält zufällig ein Büro hier in Görlitz; dort machen wir einen Termin."

Marco kam aus dem Staunen nicht heraus. Jetzt hatte er sogar ein Nummernkonto, und um es zu übernehmen, musste er nicht einmal Deutschland verlassen. „Für solch ein Konto werden bestimmt Gebühren erhoben, oder?", fragte er. Wenn er an die Quartalsabrechnung bei seinem Geldinstitut dachte, na dann, gute Nacht. Denn dann konnte er sich ein zweites Konto nicht leisten.

„Die Einrichtungsgebühr hat Mrs Abigail bezahlt, und auf dich kommt eine Jahresgebühr, ich glaube, von umgerechnet 1000 Euro zu. Fast geschenkt", sagte Johnson.

„Tausend Euronen! Wo soll ich die denn hernehmen?"

„Erstens bekommst du genügend von James und Adrian von Steinburg, und zweitens hat Mrs Abigail für dich ein hübsches Sümmchen hinterlegt. Sie schien einen Narren an dir gefressen zu haben. Geldsorgen wirst du jedenfalls keine mehr haben. Vorausgesetzt, du kannst mit Geld umgehen. Dürfte ich mein Handy wiederhaben?"

„Klaro." Marco kramte in seiner Hosentasche und warf es Johnson zu.

„Danke! Da werde ich mal bei der Bankfiliale anrufen."

Johnson verabredete einen Termin, der schon in der nächsten halben Stunde sein sollte. „Von hier aus brauchen wir nur fünf Minuten zu Fuß. Wir werden dort nicht mehr als fünfzehn Minuten brauchen."

„Gut", sagte Marco. „In der verbleibenden Zeit teilen wir die Unterlagen auf und überlegen uns, wie wir die Übergabe gestalten wollen." Marco nahm Blatt für Blatt und legte sie so, dass ein Stapel für James sein sollte und einer für Adrian von Steinburg. „Und was machen wir mit den Unterlagen, die man weder der einen noch der anderen Partei zuordnen kann?"

„Behalte sie als Andenken", war die kurze knappe Antwort.

„Okay, und du kannst dir den Stadtplan nehmen – oder willst du ihn nicht mehr? Adrian von Steinburg können wir den jedenfalls nicht mehr unterjubeln."

„Ich will ihn auch nicht."

„Ein Problem gibt es noch."

161

„Welches?", wollte Johnson wissen.

„Wie verpacken wir die Unterlagen, dass sie alt und unberührt aussehen? Sowohl James als auch Adrian von Steinburg bestehen auf der Unversehrtheit der Sendung."

Johnson kratzte sich am Kinn. Er nahm den Umschlag und drehte ihn hin und her. „Ich denke, das wird nicht das Problem sein. Ich müsste auf dem Rückweg ein paar Kleinigkeiten besorgen und dann mache ich aus diesem hier", dabei wedelte Johnson mit dem braunen Umschlag vor Marcos Nase herum „zwei wunderbar neue Verpackungsmöglichkeiten. Beide haben die Originalverpackung nicht gesehen. Es kommt nur darauf an, dass es von außen unversehrt und original verschlossen aussieht. Richtig?"

„Richtig!"

29.

Marco saß in einem Sessel, der dem Kunden sicherlich ein Wohlfühlgefühl vermitteln sollte. Doch entspannen konnte er sich in diesen Räumen, in denen über Summen gesprochen wurde, die für ihn bis vor Kurzem Utopie waren, nicht. Er schaute zu Johnson hinüber. Der sah völlig gelöst aus, trommelte nur leicht auf die Armlehne.

Eine Mitarbeiterin der Bank hatte sie empfangen und in die Räumlichkeiten geführt. Die Büroräume waren mit verdunkelten Scheiben ausgestattet, und kein störendes Geräusch von draußen erreichte den Innenraum.

Während die Angestellte auf Marcos Ausweis und seine Vollmacht schaute, telefonierte sie und vergewisserte sich, ob die Angaben zum Konto selbst ihre Richtigkeit hatten.

Als sie auflegte, sagte sie: „Herr Petzold, ich händige Ihnen den Kontoauszug aus." Marco nahm das Papier. Er konnte kaum glauben, was er da sah. Johnson sagte „hübsches Sümmchen". Es waren mehr als die dreitausend Pfund, die Wilson ihn im Umschlag gegeben hatte. Auf dem Auszug stand eine Dreitausend mit drei Nullen dran und diese Nullen starrten ihn an oder er sie? Es war verdammt viel und wenn er den Auszug richtig interpretierte, dann hatte es in den letzten fünf Jahren keine Kontobewegung mehr gegeben. Seine Handflächen wurden schweißnass. Verlegen wischte er sie sich an der Hose ab, in dem er so tat, als ob er die Hose glatt zog. Gegen die aufwallende Hitze konnte er im Moment nichts tun, als seine Hemdsärmel hochzukrempeln.

„Sie haben jetzt zwei Möglichkeiten. Die eine wäre, das besagte Konto mit dieser Vollmacht im vollen Umfang zu nutzen, so wie es eingerichtet ist, oder Sie entschließen sich, Kontoinhaber zu werden. Dann könnten Sie eine neue Nummer erhalten und könnten sich Ihre Passwörter selbst wählen", unterbrach die Angestellte seine Gedanken.

Johnson räusperte sich. „Herr Petzold würde der Variante mit der Vollmacht den Vorzug geben."

„Würde er das?", fragte Marco Johnson.

„Ja, das würde er."

„Dann werde ich die Variante mit der Vollmacht nehmen." Die Angestellte schaute kurz über ihre Halbmondbrille, nickte und tippte ihre Bemerkungen in den Rechner vor ihr. „So, jetzt benötige ich noch Ihre Unterschrift, und dann hätten wir alles – oder gibt es von Ihrer Seite noch Fragen?" Zum Abschluss reichte sie Marco ihre Visitenkarte und begleitete die beiden zum Ausgang.

„Ich besorge noch ein paar Dinge für unseren großen Auftritt. Wir treffen uns dann in der Wohnung." Johnson reichte Marco einen der zwei Schlüssel. „Der Schlüssel ist für die Haus- und Wohnungstür", sagte er, ohne ihn anzusehen. Marco wog den Schlüssel in der Hand und steckte ihn in die Hosentasche. Dann trennten sich ihre Wege.

30

„Was musstest du mir hinterherlaufen?", blaffte James Carlos an. „Wir hätten sie beide haben können."

Carlos begutachtete seine Fingernägel, während James sich den nächsten Whisky eingoss und trank. Er stellte sich ans Fenster des Hotels und sah hinaus, ohne wirklich nach draußen zu schauen. „Sein Handy ist aus. Wir können ihn nicht einmal orten. Wo verkriecht sich der Hurensohn? Hörst du mir überhaupt zu? Verstehst du, was ich sage?"

„Ich höre dir zu und ich verstehe dich." Carlos schien mit der Maniküre fertig zu sein und zupfte sich nun Fusseln von der Hose.

„Und?"

„Was – und?", fragte Carlos.

„Ja, was nun? Die Zeit läuft uns davon."

Carlos stand auf und stellte sich mit den Händen in den Hosentaschen neben James. Ohne ihn anzuschauen, sagte er: „Uns? Dir läuft die Zeit weg. Die achtundvierzig Stunden sind bald um."

James wurde mit einem Schlag nüchtern. „Woher weißt du, dass man mir achtundvierzig Stunden gegeben hat?"

Carlos grinste über beide Ohren. „Woher wohl?"

„Von Bill?", fragte er vorsichtig.

„Bill hat er sich genannt?" Carlos grinste immer noch. „Mein guter James, ich glaube, man vertraut dir nicht mehr. Ich soll sicherstellen, dass du deine Aufgabe erfüllst, und zwar innerhalb von achtundvierzig Stunden. Du weißt, was es bedeutet?" Carlos schaute ungerührt aus dem Fenster und spürte sehr wohl, dass James ihn musterte.

„Ja, ich weiß es." James besah sich das Whiskyglas, ließ den Rest Whisky im Kreis hin und her schwenken, holte schließlich aus und schmiss das Glas gegen die Wand. Klirrend fielen die Scherben zu Boden, und die braune Flüssigkeit folgte in zwei unterschiedlich langen Laufspuren an der Wand.

31.

Marco saß vor den zwei Stapeln, dem linken für James und dem rechten für von Steinburg, und entschloss sich, die übrigen Papiere gleichmäßig darauf zu verteilen. Er wollte nichts behalten, was in irgendeinem Zusammenhang mit dem Fall Jack the Ripper stand. Es gab keinen eindeutigen Täter, und jeder der aufgeführten Männer hätte es sein können, aber in seinen Augen gab es nur Opfer, und er selbst zählte sich dazu.

Er dachte an Carolin. Wenn die Sache ausgestanden war – und das würde bald sein, so hoffte er –, würde sein erster Gang zu ihr führen. Da war er sich ganz sicher. Und wenn sie dann vollständig genesen wäre, würden sie eine Reise machen, nur sie beide. Weit weg von London und weit weg von Deutschland. Danach würde er ihr ein Graupapageienpärchen kaufen. Dazu hatte er schon einen Händler ausfindig gemacht und Absprachen getroffen.

Marco hörte, wie die Wohnungstür aufgeschlossen wurde und laut zuknallte. Johnson hielt eine Schreibwarentüte in der Hand. „Nun werde ich mal basteln, und du informierst James und den von Steinburg wegen der Übergabe. Du hast dir Gedanken gemacht, oder?"

„Schon. Ich dachte, wir planen zusammen."

„Das kriegst du auch ohne mich hin."

„Hm, sag mal, warum sollte ich das Konto nicht übernehmen und bei der Vollmacht bleiben?"

Johnson hielt inne, griff nach dem Umschlag und ging langsam zur Tür. „Denk mal nach. Wenn du nur Bevollmächtigter bist, kannst du dich jederzeit ausklinken und bist für das Konto nicht verantwortlich. Wenn du firm im Umgang mit dem Konto bist, kannst du es auf deinen Namen schreiben. Es rennt dir ja nicht weg."

Es klang plausibel. Marco ging ihm in die Küche hinterher.

Johnson trug das schmutzige Geschirr zur Anrichte hinüber und wischte mit seinem Ärmel über die Tischplatte. „Ist noch was?" Der Ältere schüttete den Inhalt seiner Tüte aus und begann das Kuvert aufzuschneiden. „Ruf die beiden an. Je eher, desto besser. Du musst mir nicht auf die Finger schauen."

„Okay."

Marco ging zurück in die Wohnstube und nahm sein Handy zur Hand, schaltete es an und schrieb James eine SMS mit dem Inhalt, dass er eine Stunde Zeit habe, um das Geld, bezogen auf das zweite Angebot, auf der angegebenen Kontonummer einzuzahlen. Nach Eingangsbestätigung der Bank erhalte er eine weitere SMS mit Angabe des Fundortes der Unterlagen. Bei Adrian von Steinburg rief er an und teilte ihm die Daten mit. Marco tippte auf den Button mit dem roten Hörer und sah zu, wie die Anzeige verschwand.

„Und was machen wir in der verbleibenden Stunde?", rief er in die Küche.

„Du kannst ja ein bisschen Schlaf nachholen. Ich brauche noch etwas Zeit, bis ich fertig bin."

„Schlafen. Ich kann doch jetzt nicht schlafen." Marco setzte sich auf das Sofa und betrachtete den eingepackten Vogelkäfig. Er stellte sich vor seinem geistigen Auge vor, wie Carolin sich freuen würde. Erst recht, wenn er ihr das Schildchen überreichte, auf dem die Namen Sita und Boko eingraviert waren. Während er träumerisch in der Zukunft wandelte, begann ihn eine bleierne Schwere zu überfallen. Seine Gedanken kreisten immer wieder um die Unterlagen und um die Männer, die sie unbedingt haben wollten. Damals in der Kanzlei von Hubertus hatte er das Gefühl gehabt, ein Ball in einem Spiel zu sein, das er nicht wollte. Egal wie, die Unterlagen müssen zu James und von Steinburg. Dann wäre er beide mit einem Schlag los. Er legte den Kopf auf die Rückenlehne und schloss die Augen. Fünf Minuten schlummern konnten nicht schaden ...

32.

„Ich fass es nicht! Er will die Million haben, sonst bekomme ich die Unterlagen nicht. Hast du ihn?", fragte James.

Carlos schaute auf das Ortungsgerät und schüttelte den Kopf. „Das war zu kurz. Er ist irgendwo mitten in der Altstadt."

„Mist." James tippte hastig ein paar Ziffern in sein Handy und wartete ungeduldig, dass sich jemand am anderen Ende meldete.

„Wo willst du denn die Million hernehmen?"

„Das geht dich einen Scheiß an. ... Oh, nein, nicht Sie. Verzeihung." Carlos erntete einen hasserfüllten Blick. Während James mit der Person am anderen Ende sprach, verließ er den Raum.

„Na gut, James. Deine Zeit ist sowieso abgelaufen", sagte Carlos, holte seine Beretta aus dem Achselholster und wiegte sie in der Hand. Zärtlich strich er über den Lauf, holte den Schalldämpfer aus der Innentasche der Jacke und schraubte ihn darauf. Ohne Hast steckte er die Waffe wieder zurück unter die Jacke. Er war für seinen Auftrag vorbereitet. Und was noch besser war: Er brauchte nicht mehr den geistig minderbemittelten Carlos zu spielen und sein Baby würde er nur im Notfall benutzen, um diesen Auftrag zu erfüllen.

James steckte das Handy ein und wusste, dass in den nächsten dreißig Minuten der Transfer des Geldes stattfinden würde. Seine Altersvorsorge war damit futsch, aber er würde seinen Auftraggebern beweisen, dass Verlass auf ihn war und er keinen Aufpasser nötig hatte. Sein überlegenes Gefühl und das Gefühl,

167

alles unter Kontrolle zu haben, kehrten zurück. Als er das Hotelzimmer wieder betrat, stand Carlos ihm gegenüber am Fenster – in einer Haltung, die er von ihm nicht gewohnt war; der Körper war gerade, die Hände hatte er lose und ungezwungen vor seinem Körper übereinandergelegt und die Füße standen schulterbreit auseinander. Sah er nicht gerade Carlos' linkes Auge zucken? „In einer Stunde werde ich die Unterlagen in der Hand haben."

„Das ist gut."

„Hm." James ging zur Bar, holte sich ein neues Whiskyglas und goss sich ein. „Du auch?"

„Nein."

„Dann nicht." Er setzte sich in den Sessel und musterte den anderen. Was wusste er eigentlich von ihm? Nichts. Vor einem halben Jahr war ihm Carlos zugeteilt worden, nachdem Stevens erschossen worden war. Er hatte nie etwas von seinem Leben erzählt, von Familie, Frau, Kindern. „Setz dich endlich. Wir haben eine knappe Stunde Zeit. Erzähl mir was von dir."

Carlos trat vom Fenster weg. „Was willst du denn von mir wissen?", fragte er und setzte sich schräg gegenüber von James.

„Na, was machen deine Eltern?"

„Die sind beide tot."

„Geschwister?"

„Keine."

„Frau? Freundin?"

„Nein."

„Kinder?"

„Auch nicht."

„Lebst du eigentlich?"

„Sieht so aus." Er bewegte seine Finger und ließ die Fingergelenke knacken, indem er nacheinander jedes einzelne Gelenk verbog. „Das ist kein schönes Geräusch. Nicht wahr? Wenn das Genick gebrochen wird, hört es sich genauso an, nur lauter."

„Wie ist dein richtiger Name? Damit ich weiß, wer mich eines Tages unter die Erde bringen wird."

„Ich habe viele Namen. Für jeden Auftrag einen."

„Und natürlich mit einem dazugehörigen Lebenslauf."

„Natürlich."

„Ich frage mich, welchen Grund es gibt, mich auszuschalten, rein hypothetisch, versteht sich."

„Rein hypothetisch gibt es eine Million Gründe."

James horchte auf. Er hatte sich alle Mühe gegeben, um seine Spuren zu verwischen. Das Geld war nicht registriert gewesen. Stevens war tot. James brauchte nur zuzugreifen. Es war so einfach, viel zu einfach. Das wurde ihm jetzt klar. Warum hatte man ihn nicht schon längst ins Jenseits befördert? Man brauchte ihn. Man brauchte ihn für diese verdammten Unterlagen.

„Du hast doch nicht geglaubt, dass es Zufall war, dass Stevens den Löffel abgeben musste und dass niemand nach dem Geld suchte?"

„Woher …" Weiter kam er nicht.

„Du machst Fehler."

Er machte nicht nur Fehler, sondern war auch unaufmerksam. Lag es am Alkohol, dass er unachtsam wurde? Er hatte nicht einmal die Zeit genutzt, seine Waffe zu ziehen, nicht einmal ansatzweise darüber nachgedacht. Noch nie war ihm aufgefallen, dass sein Gegenüber blaue Augen hatte, so blau wie ein Eismeer, kalt und klar. Diese Augen gehörten zu einem Gesicht, das keine Mimik kannte. War dies der Augenblick, der ihm Albträume bereitete? Das endgültige Ende? Er spürte nichts; keine Angst, keine Unruhe, kein Aufbegehren. Diese tiefe innere Ruhe verwunderte ihn. Er hatte das Gefühl, fast schon die Gewissheit, dass egal was er jetzt tun würde, es nichts nützen würde. Sein Schicksal war schon lange besiegelt, an einer ganz anderen Stelle.

Carlos stand langsam auf und ging zur Bar, ohne James aus den Augen zu lassen. „Warum hast du damals das Angebot nicht angenommen?"

„Das konnte ich nicht. Was sollte ich denn ohne die Firma tun? Ich habe keine Familie. Die Firma ist mein Leben."

„Dann wird dir auch keiner eine Träne nachweinen, oder?"
„Vermutlich."

James hörte, wie Carlos sich hinter ihn stellte. Er spürte die Jacke an seinem Hinterkopf und der Geruch des Whiskys stieg ihm in die Nase, als er das Glas an den Mund führte und trank. Carlos Jacke raschelte, dann klopfte er ihm auf die Schulter.

„Mach's gut." Mit einem Ruck drehte er James' Kopf nach rechts. Das Knacken und der Aufprall des Whiskyglases auf dem Boden ließen ihn wissen, dass es vorbei war.

Carlos nahm James' Handy an sich, zog sich Handschuhe über und säuberte das Zimmer von seinen eigenen Finger-abdrücken. Viel hatte er nicht angefasst. Zum Schluss brachte er den Leichnam in eine liegende Position und legte eine Decke über den Körper. Eigentlich hatte er damit gerechnet, ihn zu erschießen. Aber so war es ihm lieber. Es war sauberer. Dann nahm er das Schild mit der Aufschrift „Bitte nicht stören!" und hängte es außen an die Klinke, nachdem er die Tür geschlossen hatte.

33.

Marco hörte Johnson reden. Mit wem spricht er denn? Er quälte sich aus dem Sofa hoch. Die Müdigkeit hatte ihn ein-fach übermannt. Es fiel ihm auf, dass die beiden Stapel mit den Unterlagen nicht mehr auf dem Tischchen lagen. Auch sonst nirgendwo im Raum. Er ging in die Küche und sah, wie John-son gerade sein Handy einsteckte.

„Ah, du bist wach? Doktor Walter hat angerufen. Wenn du Zeit hast, dann möchte dich Carolin sehen. Sie scheint Sehnsucht nach dir zu haben. Ich habe Dr. Walter gesagt, dass du noch was zu erledigen hast."

Carolin – ja, er wollte sie auch sehen. Aber zuerst mussten die Unterlagen an ihren Bestimmungsort. Dann konnte er ohne Bedenken ins Krankenhaus gehen. Wenn er ehrlich war, hatte er Angst vor dieser Begegnung.

Johnson zeigte auf zwei identisch aussehende Umschläge. Marco nahm sie in die Hand und drehte sie um. Jeder war mit Siegellack verschlossen und auf einem prunkte ein altmodisches A und auf dem anderen ein J.

„Die sehen wirklich alt aus und unberührt."

„Gelernt ist gelernt."

„A steht für Adrian?", fragte Marco.

„Wir dürfen sie ja nicht verwechseln. Damit der Schwindel nicht auffliegt. Ich dachte mir A wie Adrian und J wie James. Genial nicht?" Johnson fuhr sich durch die Haare und glättete danach seinen Schnauzer.

„Die Stunde ist rum. Da werde ich mal anrufen, ob das Geld eingegangen ist", sagte Johnson.

„Mach das. Ich muss mal auf die Hütte. Wo finde ich die?"

„Gleich gegenüber."

Marco wäre lieber auf dem Bahnhof auf die Toilette gegangen als hier. Mit zwei Fingern drückte er die Klinke hinunter und stieß die Tür mit dem Fuß auf. Mit der Hacke gab er ihr einen Schubs und knallte sie zu. Der Anblick, der sich ihm bot, überraschte ihn nicht. Linker Hand befand sich eine eingemauerte Badewanne, die schon bessere, vor allem sauberere Zeiten erlebt hatte. Er hob die Hände, um nicht das Waschbecken oder die gefliese Wand zu berühren. Nun stand er vor dem Toilettenbecken und er überlegte, ob er den Deckel mit zwei Fingern am Plüschbezug nach oben klappen oder doch lieber Toilettenpapier abrollen sollte, um es zum Öffnen zu benutzen. Da der Druck der Blase so stark war, dass ihn die Überlegung fast schon schmerzte, nahm er die erste Variante. Im Hintergrund hörte er Johnson sprechen. Er sprach immer noch, als Marco mit dem Ellenbogen den Druckknopf für die Spülung betätigte.

„Gab es Probleme?", wollte Marco wissen, als er wieder in der Küche stand.

„Wieso?"

„Du hast lange telefoniert."

„Ach so, nein, ich hatte nur ein bisschen schön getan und gescherzt."

„Sag mal, wem gehört denn dieses Loch hier?"

„Ist doch unwichtig. Ich brauche den Unterschlupf sowieso nicht mehr. Du solltest den Käfig nach Hause schaffen." Marco überlegte kurz und ging zu dem großen Paket. Er nahm einen Stift und schrieb seine Adresse drauf.

„Wir sollten uns beeilen. Die wollen ihre Umschläge."

„Schon klar. Johnson, du schaffst für James den Umschlag in die Kirche und schiebst ihn unter den Sitz der letzten Bank. Du weißt schon, wo, und wenn du es erledigt hast, dann schreib ihm eine SMS. Du hast dann genügend Zeit zu verschwinden. Auf dem Weg zu von Steinburg deponiere ich den Käfig, damit er vom Kurierdienst abgeholt wird. Danach besuche ich Carolin, und wir treffen uns um 20 Uhr im Nachtschmied. Wir haben noch nicht darüber gesprochen, in welcher Form – oder soll ich lieber sagen, in welcher Höhe? – ich dir danke. Du hast dich mächtig ins Zeug gelegt, und das Geld reicht für uns beide. Ich denke, dass das so in Ordnung ist, dass wir teilen."

„Es war meine Pflicht, dir zu helfen. Na ja, bei einem ordentlichen Abendessen können wir darüber reden."

„Okay, dann soll es so sein."

172

Marco holte den Käfig und schnappte sich den Umschlag mit dem A. In der Küchentür blieb er stehen. „Wir sehen uns heute Abend." Johnson packte alles umständlich zusammen. Ohne aufzuschauen sagte er: „Ja, wir sehen uns."

„Alles klar bei dir? Du machst so einen bedrückten Eindruck."

„Alles in bester Ordnung. Wirklich."

„Hm ..." Marco ließ seinen Blick auf Johnson ruhen. Seine Augen huschten hektisch hin und her.

„Ich habe meine Medikamente zu Hause liegen gelassen, und nun machen mir meine Zipperlein etwas zu schaffen. Es ist aber nichts, was dich beunruhigen sollte. Na los, geh schon!"

Marco nickte stumm und verließ nur zu gern den Unterschlupf, um dann draußen tief durchzuatmen und seine Lunge mit frischer reiner Luft zu füllen. Er hatte das Gefühl, dass die unangenehme Duftkombination immer noch an ihm haftete.

Sein Weg führte nun in Richtung von Steinburg zum Untermarkt. Er schlenderte den Gehweg entlang, der aus großen rechteckigen Granitplatten bestand, und blieb vor dem Haus stehen, in dem Adrian von Steinburg wohnte. Kurz überlegte er, ob er den Umschlag in den Briefkasten stecken oder persönlich übergeben sollte. Nach einem Augenblick entschied er sich für die Mischvariante. Er steckte die Unterlagen in den Briefkasten, drückte den Klingelknopf, und wenig später knisterte die Sprechanlage.

„Ja."

Sagen heute alle nur noch ‚Ja'? „Petzold hier. Die Lieferung ist im Kasten."

„Danke!"

Na ja, nun zum Käfig. Den wollte er nicht mit ins Krankenhaus zu Carolin nehmen. Unter der Rathaustreppe befand sich ein kleiner Unterschlupf mit einer steinernen Eckbank.

Dort stellte Marco seine Last ab und rief seinen Kollegen Frank an.

„Ja?"

„Hi, Frank. Was heißt hier ‚ja?'?"

„Mensch Marco, wo treibst du dich denn rum? Der Chef kriegt sich bald nicht mehr ein. Der will dir kündigen."

„Das hatten wir doch schon einmal."

„Stimmt, aber dieses Mal meint er es wohl ernst. Wo bist du eigentlich?"

„Ich bin in Görlitz. Du kannst mir einen Gefallen tun."

„Okay, und welchen?"

„Unter der Rathaustreppe steht eingepackt ein Vogelkäfig. Er ist an mich adressiert. Stellst du ihn bei mir in den Durchgang?"

„Mach ich. Das kostet was."

„Klar, eine extra große Karte."

„Sag bloß, du hast 'nen Sechser im Lotto?"

„Nee, ne reiche Tante beerbt."

„Veräppeln kann ich mich allein."

Marco lachte noch, als das Gespräch schon längst beendet war und er erneut telefonieren wollte.

34.

Johnson hielt inne und wartete darauf, dass er die unterste Tür hörte. Sie knallte ins Schloss. Schnell packte er die Überbleibsel seiner Bastelei in die Schreibwarentüte. Aus seinem Sakko holte er das Handy hervor und wählte eine Nummer.

„Ich habe folgenden Auftrag für Sie …"

Als er das Gespräch beendet hatte, tippe er die nächste Nummer ein.

„Mein Name ist Johnson. Meine Reservierungsnummer lautet …"

Er nickte zufrieden, holte aus dem Küchenschrank einen Aktenkoffer hervor und nahm ihn zusammen mit der Schreibwarentüte in die Hand. Nun schaute er sich gründlich in der Küche um. Es sah genauso aus wie vorher. Dann ging er noch einmal in die Wohnstube. Auch dort blickte er sich um. Die Whiskyflasche und die Gläser konnte er stehen lassen. Aber was war das? Der Stadtplan hing noch an der Wand. Johnson stellte den Aktenkoffer und die Tüte auf den Teppichboden und nahm den Stadtplan vorsichtig ab. Schade, dass er nun bemalt war – das gute Stück! Behutsam faltete er ihn an den alten Knickstellen entlang zusammen und verstaute ihn in seinem Koffer. Noch ein letzter Blick durch dieses Rattenloch. Unten im Hausflur warf er die Schlüssel in den Briefkasten, ließ die Tür ins Schloss fallen und überquerte den Hof. Auf der Hauptstraße schaute er sich gründlich um, um dann den Weg zur Peterskirche einzuschlagen. Eigentlich hatte er es anders geplant, doch nun hatte er sich umentschieden, und diese neue Entscheidung würde ihm etwas Luft verschaffen. Sein Zeitfenster war sowieso schon arg eng gesteckt. Jetzt galt es aber, nicht zu träumen, sondern sich an den Plan zu halten.

Mit schnellen Schritten ging er auf die Kirche zu. Eine größere Besuchergruppe verließ sie gerade und versperrte den Eingang. Mühsam bahnte er sich den Weg hindurch und betrat das Gotteshaus. Er war der einzige Gast. Er schritt die Bankreihen ab und machte an der letzten halt, ging um sie herum, bückte sich, nahm den Umschlag aus dem Aktenkoffer und klemmte ihn unter die Bank. Jetzt war es an der Zeit, nur noch seinen eigenen Plänen nachzugehen. Ein leises Kichern verließ seinen Mund und hallte in der Kirche nach, dämonisch und böse klang es, aber mit einer tiefen inneren Befriedigung.

Er nahm sein Handy zur Hand und schrieb an James' Nummer eine SMS, wo der Umschlag zu finden sei. Dann öffnete er das Telefon, nahm den Akku und die SIM-Karte heraus. Mit dem Autoschlüssel zerkratzte er den Chip und warf alle Einzelteile und die Schreibwarentüte in den Mülleimer am Ausgang der Kirche.

Ein kleiner Junge beobachtete Johnsons Tun, und als dieser sich von der Kirche entfernt hatte, schaute er neugierig in den Mülleimer. Mit gerümpfter Nase ließ er davon ab, die Teile aus dem Behältnis zu holen. Anscheinend lag dort einiges Unappetitliche darin.

Johnson ging in Richtung Obermarkt, vorbei am Untermarkt mit seinen kulissenartigen Häusern inklusive Flüsterbogen und Rathaus. Dort am Obermarkt stand sein Leihwagen. Er öffnete die Tür und legte seinen Aktenkoffer auf den Beifahrersitz, setzte sich hinters Lenkrad und startete das Auto. Er ließ kurz den Motor aufheulen, was ihm das Kopfschütteln einer älteren Dame einbrachte. Mit quietschenden Rädern fuhr er aus der Parklücke und reihte sich in den Verkehr ein, der aus der Stadt hinausführte.

35.

„Aha, wieder diese Kirche", stellte Carlos schlicht fest, als er Johnsons SMS las. „Und du, lieber Marco, hast dein Handy aber schnell abgeschaltet, damit ich dich nicht finde, Bürschchen." Er steckte Handy und Ortungsgerät ein und begab sich auf den Weg zur Kirche. „Erst die Unterlagen sichern, dann werde ich mich um dich kümmern, und dann gibt es noch diesen Johnson, der offenbar in dem Spiel eine Rolle übernommen hat." Er fragte sich, warum dieser Johnson das junge Mädchen angefahren hatte. Von ihr ging weder eine Gefahr aus, noch sah er die Notwendigkeit, sie zu beseitigen. Hat ja auch nicht geklappt. Oder ging es um den Gegenstand, den er am Unfallort aufgehoben hatte? Augenscheinlich ein Buch, in dem er, neben der Verletzten stehend, kurz geblättert hatte, um

176

es dann einzustecken, bevor er den Notarzt verständigte. Ihr Handy lag etwas weiter entfernt und fand von Johnson keine Beachtung – was Carlos erfreut hatte.

Er schob die Gedanken beiseite, um sich voll und ganz auf das Kommende zu konzentrieren. Mit geübtem Blick erfasste er die Umgebung. Einheimische und Touristen begegneten ihm. Er versuchte sich nun selbst wie ein Tourist zu bewegen; er schaute sich die Auslagen an, machte an alten Haustüren halt und studierte sie interessiert, um sich so immer weiter zur Kirche vorzuarbeiten. Aus einem Aufsteller der Touristeninformation nahm er sich ein Infoblatt über Görlitz, blätterte darin und hielt es in der Hand, als er über den Obermarkt schlenderte. Ein Kleinwagen fuhr mit quietschenden Rädern aus der Parklücke, um sich dann in den fließenden Verkehr einzuordnen. Nur einen kurzen Moment sah er die Silhouette des Fahrers, aber es reichte aus, um ihn zu erkennen: Johnson. Lange genug hatte er sein Profil vor Augen.

Welcher Teufel hat den geritten, so zu fahren? Für den Fall, dass er die Informationen noch benötigte, prägte er sich das Kennzeichen und die Automarke ein. Dann wandte er sich seinem eigentlichen Ziel zu und ging nun dem Untermarkt entgegen. Ein Mann stellte ein großes verpacktes Etwas unter die Rathaustreppe und nahm sein Handy zur Hand, um zu telefonieren. Er war ganz auf das Telefonat konzentriert, ohne seine Umgebung wahrzunehmen. Es war Marco Petzold. Was für eine Fügung!

Carlos war doch etwas überrascht, kurz nach Johnson auch Petzold hier in unmittelbarer Nähe zu treffen. Eine Weile beobachtete er ihn und sah ihn ein zweites Telefongespräch führen. Einer inneren Eingebung folgend, holte er sein Ortungsgerät hervor, schaute drauf und schaute noch einmal zu Petzold, um ganz sicher zu gehen, dass dieser auch wirklich telefonierte. Sein Ortungsgerät zeigte ihm Johnson an und nicht den anderen. Sollten beide ihre Handys getauscht haben? Warum?

Ungeduldig trat Marco von einem Bein aufs andere, hielt plötzlich inne und fuchtelte wild mit den Armen herum. Er drehte sich hin und her, und Carlos stellte sich in eine Toreinfahrt, um ihn weiter zu beobachten. Er konnte sich noch keinen Reim auf das Verhalten von Johnson und Petzold machen, aber er würde seine Beobachtungen nicht vergessen. Nicht nur das. Er würde es analysieren.

Nun galt es aber, die Unterlagen zu holen, sein eigentliches Anliegen.

36.

Marco tippte die Nummer von Dr. Walter ein und wartete geduldig, bis dieser heranging.

„Hier bei Doktor Walter. Sie sprechen mit Schwester Margit." Oh, an diese Schwester wird er sich noch lange erinnern. Klatschte sie ihm doch tatsächlich ihre Hand ins Gesicht, als er ohnmächtig auf der Liege lag.

„Ich möchte Doktor Walter sprechen."

„Der ist im OP. Kann ich was ausrichten?"

„Wann kommt er denn aus dem OP?"

„Es kann nicht mehr lange dauern. Soll ich nun was ausrichten?", fragte sie noch einmal.

„Ja, sagen Sie ihm, dass …"

„Augenblick. Er kommt gerade herein."

„Doktor Walter am Apparat."

„Petzold hier. Carolin wollte mich heute sehen und nun möchte ich wissen, ob ich jetzt vorbeikommen kann und was ich ihr mitbringen darf? Vor allem muss ich wissen, wo ich sie finde?"

„Carolin will Sie sehen?"

178

„Ja, Johnson hat es mir gesagt, dass sie mich sehen will. Heute noch."

„Unsinn."

„Wieso Unsinn? Sie glauben wohl nicht, dass sie mich sehen will, hä?"

„Sicher will sie Sie sehen, aber nicht heute."

„Wieso nicht heute?" Marco fuchtelte vor Hilflosigkeit mit seinen Armen herum.

„Junger Mann, ich habe gerade Ihre Carolin operiert. Sie kann diesen Wunsch, Sie heute zu sehen, nicht geäußert haben."

„Doch, hat sie."

„Nein, hat sie nicht. Sie hatte gar keine Zeit, geschweige denn die Gelegenheit dazu. Kommen Sie morgen." Das Gespräch war beendet.

Seine Gedanken überschlugen sich, und er drehte sich um sich selbst, mal in die eine Richtung, mal in die andere. Johnson hatte doch gesagt, sie wolle ihn sehen. Er wusste jetzt nicht einmal, warum sie operiert worden war, noch wie es ihr ging. Marco rief noch einmal bei Dr. Walter an, aber selbst nach einem weiteren Wahlversuch war die Nummer besetzt.

Wieso hatte Johnson ihm solch einen Bären aufgebunden? Marco musste seine Gedanken sortieren. Er musste genau überlegen, was zu tun war. Dazu ging er zum Brunnen mit dem Neptun, stieg die eine Stufe hinauf und schaute ins Wasser. Dort sah er, dass man ein Gitter unter die Wasseroberfläche eingebaut hatte, sicher um zu verhindern, dass Touristen das Geld vom Boden aufsammelten. Er setzte sich auf den Rand des Wasserbeckens und rekonstruierte in Gedanken die letzten Stunden. In der Bank hatte Johnson darauf bestanden, dass in Bezug auf das Konto alles so blieb wie bisher, was Marco nicht recht einsah, aber als gegeben hinnahm. Johnson hatte die Umschläge für James und von Steinburg gebastelt. Er

179

telefonierte länger, als es notwendig war – oder es war für Johnson notwendig. Die Aussage mit den Medikamenten glaubte er nun nicht mehr.

Marco nahm die Visitenkarte von der Angestellten der Bank und rief sie an. „Mein Name ist Petzold. Sie erinnern sich an mich?"

„Aber natürlich, Herr Petzold. Stimmt was nicht mit dem Transfer?"

„Welcher Transfer?", fragte Marco. Dabei rutschte er vom Brunnenrand und stützte sich mit der freien Hand ab.

„Na, der Transfer des Geldes. Er ist abgeschlossen."

„Wer hat den Transfer beauftragt, und um wie viel Geld handelt es sich?"

„Mister Johnson hat mir den Auftrag erteilt, und es betrifft das gesamte Guthaben."

„Waaaas?" Seine Finger krallten sich in die Jeans. Er spürte den Schmerz in den Fingerkuppen. Auch wenn er es wollte, es war ihm nicht möglich, die Hand zu lösen. Er brauchte diesen Schmerz, um die Information zu verarbeiten.

Die Bankangestellte räusperte sich. „Mister Johnson hat ebenfalls eine Vollmacht. Aus Ihrer Reaktion schließe ich, dass es wohl nicht in Ihrem Sinn gewesen ist."

„Da haben Sie recht. Das heißt, dass er das gesamte Geld auf ein anderes Konto überwiesen hat?"

„Nicht ganz."

„Was denn? Nur einen Teil des Geldes?"

„Es handelt sich um das gesamte Guthaben, wie ich schon sagte, allerdings hat er es auf mehrere Konten überwiesen."

„Kann man das rückgängig machen?"

„Unter gewissen Umständen schon."

„Nun, lassen Sie sich doch nicht alles aus der Nase ziehen. Ich möchte, dass das Geld wieder zurücktransferiert wird. Dazu erteile ich Ihnen den Auftrag."

„Es ist formell nicht ganz in Ordnung. Ich benötige Ihren Zugangscode und Passwort."

„Das haben Sie doch alles."

„Herr Petzold, sagen Sie es mir einfach und dann kümmere ich mich darum, dass Ihr Geld wiederkommt."

Marco fummelte mit der freien Hand in seiner Jacke herum, holte die Vollmacht hervor und nannte die gewünschten Daten. Er versprach sich mehrmals. Erleichtert ließ er sich schließlich auf den Brunnenrand nieder und atmete durch.

**

So und nun zu dir, Johnson. Wie Marco schon vermutete, war Johnson für ihn per Handy nicht erreichbar. Aber wenn er sich beeilte, dann hätte er die kleine Chance, Johnson vielleicht auf dem Weg von der Kirche abzufangen. Er rannte los. Als er um eine Hausecke lief, prallte er gegen einen Mann, groß wie ein Baum.

„Mann, kannste nicht aufpassen", blaffte der ihn an. Zum Glück brachte dieser Hüne ihn zum Stehen, denn Marcos Blick fiel auf den Eingang der Kirche. Dort sah er den Mitläufer von James stehen. In seiner Hand hielt er den Umschlag, den Johnson hinterlegt hatte. Zu spät! Wo ist nun Johnson hin?

Der Unbekannte schaute sich den Umschlag von allen Seiten an, roch daran, was Marco etwas verwunderte, und dann sah er, wie er den Umschlag aufriss und einzelne Blätter hervorholte. Aber was machte er denn nun? Er zerknüllte sie und warf sie zusammen mit dem Umschlag in den Mülleimer neben dem Eingang. Ist der denn völlig irregeworden?

James' zweiter Mann schaute sich nach allen Seiten um und, für Marco unerwartet, trafen sich ihre Blicke. Marco wurde vom anderen fixiert. Dieser stieg langsam die Treppen hinunter, ohne ihn aus den Augen zu lassen, und steuerte auf ihn zu. Trotz des unebenen Kopfsteinpflasters war sein Schritt zielstrebig und sicher. Es gab nun keinen Zweifel mehr. Marco war seine Beute.

Marco ging langsam ein paar Schritte rückwärts, bis er die Hauswand am Arm spürte, drehte sich um und rannte los. Er wusste nicht, was geschehen war, er wusste aber instinktiv, dass er von dem anderen wegmusste, und zwar so schnell wie möglich. Im Rennen suchte er nach einer Möglichkeit unterzutauchen. Das sollte schnell passieren, noch bevor der andere um die Ecke bog. Marco entdeckte eine Toreinfahrt, von der er wusste, dass diese immer offen war. Er drückte die Klinke runter und stemmte sich mit seinem vollen Gewicht gegen die Tür. Sie gab nach und hinterließ ein knarrendes Geräusch. Plötzlich spürte er eine Hand auf seiner Schulter! Sie krallte sich in seinen Jackenstoff und schob ihn in den Aufgang. Die Tür schloss sich halb von allein.

„Sie scheinen durchtrainiert zu sein. Kompliment!" Marco sah, dass der andere kaum außer Atem war. Der Sprint schien ihn nicht sonderlich angestrengt zu haben. Seine Bewegungen waren langsam und bedacht. Die eiskalten blauen Augen durchbohrten ihn und er spürte am ganzen Körper, wie sein Gegner versuchte, ihn einzuschätzen.

„Was wollen Sie von mir? Sie haben erhalten, was Sie wollten. Warum haben Sie die Unterlagen in den Müll geschmissen?" Marco fühlte seinen Puls schneller gehen. Er wagte kaum, sich zu rühren, und trotzdem suchte er im Augenwinkel fieberhaft nach einem Ausweg. Millimeter für Millimeter schob er sich rückwärts. Er wollte die größtmögliche Distanz zwischen sich und dem Gegner haben, Handlungsspielraum. Wenn James eine Waffe besaß, dann der hier auch. Er ertastete mit der linken Hand das Ende der Wand, fühlte um die Ecke der Wand weiter und ergriff einen Holzstiel. Gebe Gott, dass es eine Schaufel ist und nicht einfach nur ein Stiel!

„So viele Fragen auf einmal? Sie wollen Zeit gewinnen. Ich habe keine Zeit. Wo sind die Unterlagen?" Die Augen des Gegners funkelten böse.

„Die haben Sie in den Müll geworfen."

„Das waren nur leere Blätter. Ich will die Unterlagen."

Leere Blätter? Marco vergaß in Anbetracht dieser Information alle Vorsicht, holte den Stiel hervor und stützte sich auf ihn. Doch im Übereifer war seine Kraft zu stark, sodass die Borsten umknickten und er wankte. Sein Gegenüber griff reflexartig unter die Jacke und ließ die Hand dort.

„Das kann nicht sein! Im Umschlag müssen die Unterlagen sein! Sie müssen sich irren!" Marcos Stimme klang plötzlich schrill.

„Wo sind die Unterlagen? Ich stelle diese Frage nicht noch einmal." Der andere schien gelassen zu sein, aber die Hand unter der Jacke wirkte wie ein übles Versprechen.

Marco begriff die Tragweite der Situation. Johnson hatte ihn reingelegt. Und nicht nur das. Er hatte ihn belogen, benutzt und den Interessenten zum Fraß vorgeworfen. Würde das sein Gegenüber glauben? Auf einmal hielt der Engländer eine Waffe in der Hand! Marco hatte nicht den geringsten Zweifel, dass er sie auch benutzen würde. Kein Mensch würde einen Schuss hören. Nur einen dumpfen Laut. Angst und Adrenalin schossen durch seinen Körper.

Hinter dem Engländer sah er einen Schatten durch die halb offene Tür kommen. Er versuchte zu erkennen, wer es war.

„Netter Versuch der Ablenkung. Denkst du, ich drehe mich jetzt um? Der Besen wird dir auch nicht viel nützen." Auf dem Gesicht des Angreifers erschien ein leicht amüsierter Ausdruck.

Ein Schatten raste plötzlich von hinten auf den Engländer zu, und ein dumpfes Geräusch hallte im Aufgang nach. Das Gesicht erstarrte zu einer ungläubigen Maske. Scheppernd fiel eine Schaufel zu Boden, zwei Arme schoben sich blitzschnell unter die Achselhöhlen des Engländers und fingen den Killer vor dem Aufprall auf.

37.

„Herr von Steinburg? Was machen Sie denn hier?"

„Sie retten, was sonst?" Von Steinburg legte den Bewusstlosen hin und ordnete seinen Anzug. „Auf was warten Sie denn noch? Bis er wieder aufwacht?" Der plötzlich aufgetauchte Helfer bückte sich, hob die Schaufel auf und stellte sie an die Wand. „Ein nützliches Werkzeug, finden Sie nicht auch? Es wäre vielleicht gut, wenn Sie die Waffe an sich nehmen würden. Man kann ja nie wissen."

Marco versuchte, seine Gedanken zu ordnen, um herauszubekommen, was hier eigentlich los war. Er wusste aber auch, dass er keine Zeit dazu hatte. Sie mussten hier weg, denn wenn der Killer aufwachte, würde er jämmerliche Kopfschmerzen haben und keinen Smalltalk betreiben wollen. Nein, er würde rasend vor Wut sein. Er war vorher schon nicht aufs Plaudern aus gewesen. Marco nahm dem Engländer die Waffe ab und steckte sie sich in den Hosenbund. Das kalte Metall auf der Haut ließ ihn zusammenzucken.

Er folgte von Steinburg auf die Straße. Dort stand ein Mercedes mit nobler Ausstattung. „Was ist? Noch nie mit einem Benz gefahren? Dann wird es Zeit. Steigen Sie ein!", forderte Adrian von Steinburg Marco auf.

Noch einen kurzen Blick auf die Toreinfahrt, dann setzte er sich auf den Beifahrersitz. Ungeniert musterte er seinen Retter, während dieser startete. Seine gebogene Nase gab ihm etwas Aristokratisches, und die Lachfalten um die Augen ließen ihn ungemein sympathisch aussehen. Marco stellte fest, dass von Steinburg der Natur ein wenig nachgeholfen hatte, indem er sich seine Haare färbte. Den verräterischen Ansatz sah er an der

Schläfe. Unwillkürlich musste er lachen. Ob er in diesem Alter auch eitel werden würde?

„Und?", fragte der ältere Herr.

Marco räusperte sich, weil er sich ertappt fühlte.

„Woher wussten Sie, dass ich verfolgt wurde?"

„Ich habe so meine Quellen." Während Adrian von Steinburg es sagte, lächelte dieser wissentlich.

„Haben Sie im Umschlag gefunden, was Sie wollten?", fragte Marco vorsichtig.

„Nun, wenn ich unbedrucktes Papier und die Zeitung von vorgestern hätte haben wollen, dann ja. Allerdings ist diese Lieferung überteuert. Meinen Sie nicht auch?"

Marcos Gesicht wurde heiß, und Unbehagen machte sich breit. Johnson hatte ihn komplett gelinkt. Das Geld ist auf dem Weg zu ihm zurück, nun musste er zusehen, dass die Unterlagen wieder zurückkamen und an James und von Steinburg gingen. Von Steinburg machte einen umgänglichen Eindruck, was man von James und seinem Anhängsel nicht gerade sagen konnte. Die Waffe im Hosenbund drückte unangenehm. Marco holte sie heraus und betrachtete sie.

„Haben Sie schon einmal eine Waffe benutzt?", wollte Herr von Steinburg wissen.

„Nein, und Sie?"

„Nur auf dem Schießstand. Es ist ein faszinierender Sport. Sie sollten sie wegstecken. Man könnte Sie damit sehen."

„Ich sollte sie doch mitnehmen."

„Deshalb müssen Sie aber nicht mit ihr hier herumfuchteln."

Er steckte sie zurück in den Hosenbund. „Wohin fahren wir denn?"

„Wir werden zu Johnson fahren."

„Johnson? Sie wissen von Johnson?" Marco überraschte gar nichts mehr. „Klar wissen Sie von Johnson. Ihre Quellen, nicht

185

wahr?" Alle Welt schien mehr zu wissen als er, aber er hatte nicht vor, sich das Zepter aus der Hand nehmen zu lassen. „Sie wissen auch, wo wir Johnson finden?", fragte er.

„Ich dachte, Sie sagen es mir, wo er sich versteckt hat." Marco überlegte kurz. „Ich weiß es nicht, aber wenn ich Johnson wäre, dann würde ich so schnell wie möglich das Weite suchen und inständig hoffen, dass mich Marco Petzold nicht findet."

„Er ist doch Ihr Partner. Warum sind Sie dann so sauer auf ihn?", fragte von Steinburg mit einem leichten Unterton.

„Partner! Schöner Partner. Was wissen Sie eigentlich von ihm?"

„Sie sollten sich Gedanken machen, wo wir ihn finden. Ich möchte meine bezahlte Ware haben, nichts weiter."

Zum Zeichen, dass Marco verstanden hatte, nickte er kurz. „Das soll jetzt keine Entschuldigung sein, aber Johnson hat sich nicht an unseren Plan gehalten. Er hat sein eigenes Ding gemacht und mich damit in Schwierigkeiten gebracht."

„Aha."

Nach einigen Überlegungen kam er zu dem Schluss, dass der Kommissar höchstwahrscheinlich zum Flughafen unterwegs war und sicher einen der nächsten Flüge nehmen würde. Um das zu prüfen, musste Marco seinen ganzen Einfallsreichtum und Charme spielen lassen, um am Handy die gewünschten Informationen zu bekommen. Mit honigweicher Stimme fragte er sich durch verschiedene Stationen am Flughafen durch, bis er die gewünschte Aussage hatte. Er steckte das Handy in die Hosentasche und ließ von Steinburg an seinen Erkenntnissen teilhaben: „Er hat einen Flug nach Hurghada gebucht. Der Flieger geht in drei Stunden. Unser Ziel heißt jetzt Dresden."

„Hurghada? Ägypten? Nicht weit von Mar Saba", nuschelte von Steinburg.

Für einen kurzen Moment schien es Marco, als ob sein Fahrer über irgendetwas irritiert wäre.

„Na gut, und wieso heißt unser Ziel Dresden?", fragte von Steinburg.

„Sie wollen die Unterlagen und ich Johnson. Der ist im Besitz der Unterlagen, und ich habe kein Auto und würde mit der Deutschen Bahn höchstwahrscheinlich zu spät kommen."

„Wir werden noch einmal neu über den Kaufpreis verhandeln müssen."

„Okay, und Sie können mir auf der Fahrt noch ein bisschen von Ihrer Weltanschauung erzählen."

„Ihnen hat also der Abend gefallen?" Was mehr einer Feststellung als einer Frage glich.

„Sagen wir mal, er war inspirierend, besonders das Kapitel Mar Saba."

Von Steinburg lachte in sich hinein und wusste, dass Marco Petzold verwegen und natürlich neugierig genug war, um sich für das griechisch-orthodoxe Kloster in der Nähe von Bethlehem zu interessieren. Allerdings fragte er sich wieder, was Johnson in Ägypten wollte.

Ohne dass von Steinburg und Marco es ahnten, machte sich ein weiterer schwarzer Mercedes auf den Weg nach Dresden. Am Steuer saß Carlos, der nach zwei Schmerztabletten immer noch von heftigen Kopfschmerzen heimgesucht wurde. Dies tat seinem Entschluss, die Fährte von Johnson aufzunehmen, aber keinen Abbruch. Für solch eine Situation wurde er ausgebildet. Außerdem wurde ihm anhand Petzolds Reaktion klar, dass Johnson dafür verantwortlich war, was im Umschlag gesteckt hatte. Wer ihn niederschlug, wusste er nicht. Johnson kann es nicht gewesen sein. Der war schon längst aus der Stadt und suchte das Weite. Gab es noch einen Dritten, der in diesem Spiel mitmischte?

38

Johnson war mit sich und der Welt zufrieden. Er hatte das Geld und er hatte die Unterlagen. Was wollte er mehr? Petzold tat ihm leid, aber was sollte es? Nach all den Jahren und dem Tod seiner Frau musste er nun endlich an sich denken. In seinem Herzen war kein Platz mehr für Verständnis, Mitleid und Mitgefühl. Und das Gute im Menschen? Er hatte so viel gesehen, dass er daran nicht mehr glauben konnte. Wie viel Zeit würde ihm noch bleiben? Er kannte sein Ende. Es würde furchtbar sein und lange dauern, qualvoll bis zum letzten Atemzug. Das wusste er, und solange er ein Fünkchen Lebensgeist in sich spürte, würde er leben, und zwar so, wie er es für richtig hielt.

Johnson fuhr den Leihwagen auf den dafür vorgesehenen Parkplatz auf dem Flughafengelände. Den Schlüssel würde er später abgeben. Erst einmal war ihm nach einem starken Kaffee und einem Stück Kuchen.

Voller Vorfreude auf sein kommendes Leben schlenderte er zum Flughafengebäude, trat in die Halle und reihte sich an einem Imbissstand in die Schlange ein. Er bestellte einen großen starken Kaffee und suchte sich von der Auslage ein Stück Kuchen aus. Beides bezahlte er und setzte sich mit dem Rücken zum Fenster. Er hasste es, wenn vorbeigehende Menschen ihm auf den Teller schauten.

***

Als von Steinburg und Marco auf das Gelände des Flughafens in Dresden-Klotzsche fuhren, hatten sie keine Ahnung, wie kompliziert es sein würde, einen Parkplatz zu finden. Nicht nur kompliziert, sondern fast unmöglich.

„Für gewöhnlich brauche ich mich um eine Parkmöglichkeit nicht selbst zu bemühen. Wir werden das Ganze nicht so kompliziert machen und nehmen einfach den Parkplatz für die Leihautos", erklärte von Steinburg.

„Mir ist es ziemlich egal, wo wir parken, Hauptsache, wir finden Johnson." Marco hatte keinen Plan, was er machen würde, wenn sie den Engländer gefunden hatten. Würde er freiwillig die Unterlagen herausrücken? Hatte er sie überhaupt dabei? Was, wenn nicht?

Von Steinburg steuerte auf den Platz, wo die Leihautos aufgereiht standen, und fuhr in eine der hinteren Parklücken, um unauffällig zu bleiben.

„Sie kennen Johnson. Wenn wir auf ihn treffen, würde er dann Schwierigkeiten machen?"

„Meinen Sie wirklich, dass ich einen Mann kenne, der mein Konto leer geräumt und einen Teil meines Erbes unterschlagen hat? Ich weiß, wie er sich verhalten hat, aber kennen? Ich gehe davon aus, dass er mir die Unterlagen nicht ganz freiwillig geben wird, oder vielleicht doch?" In Gedanken spann Marco den Faden weiter. Wenn ich ihn in dem Glauben lasse, dass ihm das Geld sicher ist und ich vom Transfer nichts weiß...

„Herr Petzold?" Diese Frage riss Marco aus seinen Überlegungen.

„Ja?"

„Dürfte ich einen Vorschlag machen?"

„Nur zu."

„Ich gehe voraus. Johnson muss ja nicht wissen, dass ich ebenfalls mit von der Partie bin."

„Okay."

„Lassen Sie mir ein paar Minuten, bevor Sie sich in Bewegung setzen."

Von Steinburg schaute an sich hinunter und strich sein Sakko glatt. Dann richtete er sein Halstuch, das er schon bei ihrer ersten Begegnung getragen hatte, und ging in einem Schritt los, der ihn als Besucher durchaus überzeugend darstellte. Als von Steinburg den Eingangsbereich erreichte, setzte sich Marco in Bewegung. Während er an den Leihautos vorüberging, schaute er sich langsam nach allen Seiten um. Johnson sah er nicht und er hoffte inständig, dass er nicht schon eingecheckt hatte. Er betrat die riesige Eingangshalle, und die Flugtafel begrüßte ihn. Ein Blick darauf sagte ihm, dass gerade drei Maschinen gestartet waren und für zwei zum Check-in aufgerufen wurde. Hurghada war an achter Stelle der Tafel angeschlagen. Marco schaute sich um. Er sah weder von Steinburg noch Johnson. War das ein gutes oder ein schlechtes Zeichen? Jetzt fing er auch schon wie von Steinburg an: gut, schlecht, Zeichen, mystische Zusammenhänge. Was würde als Nächstes kommen?

Er schlenderte durch die Halle, immer den Blick über die Fluggäste und ihre Begleitungen schweifen lassend. Bis er Johnson im Imbisseck entdeckte und sich ihre Blicke kreuzten. Johnson stand langsam auf, bückte sich nach seiner Aktentasche und schlängelte sich an den Tischen und Stühlen vorbei in Richtung zweiter Ausgang.

Marco beschleunigte seinen Schritt und begann schließlich zu rennen, als er sah, dass Johnson ebenfalls rannte. Der Abstand zwischen ihnen wurde immer größer, weil Johnson rücksichtslos durch die Wartenden lief. Marco musste um die empörten Leute herum laufen, sprang über Gepäckstücke und verlor damit Zeit. Von Steinburg konnte er nirgends erspähen. Eigentlich hatte er gedacht, dass er eingriff. Marco drehte sich im Kreis, um sich einen Überblick zu verschaffen. Dabei erhaschte er einen kurzen Moment Johnson, der hinter der Scheibe in Richtung Mietwagenverleih rannte.

„So eine Scheiße!", entfuhr es ihm. Aber er gab nicht auf, sondern hetzte in dieselbe Richtung wie Johnson, nur befand er sich noch in der Halle. Johnson stoppte bei einem kleinen roten Auto, schloss die Tür auf und stieg ein. Marco wusste, dass er den Wagen nicht rechtzeitig erreichen konnte, und doch rannte er in diese Richtung, was seine Kondition hergab. Noch ein paar Meter, und er war da. Johnson hatte es noch nicht gestartet. Warum? Marco sah ihn hinterm Lenkrad sitzen mit einem ausdruckslosen Gesicht. Er riss die Beifahrertür auf und setzte sich neben seinen Widersacher.

„Schön, dass Sie auf mich gewartet haben", japste er.

„Nichts zu danken", ertönte es von der Rückbank. Die Stimme gehörte von Steinburg.

„Sie?", fragte Marco und drehte sich um. Von Steinburg lachte verschmitzt und gab ihm zu verstehen, dass er Johnson mit einem Kugelschreiber, den er ihm in den Rücken pikste, in Schach hielt.

„Nun, da ich nicht mehr der Jüngste bin, habe ich mir erlaubt, hier auf Ihren Partner zu warten. Das war für mich die bequemere Art einzugreifen."

„Woher ..." Weiter kam Marco nicht.

„Woher ich wusste, dass Mr Johnson zu diesem Auto laufen würde? Nun, ich habe meinen Charme spielen lassen, und die Dame am Schalter sagte mir, dass unser Freund hier seine Schlüssel zu dem roten Kleinwagen noch nicht abgegeben hat. Dann erzählte ich ihr eine aufregende Geschichte, zu deren Ende ich die Ersatzschlüssel erhielt mit meinem Versprechen, sie so schnell wie möglich wieder abzugeben. Herr Petzold, wären Sie jetzt so freundlich und ziehen Ihre Waffe? Mein Arm wird langsam schwer und ich befürchte, in absehbarer Zeit nicht mehr die Kontrolle über ihn zu haben."

„Oh ja, selbstverständlich." Marco holte seine Waffe aus dem Hosenbund und hielt sie auf Johnson gerichtet. Als er im Augenwinkel sah, wie von Steinburg seinen Kugelschreiber wieder einsteckte, ließ er einen lauten Lacher los.

„Und was soll das jetzt werden?", fragte Johnson, der offensichtlich aus seiner Erstarrung auftaute.

191

Von Steinburg hob seine Hand und sagte: „Ich hätte da wieder einen Vorschlag. Da wir einiges miteinander zu bereden haben, würde ich sagen, dass Herr Petzold mir seine Waffe übergibt, in meinen Wagen steigt und wir dann an einen ruhigen, ungestörten Ort fahren."

„Dazu müssen wir nirgends hinfahren. Sagen Sie, was Sie wollen."

„Johnson, glauben Sie wirklich, dass das so einfach ist?", fragte von Steinburg in einem Ton, der Marco aufhorchen und Johnson verstummen ließ.

Von Steinburg reichte Marco den Schlüssel, und im Gegenzug wechselte die Waffe ihren Besitzer. Marco verließ das Auto und stieg in den Mercedes ein. Er startete den Wagen und genoss den Luxus, einen solchen fahren zu dürfen. Allerdings konnte er das nicht vorbehaltlos genießen. Ihm schwirrten Fragen durch den Kopf. Fragen, auf die er keine Antwort hatte. Er wurde auch das Gefühl nicht los, dass zuerst Johnson ihm die Zügel aus der Hand genommen hatte und nun von Steinburg im Begriff war, dasselbe zu tun. Sollte nicht Marco den Verlauf bestimmen – das Sagen haben? Was wusste von Steinburg, was er nicht wusste?

39.

Sie verließen die belebte Straße und fanden sich nach wenigen Kilometern mitten in der freien Natur wieder. Der Kleinwagen fuhr in einen Feldweg hinein, und von dort aus hatte man einen idyllischen Blick auf ein Wäldchen. Nach wenigen Metern hielt er. Marco stoppte auch. Er stieg aus, um nachzusehen, warum gehalten wurde. Johnson starrte vor sich hin und von Steinburg bedeutete Marco einzusteigen.

„Warum halten wir hier?", fragte Marco.

„Hier ist unsere Fahrt zu Ende", sagte von Steinburg.

„Auf diesem Feldweg? Zu Ende? Würden Sie deutlicher werden!"

„Mr Johnson, die Unterlagen."

Nach ein paar Sekunden kam noch der Zusatz „Bitte!". Von Steinburg steckte seinen Arm zwischen Marco und Johnson aus und hielt demonstrativ die Hand auf. Johnson starrte immer noch vor sich hin. „Alles steht und fällt mit der Zeit. Ist euch das schon mal aufgefallen?", fragte Johnson wie in Trance. „Man denkt, man hat Zeit und dann hat man sie doch nicht. Sie rinnt einem durch die Finger, ohne dass man sie festhalten kann." Dabei schaute er seine Hände an, so als ob er sie zum ersten Mal sah. Dann sprach er weiter: „Sie gibt es ewig und wird es ewig geben. Manchmal steht sie für mich still und manchmal rennt sie mir davon. Niemand kann sie kaufen und niemand kann sie besitzen. Sie ist immer gleich, überall auf dieser Welt. Sie ist unbestechlich. Zeit, die Unendliche der Unendlichkeit."

Marco zweifelte an Johnsons Verstand, angelte aber nach der Aktentasche, die auf dem Boden der Beifahrerseite lag. Er drückte auf den Verschluss und mit einem schnappenden Geräusch war sie geöffnet. Er griff in das vordere der beiden Fächer und förderte ein Buch zutage. Der Einband war schwarz und der Titel war in nachtblauer Schrift gehalten. „'Für Gott werden wir sterben. Mar Saba.` Was hat das zu bedeuten?" Marco wandte sich an Johnson. „Was hat das zu bedeuten?", wiederholte er.

„Nichts."

„Ich werde mal für Johnson antworten, und damit er keine Dummheiten macht, möchte ich ihn daran erinnern, dass eine geladene und entsicherte Waffe auf ihn gerichtet ist." Johnson brummte als Antwort.

„Dieses Buch hatte ich Frau Lobner geschenkt. Als sie im Krankenhaus ankam, war das Buch nicht mehr in ihrem Besitz.

Wie kommt es, dass es in Ihrer Aktentasche zu finden ist? Ich glaube, Herr Petzold stellt sich die gleiche Frage." Marco ließ Buch und Aktentasche fallen, packte Johnson mit beiden Händen am Kragen und drückte zu. Er schüttelte ihn aus Leibeskräften. „Was hast du mit Carolin gemacht?"

Von Steinburg fasste Marco beschwichtigend an die Arme. „So wird er Ihnen gar nichts erzählen, und wenn Sie ihn weiter schütteln, ist das letzte bisschen Hirn dermaßen durcheinander, dass er gar keinen klaren Gedanken mehr fassen kann. Das ist ja jetzt schon schwierig für ihn, da alle seine Hoffnungen im Begriff sind wegzufliegen." Marco ließ von Johnson ab, wenn auch sehr ungern.

„Mr Johnson sah, dass Carolin Ihnen zur Seite stand. Damit hatte er nicht gerechnet. Er wollte Ihr Vertrauter sein in der Hoffnung, dass sein Plan aufging. Carolin war ihm im Weg. Sie musste von der Bildfläche verschwinden. Bei dem Unfall hielt sie das Buch in den Händen. War es nicht so? Es weckte seine Neugier und beim näheren Betrachten stellte er fest, dass es wertvoll sein musste. So wertvoll, dass er einen Flug buchte, nicht nach London, sondern nach Hurghada, Ägypten, was von Dresden aus das nächstliegende Ziel zu Mar Saba in der Nähe von Bethlehem ist. Oder beflügelte Sie etwas anderes?"

„Wenn ich nun endlich um die Unterlagen bitten dürfte." Johnson rührte sich nicht und deshalb griff Marco wieder nach der Aktentasche und schaute hinein. Er sah zwei Umschläge. Der Erste, den er herauszog, wies ein A auf dem Siegellack aus. Der Himmelhund hatte zwei zusätzliche Umschläge gebastelt. Sicher, um sie noch einmal zu verkaufen. Vorsichtig, ohne dass von Steinburg es bemerkte, sah Marco auf einem zweiten Umschlag ein J prunken. Johnson beobachtete ihn heimlich, verzog seinen Mund zu einem schiefen Grinsen, enthielt sich aber jeglichen Kommentars.

Marco gab von Steinburg den Umschlag mit dem A.

„Wie gesagt, über den Preis müssen wir noch einmal neu verhandeln." Marco hörte, wie von Steinburg den Umschlag hin und her drehte.

„Was machen wir jetzt mit Johnson?" Während Marco fragte, nahm er das Buch und den zweiten Umschlag an sich. Der Engländer registrierte das im Augenwinkel und nickte unmerklich. Marco deutete dies als Einverständnis. Was blieb ihm auch anderes übrig?

„Dann ist es wohl vorbei", stellte Johnson lapidar fest.

„Wie ich schon sagte: So einfach ist es nicht, Mr Johnson. Sie haben sich mit den Unterlagen vertraut gemacht und ich kann nicht zulassen, dass Sie mit diesem Wissen durch die Welt laufen. Wie lange hat Ihnen eigentlich Ihr Arzt noch gegeben?"

Marcos Blick wanderte zwischen von Steinburg und Johnson hin und her.

„Ein paar Monate, vielleicht auch nur Wochen", war die einfache Antwort.

„Und Dr. Walter hat es bestätigt? Und hat er Ihnen auch gesagt, wie Ihr Ende aussehen wird?"

„Ja." Marco sah die Muskeln in Johnsons Gesicht zucken. Seine Hände krampften sich am Lenkrad fest und auch dort nahm er eine Art Muskelspiel wahr. War ihm der Tod so egal oder verdrängte er den Gedanken? Hatte er vielleicht sein Leben abgeschlossen und schätzte jeden zusätzlichen Tag als Geschenk? Das konnte sich Marco nicht vorstellen. Denn wäre es so gewesen, dann hätte er ihn nicht hintergangen. Niemals!

„Wissen Sie, Mr Johnson, ich werde Ihnen eine kleine Geschichte erzählen. Die Geschichte vom Conium maculatum."

„Ich will keine Geschichte hören", unterbrach Johnson von Steinburg barsch, während Marco stiller, aber aufmerksamer

Beobachter war. Marco kannte von Steinburg inzwischen gut genug, um zu wissen, dass sich hinter der Geschichte etwas verbarg. Er erzählte nicht einfach so zur Belustigung und auch schon gar nicht in dieser Situation. Es gab immer einen tieferen Sinn. Ihn zu erkennen, darum ging es, und dann für sich die richtigen Schlüsse zu ziehen. Von Steinburg wollte etwas von Johnson, aber was? Die Unterlagen hatte er.

Unbeirrt erzählte von Steinburg weiter: „Conium maculatum ist die lateinische Bezeichnung für den gefleckten Schierling. Man schrieb gern keuschen Ordensleuten diese Pflanze zu, damit sie sich an ihr Gelübde halten und ihren natürlichen gottgegebenen Trieb unter Kontrolle halten konnten. Man erzählte sich, dass der Schierling unter dem Kreuz Jesu gewachsen sei und die roten Flecken am Stängel vom Blut Christi wären, das austrat, als der Soldat ihn mit seiner Lanze in die Seite stach. Denn die blutroten Flecken zeigen sich erst um die Osterzeit. Vorher sind die Stängel unbefleckt grün." Von Steinburg machte eine Pause. Marco drehte sich zu ihm um, nahm mit fragendem Blick eine kleine Dose entgegen, die ihm von Steinburg entgegenhielt.

„Johnson soll sich die Ärmel hochkrempeln", lautete die Aufforderung.

„Den Teufel werd ich tun!"

„Sie sollten den Teufel aus dem Spiel lassen. Jeder, der sich mit ihm eingelassen hat, hat am Ende verloren. Schieben Sie schon Ihre Ärmel hoch."

„Sie wollen mich umbringen – mit Gift?"

„Gift an den Unterarmen? Ich will Ihnen nur zeigen, dass man auch ohne Flugzeug fliegen kann."

Damit das Ganze ein Ende hatte, krempelte sich Johnson die Ärmel hoch. „Und nun?", fragte er.

Marco bekam ein Paar Einmalhandschuhe gereicht mit der unmissverständlichen Aufforderung, sie überzustreifen.

„Herr Petzold wird die Dose öffnen und Ihnen mit der Salbe die Unterarme bestreichen, während ich weitererzähle." Marco folgte den Anweisungen und öffnete die Dose. Ihm strömte ein süßer Duft aus Bienenwachs und würzigen Kräutern entgegen. Marco glaubte gern, dass es sich um keine gewöhnliche Salbe handelte. Mit ihrer schmutziggrünen Farbe weckte sie jedenfalls bei ihm kein gutes Gefühl.

„Übrigens, die Salbe heißt Hexensalbe. Manche nennen sie auch Flugsalbe."

Es war ein leises Lachen von Johnson zu hören.

„Da ich gern philosophiere, komme ich nicht um Sokrates umhin. Er war ein Denker, ein griechischer Philosoph, und er entwickelte eine Methode für einen strukturierten Dialog. Er nannte diese Methode Mäeutik, Hebammenkunst, weil er von der Arbeit seiner Mutter fasziniert war. Sein wohl berühmtester Schüler war Platon. Das sollte nicht unerwähnt bleiben." Von Steinburg räusperte sich, und Marco betrachtete Johnson. Dieser schien wie Marco zu ahnen, worauf die Erzählung hinauslaufen würde, sagte aber nichts, sondern schaute verbissen aus dem Fenster und fixierte im entfernten Wäldchen einen Punkt. Bis sein Gesichtsausdruck Erstaunen zeigte. Er fixierte nun nicht mehr nur einen entfernten Punkt, sondern schaute sich die Umgebung an. Sein Mund war leicht geöffnet und aus ihm kam gleichmäßiger tiefer Atem. Er schien auf einmal entspannt und fasziniert zugleich. Was für eine Wandlung? Was mag er jetzt wohl sehen?

„Dann kam die Zeit, als man Sokrates einen verderblichen Einfluss auf die Jugend und Missachtung der griechischen Götter vorwarf. Er wurde zum Tode verurteilt. Dieses Todesurteil nahm er als gültiges Fehlurteil hin, und bis zum Zeitpunkt seiner Hinrichtung widmete er sich philosophischen Fragen. Eine interessante Geschichte."

„Und weiter?", fragte Johnson.

„Nun ja, 399 v. Chr. wurde Sokrates der Schierlingsbecher gereicht." Die plötzliche Stille, nachdem von Steinburg verstummte, wirkte erdrückend.

Johnson drehte sich langsam um, ganz darauf bedacht, von Steinburg nicht zu provozieren.

„Sie denken doch nicht im Ernst, dass ich Gift zu mir nehme?"

„Die Alternative wäre, sich zu erschießen, und zwar mit dieser Waffe hier." Von Steinburg bewegte die Beretta hin und her. „Das wäre allerdings nicht so günstig und würde Herrn Petzold noch mehr Schwierigkeiten bereiten, die er durch Sie ohnehin schon hat. Sie haben sein Vertrauen missbraucht, Sie haben ihn betrogen und belogen. Das allein würde schon reichen."

Marco sah Schweißperlen auf Johnsons Stirn glitzern und bemerkte, dass sein Atem schneller ging.

„Warum hast du das getan? Ich verstehe es nicht", wandte sich Marco an seinen ehemaligen Partner. Johnson lachte hysterisch.

„Du verstehst es nicht? Sie hat mich belogen, betrogen und benutzt. Ich dachte, sie liebt mich, wie man ein Kind an Kindes statt lieben kann. Sie nahm mich nicht zu sich, sondern brachte mich zu ihrer Schwägerin. Später habe ich alles getan, was sie von mir verlangte: Rausgefunden, wer ihren Mann getötet hat und ihre Schwägerin usw. Dann wollte sie mehr über ihre Familie in Deutschland wissen. Auch das habe ich für sie gemacht, und dann?" Johnsons Stimme gewann an Lautstärke. „Und dann hat sie dir alles vermacht, einem fremden Verwandten. All das, was mir hätte gehören sollen. Nichts habe ich bekommen. Gar nichts!" Marco spürte die Verbitterung und den abgrundtiefen Hass, an dem er nicht schuld war, den Schmerz und die Enttäuschung eines Menschen, dessen einziges Verbrechen bis zum Tod von Abigail Smith es war, sich nach Liebe und Geborgenheit zu sehnen und nach einer Familie, einem Halt und Beständigkeit. Marco hatte Mitleid mit ihm, obwohl er ihn für das, was er Carolin angetan hatte, verachtete. Aber den Tod hatte er nicht verdient. Nicht so und nicht unter diesen Umständen.

„Ich denke, es reicht. Sie haben Ihre Unterlagen. Wir können Johnson hier stehen lassen und zurückfahren."

Von Steinburg atmete tief durch.

„Es ehrt Sie und Sie verdienen meine volle Hochachtung. Sie können sich schon in meinen Wagen setzen. Ich möchte noch ein paar Worte mit Johnson allein wechseln, dann komme ich nach." Von Steinburg sicherte die Waffe und hielt sie Marco mit dem Griff hin. Zögernd nahm er sie und wandte sich an Johnson. „Hass ist ein schlechter Ratgeber."

Johnsons Augen sahen feucht aus und mit kehliger Stimme sagte er: „Mach's gut, mein Junge." Schnell drehte er den Kopf in die entgegengesetzte Richtung.

Marco wusste, dass es hier nichts mehr gab, was ihm wert war zu bleiben. Sein Part war erledigt, und es interessierte ihn auch nicht, was von Steinburg noch von Johnson wollte. In ihm verlangte alles danach, so schnell wie möglich zu Carolin zu kommen.

Er stieg ohne ein weiteres Wort aus, ging zum Mercedes zurück, setzte sich auf den Beifahrersitz und schnaufte durch. Er sah, wie von Steinburgs Kopf sich bewegte, daraus schloss Marco, dass dieser sprach und Johnson ihm zuhörte. Dann reichte von Steinburg etwas vor, was vom anderen entgegengenommen wurde. Einige Augenblicke saßen sie still da und von Steinburg machte eine Bewegung, die aussah, als ob er ein Kreuz in die Luft zeichnete. Johnson senkte den Kopf und blieb so sitzen, bis der andere ausgestiegen war und die Tür zuschlug. Ohne sich umzudrehen, kam er zum Mercedes, setzte sich auf die Fahrerseite und atmete tief durch.

„Non mortem timemus, sed cogitationem mortis."

„Was hat das zu bedeuten?", fragte Marco.

Statt zu antworten, startete von Steinburg den Wagen, legte den Rückwärtsgang ein und fuhr los.

Da die Fahrt schweigend verlief, blätterte Marco in dem Buch von Carolin. Zuvor hatte er den Umschlag gefaltet und in die Innentasche seiner Jacke gesteckt. Er konnte sich nicht auf dieses Buch konzentrieren. Vielmehr beschäftigte ihn die Frage, was von Steinburg gesagt hatte. Er schien es zu spüren, dass genau das seinen Beifahrer beschäftigte, denn unvermittelt sagte er: „Nicht den Tod fürchten wir, sondern die Vorstellung des Todes. Non mortem timemus, sed cogitationem mortis. Das stammt von Seneca d. J. und ist aus seinen Moralischen Briefen an Lucilius. Haben Sie schon einmal über den Tod nachgedacht?" Ohne eine Antwort abzuwarten, sprach er weiter. „Johnson hat nachgedacht."

40.

Johnson sah im Rückspiegel, wie sich der Mercedes entfernte. Nun hatte er Zeit. Merkwürdig! Was für ein dehnbarer Begriff. Dabei ist es eine feststehende konstante Größe.

Er hatte nie darüber nachgedacht, was wäre, wenn … Oft wurde er in der Nacht wach und grübelte darüber nach, wie er seinem Schicksal entkommen könnte, und er fragte sich, warum er das alles erdulden und erleiden musste. Warum nicht ein anderer? Er wünschte sich, aus seinem Leben ausbrechen zu können. Irgendwo neu anfangen. Es war ihm nicht vergönnt.

Als er die Diagnose Krebs mitgeteilt bekommen hatte, dachte er, dass sie sich geirrt haben mussten, dass sie einen anderen meinten, aber nicht ihn. Sie meinten aber keinen anderen. Plötzlich begann er alles zu hassen: sich, seine Kollegen, seine Freunde, seine Arbeit – und er wünschte sich, reich zu sein. So reich, dass er nicht auf das Geld schauen musste. Er dachte, das sei Glück, und wenn er es hätte, würde es ewig dauern. Dass er sich auch sein Leben zurückkaufen könnte. Wie dumm und einfältig er war!

Er hatte sich immer einen Sohn gewünscht. Jetzt im Alter hätte er einen haben können. Aber was tat er? Er verriet ihn. Er erschlich sich sein Vertrauen, betrog ihn um sein Geld und stahl ihm die Unterlagen, um sie noch einmal zu verkaufen. Von Steinburg hatte versprochen, alles wieder in Ordnung zu bringen, und er hatte ihm eine Lösung im doppelten Sinn angeboten.

Er nahm die kleine Zinnflasche mit dem aufgeschraubten Becher und begutachtete die Figuren darauf. Mit der Bibel kannte er sich nicht so gut aus, aber er ahnte, dass es sich wohl um eine Szene daraus handeln musste. Wenn er sich nicht gar zu sehr täuschte, zeigte sie den Kuss des Judas. Ein ungutes Gefühl beschlich ihn dabei. Judas der Verräter! Hat aber nicht Judas durch seinen Verrat die Erlösungsgeschichte erst möglich gemacht? Ohne ihn hätten die Gefangennahme, die Verurteilung, die Kreuzigung und all das nicht stattgefunden. Es gäbe auch kein Osterfest. Die Welt wäre heute eine andere. Wirklich? Oder nur die Welt der Gläubigen?

Auf der Rückseite war die Szene mit Sokrates zu sehen, wie er den Schierlingsbecher gereicht bekam. Zwei so unterschiedliche geschichtliche Vorgänge auf ein und derselben Flasche. Jesus und Sokrates in der Schicksalsstunde von seinen Leuten umgeben. Ein Zeichen? Für ihn?

Von wem ist er umgeben? Alle haben ihn verlassen. Nicht im Stich gelassen, sondern verlassen. Er hatte sie im Stich gelassen.

Johnson schraubte den filigranen Becher ab und hielt ihn vorsichtig zwischen zwei Fingern. Er hatte Angst, ihn zu verbeulen. Warum sollte er jetzt noch auf irgendetwas Rücksicht nehmen? Er konnte nicht anders. Die letzten Wochen und Monate hatte er sich selbst verleugnet, sich etwas vorgemacht. So war er nicht. Nicht so!

Johnson stellte den Becher auf das Armaturenbrett und stöpselte die Flasche auf. Ihm strömte ein Duft von frischen Kräutern entgegen. Welche es waren, konnte er nicht genau sagen. Er hielt die Nase direkt an die Öffnung. Der Geruch benebelte ihm die Sinne. Vorhin, als Marco ihn mit dieser ominösen Salbe einschmierte, hatte er tatsächlich das Gefühl gehabt zu fliegen. Er war auf einmal leicht wie eine Feder gewesen und die Perspektive hatte sich verändert. Er schaute von oben herab, und sein Blick bewegte sich von hier nach dort. Ihm wurde das Gefühl von Freiheit geschenkt. Ja, es war ein Geschenk von Adrian von Steinburg an ihn.

Johnson bemerkte, wie ihm Tränen in die Augen stiegen. Er machte sich nicht die Mühe, sie zurückzuhalten, und ließ sie die Wangen hinunterrollen. Am Kinn sammelten sie sich und tropften auf sein Hemd.

Johnson nahm den Becher und goss ihn dreiviertelvoll. Von Steinburg hatte gesagt, dass halb voll ausreichen würde, um vom irdischen Leben in die andere Dimension überzutreten. Er hatte es taktvoll vermieden, von Tod und Sterben zu sprechen, weil er wusste, dass dies ihm Angst machte.

Johnson führte langsam den Becher an den Mund. Der ursprüngliche Kräuterduft war verschwunden, nun roch es nach Zitrone, gepaart mit einer penetranten Unternote, vergleichbar mit dem Geruch von Mäuseausscheidungen, wie er sie in seiner Kindheit im Keller des Heims gerochen hatte. Dieses Gemisch erreichte seine Nase. Er überlegte nicht mehr, sondern ließ die Flüssigkeit in den Mund laufen, betastete sie mit der Zunge und schluckte sie hinunter. Zuerst dachte er, er könnte es nicht schlucken, aber die Süße und zugleich die angenehme Schärfe erleichterten es ihm.

Er fühlte, wie die Flüssigkeit die Speiseröhre hinunter glitt und seinen Magen erreichte. Zusammen mit dem Opium, das sich im Getränk befand, und der Hexensalbe hatte er die Wahrnehmung, sich auf eine visuelle Reise zu begeben: frei, sorglos, unbefangen und federleicht. Die Bilder seines Lebens betrachtete er von außen, als Fremder, ohne Gefühle, unbeteiligt. Er schloss die Augen, und vor seinem geistigen Auge tauchten Bilder von Eisformationen auf und glasklarem Wasser mit Eiskristallen darin. Johnson spürte eine aufsteigende, schmerzlose Kälte in den Gliedern. Sie kroch weiter und erreichte die Eingeweide. Erstaunlicher weise fror er nicht. Seine letzten Gedanken galten Marco. Diesen Jungen hatte er ins Herz geschlossen, aber sein Hass ließ es nicht zu, ihn zu lieben wie einen Sohn, wo er doch so gern Vater gewesen wäre. Er hätte ihm beistehen sollen und ihm all seine Kraft zur Verfügung stellen müssen. Nun war es zu spät. Zu spät, um ihm zu sagen, wie leid ihm alles tat und wie sehr er es bereute, ihn betrogen zu haben. Johnsons Herz krampfte sich zusammen, und unter den Augenlidern sammelten sich weitere Tränen, quälten sich unter den Lidern hervor und hinterließen eine kalte Spur der Traurigkeit auf den Wangen. Diese Kälte nahm er wahr. Er wollte noch ein einziges Mal die Sonne sehen, aber seine Lider gehorchten ihm nicht mehr. Die Sonne mit ihrer Wärme und Kraft. Statt des warmen Sonnenlichtes fühlte er sich als Eisblock, gefangen in der Ewigkeit. Jetzt verstand er den Zusammenhang zwischen Jesus von Nazareth, dem Erlöser und Sokrates, dem Philosophen. Beide starben, um anderen die Möglichkeit des Glaubens an eine Sache zu geben. Ihre Gefährten und Getreue trugen das Wissen weiter bis zum heutigen Tag, und es überdauerte viele hundert Jahre. Er hatte verstanden!

Mit einem Lächeln auf den Lippen schwanden ihm die Sinne, und der Atem des Lebens verließ seinen Körper.

41

Im Vorüberfahren erspähte Marco auf dem Parkplatz der Gegenfahrbahn einen schwarzen Mercedes, der von der Polizei angehalten worden war. Der Fahrer stand mit zwei Beamten neben dem Auto. Das Auto erkannte er nicht, aber den Mann. Der war ihm sehr bekannt.

„Wenden! Wir müssen wenden! Schnell!"

„Warum?"

„Ich muss auf den Parkplatz."

„Wie stellen Sie sich denn das vor, hier auf der Autobahn zu wenden?"

„Lassen Sie sich was einfallen. Ich muss dorthin!"

Von Steinburg verdrehte die Augen, suchte aber nach einer Lösung, die er an einem Grünstreifen zwischen den beiden Fahrbahnen fand. Er schaute in den Rückspiegel, bremste, fuhr über das Grün auf die Gegenfahrbahn, lenkte scharf ein und beschleunigte, damit ihn nicht die Fahrzeuge der Gegenfahrbahn rammten.

„Ich hoffe nur, dass sich niemand mein Kennzeichen notiert hat."

Marco hielt sich während des Wendemanövers krampfhaft an Tür und Sitz fest.

„Das nächste Mal sagen Sie, was Sie vorhaben."

„Und Sie sagen das nächste Mal eher, wo Sie hinwollen. Was ist denn nun so Wichtiges auf dem Parkplatz?"

Marco bedachte von Steinburg mit einem vielsagenden Gesichtsausdruck. Er öffnete leicht den Mund, schloss ihn, um gleich darauf wieder zum Reden anzusetzen. Schließlich sagte er doch nichts.

Von Steinburg setzte den Blinker und fuhr mit gedrosselter Geschwindigkeit auf den Parkplatz in eine Parkbucht, stellte den Motor ab und sah zu seinem Beifahrer. Der schaute sich im Auto um und entdeckte einen schwarzen Hut, griff danach und setzte ihn auf. Er zog ihn sich noch etwas in die Stirn und begutachtete sich im Spiegel, der sich hinter dem Sonnenschutz verbarg.

„Also, wenn Sie mich fragen, und das tun Sie hoffentlich: Wenn Sie nicht auffallen wollen, dann sollten Sie meinen Hut nicht tragen, denn dann erreichen Sie mit Sicherheit das Gegenteil."

„Okay!" Marco nahm ihn ab, schleuderte ihn zurück auf die hintere Sitzbank und stieg aus. „Bin gleich wieder da, und wenn ich zurück bin, sollten Sie so schnell, wie es nur geht, starten und losfahren." Mit einem Schwung war die Tür zu, ohne dass von Steinburg etwas sagen konnte.

Marco stellte seinen Kragen auf und vergrub die Hände in seinen Hosentaschen. In schlenderndem Gang ging er an der Gruppe mit dem Beamten vorbei und hörte, wie sie versuchten, halb auf Englisch und halb auf Deutsch, dem Engländer begreiflich zu machen, dass sie seine Papiere sehen wollten. Die drei beachteten Marco nicht. Eins der hinteren Autofenster war zur Hälfte geöffnet. Blitzschnell zog Marco den Umschlag und die Waffe hervor und warf beide Gegenstände ins Innere des Wagens. Sein Herz schlug ihm bis zum Hals und die Hände zitterten. Hoffentlich bemerkte der Engländer ihn nicht! Das würde zu einer Katastrophe führen. Der Blick des Engländers streifte ihn für den Bruchteil einer Sekunde, aber ausreichend, um seinen Atem ins Stocken zu bringen. Hatte er ihn erkannt? Marco beschleunigte seinen Schritt, und als er bei von Steinburgs Auto ankam, hörte er den Motor laufen.

„Wenn er Pech hat, dann schauen die Beamten sich sein Auto genauer an", meinte der und grinste dabei breit.

„Mir war es wichtig, die Waffe loszuwerden. Und falls die Polizei die Waffe findet und sie untersucht, wird sie nur verwischte Fingerabdrücke finden. Nichts Brauchbares."

„Was wird die Polizei noch finden?"

„Ich weiß nicht, was Sie meinen." Damit war für Marco das Gespräch beendet und er hoffte, dass von Steinburg seine Frage nicht wiederholen würde. Dann nahm er sich das Buch von Carolin vor und las weiter darin, ohne auf den Inhalt zu achten. Tausend Dinge gingen ihm durch den Kopf. Unerwartet vibrierte es in seiner Hose. Er hatte das Handy auf stumm geschaltet und auf Vibration gestellt. In der ankommenden SMS las er, dass das bestellte Graupapageienpärchen eingetroffen sei.

42.

Marco strich die hellgrüne Zudecke des Bettes glatt. „Ich darf doch, oder?"

Zwei große blaue Augen strahlten ihn an. „Aber klar. Nun setz dich schon." Er setzte sich vorsichtig auf Carolins Bett. Schmal war sie geworden und blass sah sie aus, aber das konnte er ihr nicht sagen. Sie hatte ihm schon mehr als einmal gesagt, dass sie sich große Sorgen gemacht hätte. Als er ihr alles berichtet hatte, meinte sie, dass ihre Sorgen wohl nicht unbegründet gewesen wären. Sekunden vor der Narkose ihrer letzten OP war ihr die Situation, kurz bevor das Auto sie erfasst hatte, wieder ins Bewusstsein gekommen, und sie wusste nun, wer der Fahrer des Wagens gewesen war. Sie hatte jedoch keine Möglichkeit gehabt, Marco zu warnen. Jetzt war alles ausgestanden. Johnson wurde vom Bauern tot im Leihauto auf dem Feldweg gefunden, Marco hatte einen neuen Deal mit von Steinburg, der vorsah, dass er sich mit Carolins Buch beschäftigen sollte. Als Gegenleistung durfte er das Geld in voller Höhe behalten, Benno war vor zwei Tagen aus dem Krankenhaus entlassen worden, und von dem Engländer hatte niemand mehr etwas gesehen oder gehört.

Marco griff nach Carolins Hand. Sie war warm und zart. Er streichelte darüber, hielt sie fest und begann dann, sie zu kneten. „Du hast mir gefehlt." Seine Stimme versagte kurz. „Meine Wohnung ist fertig renoviert und neu eingerichtet. Man könnte da gut zu zweit wohnen. Was meinst du?"

Carolins Augen wurden noch größer. „Du meinst, ich soll bei dir einziehen?"

„Ich dachte … vielleicht … unter Umständen … na ja …"

Carolin richtete sich auf. „Komm näher ran. Ich kann dich sonst nicht umarmen." Marco fiel ein Stein vom Herzen. Er rückte ganz dicht an sie heran und drückte sie fest an sich. Nie wieder wollte er sie loslassen. Sie festhalten bis in alle Ewigkeit. Dieser Moment war für ihn kostbarer als alles andere auf der Welt. Als sie sich aus der Umarmung lösten, hielt er ihr ein schmales viereckiges Etwas entgegen. „Was ist das?"

„Ein Geschenk für dich. Es führt dich zu einem weiteren Geschenk."

Carolin riss das bunte Papier ab und hielt das goldene Schild mit den Namen Sita und Boko in Händen. „Das ist doch nicht möglich, oder?"

„Doch. Wenn du nach Hause kommst, werden sie dich erwarten. Morgen hole ich sie ab und dann werden sie bei uns einziehen. Ich muss nur noch den Käfig reinigen, dann ist alles bereit."

Aus Carolins Augen kullerten unaufhörlich Tränen hervor. Sie hielt das Schild fest in beiden Händen, so als ob sie es nie mehr hergeben würde.

„Hast du einen Käfig gekauft? Hoffentlich ist er groß genug."

„Ich weiß nur nicht, ob er für zwei Vögel ausreichend ist. Es ist der von Mrs Abigail. Ich fand ihn passend und da er nun einmal da war, dachte ich, den nehmen wir."

„Oh, den hatte ich ganz vergessen."

43

Als Marco zu Hause ankam, machte er sich gleich über den Käfig her. Zuerst hängte er das Gestänge aus und polierte die Streben. Eine nach der anderen begann unter seinem Polierwahn zu glänzen wie Geschmeide. Es sollte alles perfekt sein, wenn Carolin nach Hause, ins gemeinsame Zuhause, kam.

Er mühte sich damit ab, den Boden von innen zu reinigen, bis er entdeckte, dass man einen Teil herausziehen konnte, um bei der Reinigung nicht den ganzen Käfig auseinandernehmen zu müssen. So sehr er aber zog, er ließ sich keinen Millimeter bewegen. „Wer weiß, wie lange niemand mehr den Käfig gereinigt hat", dachte er, während ihm schon der Schweiß auf die Stirn trat. Ein letzter Versuch. Marco hämmerte mit der Faust ringsherum dagegen und zog aus Leibeskräften. Ein Knirschen, ein Ruck, und der Boden fiel auseinander, aber so, dass man ihn wieder zusammensetzen konnte. Zwischen den Einzelteilen lag ein mit roter Kordel zusammengebundener Briefumschlag. Das Papier war vergilbt und voller Stockflecken. Marco hob ihn auf. Der Umschlag raschelte und erwies sich als trocken. Er löste die Kordel und öffnete ihn. Ein Brief in alter Schrift kann zum Vorschein.

London, 2. Februar 1891

Geschätzte Elisabeth Anne!

Für Ihre große Güte möchte ich mich bedanken.

Die McKenzies sind sehr nett zu mir und behandeln mich gut.

Wie ich gehört habe, haben Sie den Namen Gull abgelegt und wieder Ihren Mädchennamen Sheppard angenommen.

Das war richtig, denn nur so kann man die Vergangenheit abschütteln.

Seien Sie gewiss, ich setze Ihr Werk fort, bis ich meinen letzten Atemzug getan habe. Leider wird das bald sein. Die Krankheit verzehrt meinen Körper und raubt mir meine Kräfte.

Aber Ihr Werk wird vollendet. Gott möge mir verzeihen, aber die Frauen haben es nicht verdient, auf Gottes Erde zu leben. Sie werden niemandes Mann besitzen und niemandem mehr wehtun. Das schwöre ich bei Gott, dem Allmächtigen!

Ich vermisse Ihre Wärme und Zuneigung.

Gott möge Sie behüten und beschützen. Im Jenseits sehen wir uns wieder.

In ewiger Treue und Liebe

Mary

Marco hielt den Brief noch lange in den Händen. „Das ist das fehlende Puzzleteil." Er schüttelte den Kopf. Es muss ein Ende haben. Ein für alle Mal! Er würde jetzt dafür sorgen, dass kein Mensch mehr sterben musste. Ohne Eile zerriss er den Brief in kleine Schnipsel und zündete sie im Aschenbecher an. Die Flammen verschlangen eines der größten Geheimnisse der Verbrecherwelt.

***

Carlos durchquerte unbehelligt die Passkontrolle und den Zoll, durchschritt den Transitraum und bestieg das Privatflugzeug. In seiner Hand hielt er einen Aktenkoffer. Bevor er endgültig in der Tür verschwand, strich er mit der Hand über seine Tasche.

ENDE

Nachwort

Die Anregung zu diesem Buch gaben mir tatsächliche Ereignisse in London.

Im Jahr 1888 versetzte ein Serienmörder das Londoner East End in Angst und Schrecken. Der unbekannte Mörder erhielt den Namen Jack the Ripper. Seine Identität ist bis heute unklar und bietet viel Raum für Spekulationen. Und genau hier setzt meine Geschichte an.

Ich nahm mir die Freiheit, Fakten und Tatsachen mit meiner Fantasie zu mischen. Das daraus entstandene Werk ist nicht als objektive oder subjektive Wiedergabe der Ereignisse des Jahres 1888 und der folgenden Jahre zu verstehen. Historiker und sachkundige Leser und Leserinnen mögen mir dies nachsehen.

Tatsache ist, dass es Jack the Ripper, wer auch immer es gewesen war, gab und er grauenhafte Taten beging. Den Tatsachen entspricht auch, dass Frauen bestialisch getötet wurden. Es gibt heute noch Akten, Dokumente, Zeugenaussagen und andere Aufzeichnungen, die diese Taten belegen.

Die in diesem Buch benannten Akten, Dokumente, Zeugenaussagen und andere Aufzeichnungen zu dem Fall entstammen ausschließlich meiner Feder und geben nicht immer die tatsächlichen Inhalte authentischer Schriftstücke wieder, lehnen sich aber daran an. Hierbei gebrauchte ich allein meine Vorstellungskraft.

Personen wie z. B. Sir William Withey Gull, Dr. Theodore Dyke Acland, Vertreter der königlichen Familie, Sergeant George Godley oder andere lebten wirklich. Auch hier nahm ich mir die Freiheit, ihre Lebensläufe abzuändern und meiner Geschichte anzupassen.

Mary Ann Nichols, Annie Chapmann, Elizabeth Stride, Catherine Eddowes und Mary Jeanette Kelly sind einem Verbrechen zum Opfer gefallen. Sie wurden den Taten von Jack the Ripper zugeordnet und gelten als die Kanonischen Fünf. Allen fünf Frauen sagte man Alkoholprobleme und Prostitution nach.

Im Lebenslauf von Marie (Mary) Jeanette Kelly, auch Ginger genannt, wurde vermutet, dass sie einem Kind das Leben schenkte. Ich machte dies in der vorliegenden Geschichte zur fiktiven Gewissheit.

Sir William Withey Gull war tatsächlich Leibarzt der königlichen Familie und Vertrauter von Queen Victoria. Er hatte aber nie ein zweites Mal geheiratet.

Sein Schwiegersohn, Dr. Theodore Dyke Acland, war genau wie Sir Gull Mediziner. Dr. Acland stellte, laut Quellen, den Totenschein nach dem Ableben von Sir Gull aus – eine Verfahrensweise, die selbst für damalige Verhältnisse ungewöhnlich war.

Außerdem war bekannt, dass ein Mitglied des Königshauses zur damaligen Zeit ein regelmäßiger Bordellbesucher war. Meiner Fantasie entsprang es, dass er verdächtigt wurde, Jack the Ripper zu sein und mindestens eine der Frauen aufsuchte oder kannte.

Als einer der Tatverdächtigen galt Robert Donston Stephenson, ein Arzt, der tiefe Einblicke in die Welt des Okkulten hatte und einer Loge der Freimaurer angehört haben soll. Diesen Fakt nutzte ich, um die Freimaurer in die Geschichte aufzunehmen. Neben seiner Person gab es noch weitere Verdächtige – unter ihnen auch den Maler Walter Richard Sichert.

Sergeant George Godley war am 8. September 1888 nicht auf Streife und er fand auch nicht, wie von mir beschrieben, Annie Chapman, aber er verhaftete George Chapman (nicht identisch mit dem Ehemann von Annie), der als einer der Tatverdächtigen galt. Godley war davon überzeugt, dass Chapman Jack the Ripper sei.

Auf dem Highgate Cemetery wird man vergeblich das Grab mit der Nummer 120208 und das Kindergrab mit der Inschrift Jenny Kelly 3.4.1887 – 7.9.1887 suchen. Sie sind eigens für diese Geschichte erdacht, genauso wie die mannshohe Jesus-figur am Haupteingang. Aber der Besucher wird sehr wohl auf verschlungenen Pfaden gehen, alte Grabskulpturen, mit Moos bedeckte Grabkreuze oder überwucherte Gräber mit verwit-terten Namen entdecken.

Die Stadt Görlitz erschien mir nicht nur, weil sie meine Geburtsstadt ist, als ideales Gegenstück zu London, sondern wegen ihrer einzigartigen Architektur und ihres Charmes. Nicht umsonst wird Görlitz gern als Kulisse für historische Filme genommen. Wer die Altstadt von Görlitz besucht und dem Geheimnis des Flüsterbogens erlegen ist, der weiß, wovon ich spreche.

Alle anderen Figuren, Schauplätze und Ereignisse sind lediglich ein Produkt meiner Fantasie und stehen in keinerlei Bezug zu lebenden Personen oder real existierenden Orten.